불가리아 출신
율리안 모데스트의 에스페란토 원작 단편소설집

신비로운 빛
Mistera Lumo

율리안 모데스트 지음

신비로운 빛

인 쇄 : 2022년 9월 15일 초판 1쇄
발 행 : 2022년 9월 15일 초판 1쇄
지은이 : 율리안 모데스트(JULIAN MODEST)
옮긴이 : 오태영(Mateno)
교정·교열 : 육영애
표지디자인 : 노혜지
펴낸이 : 오태영(Mateno)
출판사 : 진달래
신고 번호 : 제25100-2020-000085호
신고 일자 : 2020.10.29
주 소 : 서울시 구로구 부일로 985, 101호
전 화 : 02-2688-1561
팩 스 : 0504-200-1561
이메일 : 5morning@naver.com
인쇄소 : TECH D & P(마포구)

값 : 13,000원
ISBN : 979-11-91643-65-7 (03890)

불가리아 출신
율리안 모데스트의 에스페란토 원작 단편소설집

신비로운 빛
Mistera Lumo

율리안 모데스트 지음
오태영 옮김

진달래 출판사

Enhavo

차 례

MISTERA LUMO

En ĉi varmeta aŭtuna vespero stranga frido obsedas min. Tutan semajnon mi ferias jam en tiu mara urbo, sed mi evitas renkontiĝi kun li. Tamen, io forte tiras min al li. Ĉu la rememoro aŭ la scivolo? Iam mi savis lin. Ĉu nur tial mi deziras vidi lin denove? En la telefonlibro ne estis malfacile trovi lian nunan adreson, sed telefoni al li – mi ne kuraĝis. Mi supozas, ke li malebligos nian renkontiĝon. Pli bone estus se mi aperos antaŭ li subite kaj neatendite. Verŝajne li brufermos la pordon antaŭ mia nazo, sed ne gravas. Mi sukcesos vidi lian vizaĝon kaj liajn okulojn. Liajn akraja, bluajn okulojn.

Antaŭ kelkaj jaroj mi eksciis, ke li eksedziĝis. Kial? Li havis belan, simpatian edzinon. Iań mi ofte gastis en lia familio. Vere, ke post la akcidento li estis maltrankvila. Foje Liza, lia edzino, konfesis al mi:

- Stan, nokte Dobrin ofte vekiĝas kaj freneze krias cian nomon.

Tiam Liza deziris aldoni ankoraŭ ion, sed mi provis trankviligi ŝin.

"Nokte Dobrin ofte vekiĝas kaj freneze krias cian nomon." Strange! Mi ne diris al Liza, ke foje-foje ankaŭ mi sonĝis, ke iu freneze vokas min.

Jen la domo. Malnova griza domo!

Strato "Silenta arbaro", numero dudek naŭ, kvina

etaĝo, apartamento kvara. Tiel estis skribita lia nuna adreso en la telefonlibro.

La ŝtuparejo mallumas kaj rememorigas al mi ion. Mi provas rapide trovi la ŝaltilon. Minuton... Kiel blindulo mi palpas la muron. Subite frostotremoj trakuras sur mia dorso. Kvazaŭ mi vidus denove Dobrinon kiel tiam.

Li kuŝis senmova sur la humida tero. Nur liaj lipoj apenaŭ ĝemis. Apud li, mi flustris, kriis, kriegis. Centfoje mi ripetis unu saman frazon:

- Dobrin, ĉu ci vidas min? Dobrin!!!

Sed li vidis nenion, nek min, nek lia arbon sub kiu li kuŝis. Liaj bluaj okuloj estis glaciaj.

Jen la ŝaltilo. La ŝtuparejo eklumas, kaj jam pli trankvila mi supreniras nombrante la etaĝojn. Kiam lastfoje mi vidis Dobrinon? Eble antaŭ dudek jaroj. Nekredeble! Iam ni kune loĝis, kune studis kaj eĉ... ni amis la saman knabinon. Ne, ĝi ne estis Liza. Dobrin edziĝis al Liza poste, post la fino de la studado. Liza estis alloga virino, filino de profesoro, kaj Dobrin nature ricevis postenon en la Scienca Akademio. Oni sendis min ĉi tien. En tiu fora mara urbo, apud kiu situas la arkeologiaj prifosadoj de la granda mezepoka fortikaĵo Kala. Dobrinon atendis brila kariero kaj min - polva arkeologia-muzeo. Ni disiĝis, sed post unu jaro ni denove renkontiĝis. Dobrin venis ĉi tien, en la apudmaran urbon. Tiam li komencis jam la preparon de sia doktora disertacio, kies temo koncernis ĉi tiun mezepokan fortikaĵon.

Kvina etaĝo, apartamento kvara. Sur la pordo estas skribita:

"Dobrin Karov – arkeologo"

Soleca eksonoro. Versajne iu observas min tra la gvattrueto. Audiĝas obtuza krako de seruro. La pordo malfermiĝas.

– Saluton, Stan. Bonvolu.

– Dobrin... – mi ekflustras.

Malantaŭ la pordo staras li, magra, blankahara. Nur liaj okuloj restis samaj – bluaj kiel metaloj, sed nun li ridas.

– Bonvolu, Stan.

Ni trapasas mallarĝan vestiblon, almenaŭ lumigitan. Li ekpaŝas antaŭen kaj invitas min en vastan ĉambron. Dekstre, ĉe la muro, videblas lito, pli ĝuste matraco metita sur la plankon. Antaŭ la fenestro estas masiva skribotablo, en la mezo de la ĉambro – kafotablo kun du foteloj. Cigareda fumo plenigas la ĉambron kaj mi provas ne ektusi. Dobrin proponas al mi fotelon ĉe la kafotablo.

– Ĉu cigaredon?

– Ne. Dankon.

La cindrujo antaŭ mi estas plenŝtopita de cigaredstumpoj.

– Kion ci trinkos – ĉu kafon, ĉu teon?

– Kafon – mi respondas.

Dum minuto Dobrin silente observas min. Verŝajne li provas diveni la kialon de mia subita alveno. Mi alrigardas flanken. De sur la libroŝranko moke fiksas min homkranio.

Dobrin eliras, eble prepari kafon. Olda vekhorloĝo tiktakas ĝene sur la skribotablo.

- Mi trinkas ĝin sen sukero, kaj ci? - demandas Dobrin alportante la kafon.

- Ankaŭ mi - mi respondas mekanike, malgraŭ ke neniam mi trinkis kafon sen sukero.

Denove ekregas silento. Malfacile estas daŭrigi paroladon, ĉesigitan antaŭ dudek jaroj. Pri kio li pensas en tiu ĉi momento? Aŭ povas esti, ke nun niaj pensoj similas. Li ekridetas:

- Kio novas en Akademio, Stan? Mi aŭdis, ke ci jam estas docento,

- Ni ne parolu pri Akademio, Dobrin.

Li demande alrigardas min. Ĝuste tiel li rigardis tiam, sed... li vidis nenion. Li kuŝis sur la tero kaj liaj senmovaj, bluaj okuloj eligis feruron. Tio okazis en la sama somero, kiam li venis en tiun ĉi apudmaran urbon por finprepari sian disertacion.

De la arkeologiaj prifosejoj ĝis la urbo ne estis pli ol kvin kilometroj. Pli mallonga vojo pasis preter la maro kaj ĉiutage ni duope iris kaj revenis piede. Foje tutan tagon la vetero malserenis. Ekpluvis ĝuste kiam ni estis survoje. Proksime, en la maraj rokoj, troviĝis groto. Ni alkuris tien. Dobrin eniris la unua la groton. Nur post sekundo terura krio skuis min. Kiam mi enpaŝis la obskuran groton, mi trovis Dobrinon kuŝanta kaj senmova. Konsternite mi eltiris lin eksteren. Kio okazis? Mi tute ne komprenis. Mi nur rapidis porti lin pli foren de la danĝera groto. Jam pluvegis. Mi vane serĉis sekan lokon por kuŝigi lin.

- Stan, nenion mi vidas - ĝemis Dobrin kaj tiuj obtuzai viraj gemoj terurigis min.

Mi kuŝigis lin sub arbon, sur la humidan teron. Nenion li vidis. Kial li blindiĝis? Ni estis solaj sur la vojo. Mi rapide devis porti lin en la urbon. Tamen nur kelkajn metrojn mi sukcesis tiri lin. Torente pluvis. Mi kovris lin per mia jako kaj senespere mi ekstaris apud li.

- Dobrin, ĉu ci vidas min? Dobrin!!!

Pasis horo, du. Komencis vesperiĝi. Dobrin forte premis mian manon. Kion mi faru? Mi ne povis lasi lin ĉi tie. Subite li elspiris:

- Stan, mi komencas vidi.

Nekredeble! Mi movis la manon antaŭ liaj okuloj. Vere! Lia vidkapablo iomete restariĝis. Post duonhoro li jam pli bone vidis.

- Kio okazis en la groto, Dobrin? — mi demandis.

- Lumo! Mi vidis fortan, bluan lumon!

Strange, mi nenion vidis. Ĉu vere estis tio?

- Dobrin, de kie venis tiu ĉi lumo? - mi ne komprenis, sed li diris nenion plu.

Post kelkaj tagoj Dobrin vidis jam normale, sed nek li, nek mi menciis ion pri la akcidento. Mi nur supozis, ke li kelkfoje kaŝe iris jam en la groton. Mi estis ege maltrankvila.

En la komenco de aŭtuno Dobrin revenis en la ĉefurbon. Mi provis forgesi la strangan okazintaĵon kaj nur kiam mi devis pasi sur la vojo, apud la groto, mi sentis frostotremojn. Sed ega estis mia surprizo kiam post duonjaro Dobrin kun Liza venis loĝi kaj labori en la apudmara urbo. Dobrin ne diris al mi kial li forlasis la Akademion, tamen mi konjektis ion.

„Li freneziĝis" - mi meditis tiam, sed iu penso ne lasis min trankvila. Verŝajne ne hazarde Dobrin venis ĉi tien. Iom post iom niaj amikaj rilatoj malfortiĝis. Mi komencis suspekte rigardi al li. Dobrin neniam eĉ vorton menciis pri la groto, sed por mi ne estis normale, ke iu povas forlasi sian promesplenan karieron en Akademio kaj venas labori en provinca arkeologia muzeo.

Unu jaron ni laboris kune, sed baldaŭ mi diris adiaŭ al la apudmara urbo, al la arkeologiaj prifosadoj kaj mi iris en la ĉefurbon.

Dudek jaroj pasis de tiam. Nun mi hazarde ferias ĉi tie. La urbo ege ŝanĝiĝis. Mi vane provas ekkoni la malnovajn domojn, la silentajn stratojn sur kiuj iam mi pasis, kiam mi loĝis kaj laboris ĉi tie kiel juna arkeologo. Mi longe promenadis. Multaj rememoroj vekiĝis en mi, sed unusola demando kiel najlo pikas min: "Kion vidis Dobrin en la groto tiam?"

Eĉ nun, post dudek jaroj, mi scivolas ekscii tion. Iam ni estis amikoj, ni kune studis, ni kune laboris. Ja, mi savis lin. Li ŝuldas al mi tiun ĉi klarigon. Sed ĉu mi vere savis lin? Post la okazintaĵo Dobrin forlasis Akademion, venis labori en tiu ĉi silenta provinca urbo, eksedziĝis. Li simple dronis en la vivo.

Aŭ eble li trovis ion gravan. Verŝajne longajn jarojn jam li silente obstine laboras kaj neniu scias, kion li esploras.

Dobrin demande observas min. Mi nevoie alrigardas la malplenajn kafglasojn.

– Dobrin, diru... tiam, kion ci vidis en la groto?

Li abrupte ekridegas. Verŝajne tiun ĉi demandon li ne atendis.

– Lumon, Stan. Blindigan, bluan lumon, kiu subite malaperis.

– Tamen... kial ci venis loĝi ĉi tie, kial ci forlasis Akademion?

– Ŝimple mi komprenis, ke mi ne povas esti doktoro kaj bofilo de profesoro.

Ne. Eĉ nun li ne estas sincera. Verŝajne neniam ni estis amikoj.

De sur la libroŝranko, la homkranio ironie ridas al mi. Dobrin akompanas min ĝis la pordo. Nenion li diras, nek "ĝis revido", nek "adiaŭ". Liaj bluaj metalaj okuloj atente rigardas min, sed ĉu li vidas min?

Mi lante descendas; kvina, kvara, tria... etaĝo. La ŝaltilo de la ŝtuparejaj lampoj estas aŭtomata. Subite obskuro volvas min kaj simile al blindulo mi longe kaj atente palpas la muron.

Budapeŝto, la 7-an de novembro 1981.

신비로운 빛

따뜻한 가을 저녁에 이상한 한기가 감돌았다. 일주일 내내 바닷가 도시에서 휴가를 보내고 있지만, 그와 만나는 것은 피했다. 하지만 무언가가 그에게로 강하게 이끌었다. 그것이 추억인지 아니면 단순한 호기심인지…. 오래전, 내가 그를 살린적이 있다. 그 때문에 그를 보고 싶어 하는가. 전화번호부에서 주소를 금세 찾았지만 전화할 용기가 없었다. 아마 그는 우리의 만남을 피할 것이다. 예기치 않게 내가 그 앞에 나타난다면 좋을 텐데…. 그는 내 눈앞에서 문을 쾅 소리 나게 닫겠지만, 어쨌건 그를 만나기만 하면 된다. 그때 그의 얼굴, 특히 눈을 똑똑히 볼 것이다. 날카롭고 파란 그 눈을.

그는 몇 년 전에 이혼했다. 왜 그랬을까. 예쁘고 착한 부인이었는데…. 한때 그의 집에 자주 초대받았다. 그 사고 이후로 그는 몹시 불안해했다.

한 번은 그의 아내 **리자**가 고백했다.

"**스탄** 씨, **도브린**이 자주 밤에 깨서 미친 듯이 당신 이름을 불러요."

그때 리자는 무슨 말을 더하고 싶은 듯했지만 나는 그녀를 안정시키고 난 뒤에 그녀의 말을 곱씹었다.

'도브린이 자주 밤에 깨서 미친 듯이 당신 이름을 불러요.'

이상했다. 내 꿈속에서도 여러 번 누군가가 미친 듯 나를 불렀지만 그날 리자에게 털어놓지는 않았다.

드디어 그의 집에 도착했다. 실렌타 아르바로가 29번지 5층 4호에 있는 오래된 회색 집이었다. 주소는 전화번호부에 적힌대로였다. 어두운 계단에 서니 무언가 생각이 났다. 서둘러 스위치를 찾았다. 1분. 시각장애인처럼 벽을 더듬거렸다. 등골이 오싹했다. 마치 내가 그 날의 도브린이 된 것 같았다.

그날 도브린은 습한 땅 위에 가만 누워 있었다. 입술로 간신히 숨을 몰아쉬었다. 그의 곁에서 말하던 나는 차츰 목소리를 높였고 나중엔 고함을 질렀다. 같은 말만 계속 되풀이하면서.

"도브린, 내가 보이니? 도브린!"

도브린은 아무것도 보지 못했다. 나도, 그 아래 깔린 나무도, 그의 파란 눈도 얼음처럼 굳었다. 드디어 스위치를 찾았다. 계단에 불이 들어오자 마음이 조금 편안해져서 층수를 세면서 위로 올라갔다.

내가 언제 도브린을 마지막으로 보았던가. 어느새 20년이 넘었다. 믿을 수 없을 정도로 세월이 **빠르다!** 언젠가 우리는 함께 살기도 했고, 함께 공부했고, 같은 소녀를 사랑하기도 했다. 그렇다고 그 여자가 리자는 아니다. 도브린은 공부를 마치고 리자와 결혼했다. 리자는 교수의 딸이고 매력적인 여자였다. 그리고 도브린은 자연스럽게 과학교육원에 직장을 얻었다. 나는 여기 먼 바닷가 도시로 파견되었다. 이 근처에 거대한 중세 요새 **칼라**의 고고학 발굴터가 자리했다. 도브린에게는 빛나는 경력이, 내게는 열악한 고고학 박물관이 기다렸다. 우리는 운명에 따라 그렇게 갈라섰지만 일 년 뒤 다시 만났다. 도브린이 여기 바닷가 도시로 온 직후였다. 도브린은 그때 벌써 박사학위 논문을 준비했다. 이 중세 요새와 관련된 주제였다.

5층 4호실 문에는 '도브린 카로브 고고학자'라고 쓰인 문패가 걸렸다. 방안에서 들리는 발소리. 누군가가 문구멍으로 나를 살폈다. 자물쇠 여는 소리가 들리고 문이 열렸다.

"안녕, 스탄! 들어 와."

"도브린!"

작은 소리로 인사했다. 문 뒤에 **빼빼**하고 흰 머리카락이 무성한 도브린이 서 있었다. 눈동자만은 예전처럼 금속 같이 파랬다. 하지만 그때와 달리 웃었다.

"들어와, 스탄!"

우리는 매우 어둡고 좁은 현관을 지나갔다. 도브린이 앞장서서 넓은 방으로 안내했다. 오른쪽 벽에 침대, 정확히 말해 매트리스가 마루 위에 놓여 있었다. 창문 앞에는 큰 책상이 턱하니 버티고 있고, 방 가운데는 커피용 탁자와 안락의자 두 개가 있었다. 방 안에 담배 연기가 가득해서 기침이 나왔지만 애써 참았다. 도브린은 내게 커피 탁자 옆 안락의자에 앉으라고 했다.

"담배는?"

"아니야, 고마워." 재떨이에는 담배꽁초가 가득했다.

"뭘 마실래? 커피 아니면 차?"

"커피." 내가 말했다. 얼마 동안 도브린은 나를 조용히 지켜봤다. 내가 갑작기 방문한 이유를 추측해보는 듯했다. 나는 한쪽 벽을 쳐다봤다. 책장에는 사람 두개골이 조롱하듯 나를 주시했다.

도브린은 커피를 타러 일어났다. 오래된 자명종 시계가 책상 위에서 힘겹게 철컥철컥 거렸다.

"난 설탕 없이 마시는데 너는?" 도브린이 커피를 가져왔다.

"나도." 설탕 없이는 커피를 마시지 않으면서도 반사적으로 반응했다. 다시 침묵이 감돌았다. 20년 전에 멈춘 둘의 대화를 이어가기란 쉽지 않았다. 이 순간 도브린은 무슨 생각을 할까? 아마 같은 생각을 할지도 몰랐다.

도브린이 빙그레 웃었다.

"교육원에 무슨 새 소식이라도 있니, 스탄? 네가 강사가 됐다며?"

"교육원 얘기는 더 하지 말자, 도브린."

그는 질문하려는 듯 나를 쳐다봤다.

그 사건 때 도브린은 바로 그렇게 나를 보았다. 하지만 도브린은 아무것도 보지 못했다. 그는 땅에 누워 있고 움직이지 않는 파란 눈은 공포를 드러냈다. 그 일은 도브린이 박사학위 논문을 마무리하려고 이 바닷가 도시에 온 그 해 여름에 일어났다. 고고학 발굴터에서 시내까지는 5km 떨어졌다. 바다 옆 지름길로 우리 둘은 매일 걸어서 오갔다. 한 번은 온종일 날씨가 궂었다. 우리가 출발하려 할 그때 비가 내렸다. 근처 바닷가 바위 안에 동굴이 있는 것이 보였다. 우리는 거기로 뛰어갔다. 도브린이 먼저 동굴로 들어갔다.

몇 초 뒤에 들린 무서운 외침이 나를 뒤흔들었다. 내가 어두운 동굴로 걸어 들어갔을 때 도브린이 바닥에 가만히 누워 있었다. 놀란 나는 그를 밖으로 끌어냈다.

"도대체 무슨 일이야?"

나로서는 전혀 알 수 없었다. 위험한 동굴에서 도브린을 멀리 옮기려고 서둘렀다. 비는 더욱 거세졌다. 그를 눕히려고 마른 땅을 찾아 봤지만 소용이 없었다.

"스탄, 아무것도 보이지 않아!"

도브린은 고통스러워했다. 약한 남자의 고통이 나를 무섭게 했다. 도브린을 나무 밑 습한 땅에 눕혔다. 도브린은 아무것도 볼 수 없었다. 그가 왜 시각장애인이 되었는가. 길에는 우리 둘뿐이었다. 서둘러 도브린을 시내로 데려가야 했다. 하지만 도브린을 동굴 밖으로 끌어당겼지만 간신히 몇 미터에 그쳤다. 비가 억수로 내렸다. 내 점퍼를 벗어서 도브린에게 덮어주고 절망하며 그 옆에 서 있었다.

"도브린! 내가 보이냐? 도브린!"

한두 시간쯤 지났다. 저녁이 되어 어둑어둑했다. 도브린이 내 손을 세게 꽉 잡았다. 내가 무엇을 할 수 있을까? 여기에 도브린을 계속 내버려 둘 수는 없었다. 갑자기 도브린이 숨을 내쉬었다.

"스탄, 보이기 시작해."

믿을 수 없었다. 그의 눈앞에서 내 손을 움직였다.

정말이다! 도브린의 시력이 조금씩 회복됐다. 30분 뒤엔 꽤 잘 보았다.

"동굴에서 무슨 일이 있었니? 도브린!" 내가 물었다.

"빛이야! 강하고 파란빛을 보았어. 내가 아무것도 보지 못한 것이 이상해. 정말 그 빛이 있었나?"

"도브린! 어디서 그 빛이 나왔어?"

나는 이해하지 못했고, 그도 더는 말이 없었다.

며칠 뒤 도브린은 이미 정상으로 보였지만 그와 나는 그 사건에 관해 한 마디도 하지 않았다.

도브린이 여러 번 나 몰래 그 동굴에 갔다고 짐작했다. 그저 몹시 걱정스러웠다. 가을 초에 도브린은 수도에서 돌아왔다. 나도 그 이상한 사건을 잊으려 했다. 동굴 근처 길을 걸을 때면 서리맞은 것 같이 덜덜 떨렸다. 6개월 뒤 도브린이 리자와 함께 바닷가 도시로 이사해서 살면서 일하겠다고 왔을 때 깜짝 놀랐다. 도브린은 왜 교육원을 그만두었는지 말해 주지 않았지만, 나는 무언가 짚이는 게 있었다.

'그는 미쳤어.' 당시 나는 깊이 생각했고 그 생각이 나를 가만두지 않았다. 도브린이 여기 온 것은 정말 우연이 아니었다. 우리의 우정은 조금씩 틀어졌다. 나는 의심스러운 눈으로 도브린을 바라보았다. 도브린은 동굴에 관해 한마디 언급도 하지 않았지만, 장래가 촉망한 교육원 일자리를 그만두고 시골 고고학 박물관으로 일하러 온 게 내겐 정상으로 비치지 않았다. 일 년간 우리는 함께 일하다가, 나는 바닷가 도시 고고학 발굴에 작별을 고하고 수도로 갔다. 그로부터 20년이 흘렀다. 우연히 나는 여기에서 휴가를 보내고 있다. 도시는 많이 변했다. 젊은 고고학자 시절 여기서 살고 일하며 걸었던 조용한 거리와 오래된 집을 찾아보려고 했지만 헛수고였다. 오래 산책하는 동안 수많은 기억이 속에서 깨어났다. 한 가지 질문이

예리한 못이 돼 나를 찔렀다.

'그때 동굴에서 도브린은 무엇을 보았을까?'

20년이 지난 지금조차 나는 여전히 알고 싶은 호기심이 있었다. 한때 우리는 친구였고, 함께 공부했으며, 함께 일했다. 정말 내가 도브린을 살렸다. 그런 내게 당시 본 것을 말해 주어야 했다. 하지만 정말 내가 그런 살린 것이 맞나? 사건이 일어난 뒤 도브린은 교육원을 그만두고 이 조용한 시골 도시에 일하러 왔고 그 때문에 이혼했다. 그는 인생을 평범하게 살았다. 아마 그는 무언가 중요한 것을 찾았던 것이다. 정말로 오랜 세월 고집스럽게 조용히 일했다. 누구도 그가 무엇을 찾았는지 알지 못했다.

도브린은 질문하듯 나를 살폈다. 나는 그저 빈 커피잔을 물끄러미 보았다.

"도브린! 말해 봐! 그때 동굴에서 무엇을 봤어?"

그는 피식 웃음을 터뜨렸다. 정말 이 질문을 전혀 기대하지 않은 것 같았다.

"빛을, 스탄. 눈부시게 파란빛을 봤는데 순식간에 사라졌어."

"하지만 왜 여기에 왔고 왜 교육원을 그만두었니?"

"나는 단순히 박사와 교수 사위가 될 수 없다는 걸 깨달았어."

아니다. 도브린은 지금도 진지하지 못하다. 정말 우리는 친구가 아닌 것 같다. 책장 위에서 사람의 두개골이 나를 보고 비웃는 듯했다. 도브린은 문까지 배웅했다. '다음에 만나, 안녕'이라는 작별인사도 하지 않았다. 도브린의 쇠같이 파란 눈이 주의해서 나를 보지만, 정말 그는 나를 보고 있는가. 나는 천천히 내려갔다. 5층, 4층, 3층. 계단의 전등 스위치는 자동이었다. 갑작스레 암흑에 휩싸인 나는 시각장애인처럼 오래도록 조심스레 벽을 더듬거렸다.

ZITA

Kiam tra la fenestro de l'kupeo Zita vidis la lagon, ŝi ektremis. Mil rememoroj vekiĝis en ŝi. Ĉu la lago ĉiam vivis en ŝi?

La stacio Balaton-Salikoj jam estas proksime. Kiel delonge la lago kaj tiu ĉi eta stacio allogis ŝin! Multfoje Zita imagis la tagon, kiam la vagonaro malrapide haltos ĉi tie kaj ŝi atente descendos sur la kajon... Delonge, tre delonge Zita devis veni ĉi tien. Ŝi ne devis plu prokrasti. Ŝi ne devis plu esperi, ke malgraŭ ŝia aĝo, oni denove proponos al ŝi rolon en opero. Multajn jarojn, kiel ŝtono silentis la telefono en ŝia Budapeŝta loĝejo. Tamen iun tagon, la damnita telefono eksonoris. Zita trankvile levis la aŭskultilon kvazaŭ jam antaŭe sciis ĉion. Nekonata vira voĉo salutis ŝin. Subite la voĉo eksilentis, komencis longe tusi, demandis sin pri ŝia sa nostato, kaj finfine diris, ke okaze ŝia pensiiĝo, la estraro de la operejo organizas bankedon. Zita lasis la aŭskultilon. Pri kiu ili parolis? Ŝi ekridegis. Kompreneble, ke temis pri ŝi. Ŝi eĉ gestis relevi la aŭskultilon por danki al la nekonata voĉo, kiu nur per unu vorto liberigis ŝin de ĉiuj iluzioj.

Eĉ dum la bankedo Zita ne havis ĉefan rolon. En la restoracio estis nur kelkaj ŝiaj gekolegoj, kiuj kvazaŭ ne sciis kial ili venis ĉi tien. La direktoro longe balbutis ion kaj neniu povis kompreni pri kiu ll parolas. Fakte dum sia tuta kariero Zita havis nur du at tri bonajn rolojn.

Jen la stacio, eta, silenta, ruĝe farbita, kvazaŭ tute forgesita de ĉiuj. La vagonaro haltas. Zita atente descendas sur la kajon. Kio tiel agrable odoras? Eble freŝe falĉita herbejo aŭ tiel odoras la lago? Kia silento! Estas ankoraŭ frue. La suno leviĝas. Ĝiaj unuaj radioj celas la somerajn dometojn, disajn kiel fungoj sur la proksima monteto. Neniam Zita supozis, ke la verda koloro havas tiom da nuancoj. Verda kiel maro, verda kiel smeraldo, verda kiel trifolia herbejo. Ĉiu arbokrono havas diversan verdan koloron.

La valizo tro pezas. Zita ŝatus ĵeti ĝin kaj ekkuri libere. Tie, en la faldo de la monteto estas ilia somera dometo. Ŝi devas pli rapide iri tien, pli rapide malŝlosi la pordon, malfermi la fenestrojn. Hodiaŭ ŝi devas purigi, lavi, kuiri, kolekti ĉerizojn... Post du tagoj, Tibor, ŝia filo venos el Montreal, kun sia familio. Kvin jarojn Zita ne vidis la nepojn. Eble la okjara Peter kondutas kiel serioza malgranda viro kaj Margareta, kiel ŝi aspektas? Eble ŝi estas bluokula kiel Tibor aŭ, pli ĝuste, kiel Zita. Ĉu ankaŭ Margareta havas silkajn orajn harojn, kiajn Zita, havis kiam ŝi estis infano?

La strato krutas. Zita laciĝas, peze spiras. Neniu videblas proksime. Ŝi haltas por momento. Dekstre silentas la vilaĝa preĝejo. Ĝia masiva ligna pordo ankoraŭ estas fermita. Antaŭ multaj jaroj kiam Zita kun siaj gepatroj somerumis en Balaton-Salikoj, ili ĉiudimanĉe vizitis la preĝejon. Vestita en nigra kostumo, kun ora nazpinĉilo, ŝia patro paŝis digne kaj lante. Ĉe la preĝeja pordo, la vilaĝanoj kun ` levitaj ĉapeloj, humile salutis lin. Antaŭ tridek jaroj, en Balaton-Salikoj ŝia patro posedis grandan bienon.

Zita rememoras ilian iaman Budapeŝtan loĝejon. Tie ĉiam odoris persikoj, pomoj, abrikotoj. El Balaton-Salikoj ili ricevis buteron, viandon, lakton... Eĉ en la plej malfacila jaroj, dum la milito, ilia vasta provizejo estis plenŝtopita, sed Zita ĉiam naŭze rememoras pri tio. Ankaŭ nun ŝi ektremas, kvazaŭ ŝi vidus sian patrinon kaj ŝiajn avarajn okulojn, akrajn kiel du tranĉiloj. Ŝia patrino havis la ŝlosilon de la provizejo kaj manion mezuri ĉion. Ŝi mezuris la lakton, la pomojn, la sukeron. Ŝi donis al la kuiristino nur tiom da produktoj, kiom necesis por la tagmanĝo kaj eĉ ne gramon plu. La pomoj putris en la provizejo, la viando haladziĝis, sed ŝia patrino precize kaj zorge mezuris ĉion.

Zita demetas la ĵerzon, levas la valizon kaj malrapide ekiras. Post kelkaj paŝoj ŝia koro kvazaŭ konvulsiĝas. Proksime estas la domo, kiun iam posedis ilia familio. En la korto, antaŭ la domo, ankoraŭ kreskas la du majestaj pinoj. Somere ŝia familio vespermanĝis sur la vasta verando. Tiam mola mallumo vualis la korton kaj la du pinoj, kiel du silentaj gigantoj, gardis la morojn de la patra domo.

Ĉiam, ĉe la tablo, kontraŭ Zita, sidis sinjoro Horvath, ŝia juna instruisto pri piano. Li estis malproksima parenco de paĉjo kaj ĉiusomere paĉjo invitis lin al Balaton-Salikoj. Ŝinjoro Horvath! Zita eksentas varmon sur siaj vangoj. Apud la pli alta pino li kisis ŝin. Unua kiso - rapida kaj mallerta, dolĉamara kiel gluto de absintovino. La lastan someron ili multe promenadis ĉe la lago, Zita pli rare ludis pianon kaj eble paĉjo ion ekflaris. Venontan jaron sinjoro Horvath ne gastis en Balaton-Salikoj. Zita neniam eksciis kion kaj kiel paĉjo parolis kun li. Ŝi nur ĉiun tagon kaŝe atendis la poŝtiston. Finfine la letero alvenis. Tamen sinjoro Horvath montris sin pli prudenta ol Zita supozis. Li eĉ vorton ne menciis pri ilia amo. Li nur deziris al ŝi grandajn sukcesojn en la arto.

Paĉjo opiniis, ke la edzo de Zita nepre devas esti inĝeniero. Paĉjo trovis inĝenieron, altan viron kun sekaj okuloj kaj seka animo. Li ĉiam estis trankvila. Trankvile li akceptis la perfidojn de Zita, la fiaskon de Tibor en Universitato, eĉ lian subitan forveturon al Kanado.

Nun aliaj homoj posedas la grandan domon. Zita provas forpeli la rememorojn. Por ŝi la pinoj kaj la domo delonge ne ekzistas. Ĉio devas resti en sia tempo por ne maltrankviligi vane la homojn. Subite Zita eksentas, ke iu observas ŝin atente. Ŝi levas rigardon supraĵe, tiel kiel iam de la scenejo ŝi alrigardis la publikon. Antaŭ la pordo de nova domo staras virino. Zita bone konas ŝin, iaman ŝian amikinon de la infaneco. La virino verŝajne atendas, ke Zita salutu ŝin la unua. Eble la virino eĉ deziras konversacii kun Zita, sed Zita preterpasas kvazaŭ ŝi ne rimarkus ŝin. La virino restas senmova ĉe la pordo kaj longe Zita sentas malantaŭ sia dorso, la akran ofenditan rigardon de sia iama amikino.

La virino estas unu el tiuj, kies gepatroj iam laboris en la granda bieno de paĉjo. Tiuj homoj sonĝis nur grundon. Ilia sola revo estis posedi etan propran bienon. Post la milito ili ĉiuj ricevis grundon. La granda bieno de paĉjo malaperis. Malaperis la vitkampoj, la migdala arbaro, la domo kun la du majestaj pinoj. Restis nur unu eta ĝardeno, en la faldo de la monteto, kie nun troviĝas la somerdometo de Zita.

- Kiom feliĉa estis Zita tiam! Ŝi ĝojis, ke oni liberigis ŝin de la senlima bieno. Dank'al Dio ŝi ne posedis la praktikan menson de paĉjo. Ŝi havis alian celon - la operon. Ŝi deziris tute forgesi la bienon, la severan voĉon de paĉjo, la akrajn okulojn de sia patrino, la sekretan ŝlosilon de la malhela provizejo.

Nun ŝi sincere kompatas sian iaman amikinon de la infaneco kaj ĉiujn, kiuj restis loĝi en Balaton-Salikoj.

Ili ĉiuj laboras en la proksima fabriko, sed post la laboro ili rapidas reveni hejmen por kultivi siajn proprajn ĝardenojn. Ili bredas porkojn kaj vendas ilin. Ili konstruas grandajn domojn, kiujn somere ili disponigas al la ripozantoj ĉe Balaton. Ili havas modernajn meblojn, aŭtomobilojn, vilaojn sur la alia bordo de la lago. Ili aĉetas por siaj infanoj pianojn, magnetofonojn, velboatojn. Tiuj homoj jam neniun salutas humile, kun levita ĉapelo. Ili havas ĉion, pianojn, magnetofonojn, porkojn.

Nur Zita deziras nenion. Por ŝi sufiĉas la lago, la monteto, la sorĉa odoro de falĉita herbejo. Ŝi sopiras silenton, trankvilon. Post miloj da iluzioj, bruo, vanto, ŝi denove estas apud la lago. Kiel grandega okulo bluas la lago kaj en ĝia senmova lazuro Zita sentas silentan ironion.

Jen la somera dometo. Zita pene malfermas la ĝardenan pordon. Delonge neniu enpaŝis ĉi tien. Ĉe la grandaj arboj kiel orfa infano kaŭras la dometo. Unu el la ŝutroj de la fenestroj pendas dekroĉita. Tie, tie la stukaĵo de la muroj falis kaj kiel vundoj faŭkas la truoj. Lolo kovras la korton. La pado de l'ĝardena pordo ĝis la domo ne videblas. Kompare al najbaraj vilaoj, la dometo de Zita similas al kaduka, kurbigita avino.

Profunda silento vualas Zitan. Ŝi kvazaŭ surdiĝas. Silentas la korto, silentas la najbaraj domoj, silentas la monteto. Ie, malsupre, glacie bluas la lago. Sur ĝia bordo triste staras oldaj salikoj. Ankaŭ en la korto de Zita kreskas alta saliko. Eble tial la vilaĝo nomiĝas Balaton-Salikoj.

Subite Zita eksentas soifon, ardan bruligan soifon. Ŝi lasas la valizon, paŝas al la puto kaj demetas la fermtabulon. Ie, profunde, kiel arĝenta disko brilas la akvo. Sur ĝia senmova surfaco. aperas velkinta vizaĝo, ĉizita de akraj sulkoj. Zita kliniĝas kvazaŭ ŝi dezirus pli bone vidi tiun ĉi nekonatan sulkigitan vizaĝon.

Delonge, tre delonge ŝi devis veni ĉi tien. Ŝi devis veni sola, sen esperoj, sen iluzioj, sen deziroj. En ŝia Budapeŝta loĝejo la telefono neniam plu eksonoros. Zita kliniĝas ankoraŭ kaj ankoraŭ, kaj... aŭdiĝas plaŭdo, kvazaŭ plaŭdo de ŝtono, ĵetita en akvon.

Unu malnova valizo restas ĉe la puto. Unu aviadilo ĵus ekflugas de Montreal.

Budapeŝto, la 18-an de julio 1981.

- 25 -

지타

지타는 객실 창으로 **발라톤** 호수를 바라보다 몸을 조금 떨었다. 수많은 기억이 되살아났다. 호수는 언제나 그녀 마음 속에 존재했던 것일까?

발라톤 살리코이 역에 거의 다가갔다. 이 호수와 이 작은 역은 얼마나 오랜 세월 그녀에게 너무나 매력적이었던가. 기차가 천천히 역에 멈추면, 조심스럽게 플랫폼에 내리는 그 날을 여러 번 상상해 봤다. 오래전, 정말 오래전에 지타는 여기에 와야만 했다. 더는 지체할 수 없었다.

그녀 나이에 오페라 무대에서 배역을 맡을 걸 바라서는 안 됐다. 벌써 여러 해 동안 부다페스트 집에 놓인 전화기는 돌처럼 조용했다. 하지만 어느 날 빌어먹을 전화가 요란스럽게 울렸다. 지타는 마치 모든 것을 다 안다는 듯 조용히 수화기를 들었다. 갑자기 상대방의 목소리가 조용해지더니 낯선 남자가 그녀에게 인사했다. 기침을 길게 하고는 지타의 건강이 어떤지 묻고, 지타의 은퇴를 맞아 오페라 계 임원들이 뜻을 모아 기념 무대를 마련했다는 소식을 전했다. 지타는 수화기를 내렸다. 도대체 누구에 관해 말을 하는 거지? 피식 웃었다. 물론 그녀에 관해서였다. 한 마디로 그녀를 환상에서 벗어나게 해 준 낯선 목소리에 감사하려고 수화기를 다시 들려고 했다. 기념무대에서조차 지타는 주연을 맡지 못했다. 축하연에는 지타가 왜 여기 왔는지도 모르는 동료도 여럿 있었다. 감독은 무언가를 오래 떠들었지만, 그 누구도 그 말을 이해할 수 없었다. 사실 지타는 모든 무대경력 중에 주요 배역은 단지 두세 번 맡았다.

기차역은 마치 모든 사람에게 잊힌 것처럼 작고 조용했고 빨

갈게 칠해졌다. 기차가 멈추자 지타는 조심스레 플랫폼에 내려섰다. 무엇이 그렇게 상쾌한 냄새를 풍기지? 풀을 벤 초원의 신선함인가. 호수 냄새인가. 얼마나 조용한가. 아직 이른 시각이었다. 해가 막 떠올랐다. 첫 햇살은 근처 언덕에서 홀로 자라는 버섯처럼 따로 떨어진 곳에 세워 둔 여름 별장을 향했다.

푸른색이 그렇게 미세한 차이가 있는지 지타는 여태 몰랐다. 바다처럼, 에메랄드 보석처럼, 토끼풀밭처럼 그렇게 푸르다. 나뭇가지들은 제각각 다양한 푸른빛을 띠었다. 여행 가방은 꽤 무거웠다. 지타는 그것을 내던지고 자유롭게 뛰어가고 싶었다. 저기 언덕 자락에 그들의 여름 별장이 있다. 그녀는 별장에 더 빨리 가야하고, 더 빨리 문을 열어야 하고, 창문을 활짝 열어젖혀야 한다. 오늘 그녀는 청소하고 빨래하고 요리하고 체리를 따야 한다. 이틀 뒤 아들 **티보르**가 캐나다 몬트리올에서 가족과 함께 올 것이다. 5년간이나 지타는 손자들을 보지 못했다. 아마 여덟 살 **페테르**는 진지한 어린 남자아이처럼 행동할 테고, 손녀 **마르가리타**는 어떤 모습일지. 아마 그 아이는 페테르처럼, 더 정확히 지타처럼 파란 눈동자일 것이다. 마르가리타도 지타의 어릴 때처럼 명주 같은 황금 머리카락인가?

도로는 울퉁불퉁하다. 지타는 피곤해서 힘겹게 숨을 내쉬었다. 가까이에는 아무도 보이지 않았다. 그녀는 잠깐 멈췄다. 오른쪽에 마을 교회당은 조용하고 커다란 문은 여전히 닫혀 있었다.

여러 해 전에 지타가 부모님과 발라톤 살리코이에서 여름을 보낼 때, 그들은 주일마다 교회당에 갔다. 아버지는 검은 정장을 입고 황금색 코안경을 끼고 위엄 있게 천천히 걸었다. 교회당 문 옆에서 마을 사람들이 모자를 들어 친절하게 아버지에게 인사했다. 30년 전, 아버지는 발라톤 살리코이에 큰 농장을 소유했다.

지타는 수도 **부다페스트**에 있던 자기 집을 기억한다. 거기에서는 항상 복숭아, 사과, 살구 냄새가 향긋하게 났다. 발라톤 살리코이에서는 버터, 고기, 우유를 소작인에게서 받았다. 전쟁으로 사람들이 굶주리던 시절조차 지타네 넓은 창고는 먹을거리로 가득 찼지만, 지타는 그것을 항상 부끄럽게 기억했다. 지금 어머니를, 칼처럼 날카롭고 욕심 많던 어머니의 두 눈을 본 것처럼 떨었다. 어머니는 창고 열쇠를 가지고 모든 것을 열심히 저울에 달았다. 우유, 사과, 설탕을 저울에 달았다. 요리사에게 하루에 필요한 만큼 식재료를 주고, 일 그램도 더 주지 않았다. 사과가 창고에서 썩고, 고기는 악취를 풍겼지만, 어머니는 정확하게 신경 써서 모든 걸 저울에 달았다.

지타는 꽉 죄는 상의를 벗고 여행 가방을 들고 천천히 출발했다. 몇 걸음 걷자 심장이 경련을 일으킨 듯했다. 가까이에 예전 지타네 가족이 소유했던 건물이 있다. 건물 앞마당에는 여전히 멋진 소나무 두 그루가 풍치를 자랑했다. 여름이면 지타네 가족은 넓은 베란다에서 저녁 식사를 했다. 그때 부드러운 어둠이 마당을 뒤덮고, 소나무는 조용한 거인처럼 아버지 건물의 식사풍속을 지켰다. 식탁에서 지타 건너편에는 항상 피아노 선생 **호르바트** 씨가 앉았다. 먼 친척인 호르바트 씨를 아빠는 여름마다 발라톤 살리코이로 초대했다. 호르바트 씨! 지타는 뺨이 따뜻해지는 것을 느꼈다. 키가 좀더 큰 소나무 옆에서 호르바트가 지타에게 키스했다. 첫 키스는 빠르고 서툴렀으나 쑥포도주 방울처럼 달콤한 맛이었다. 마지막 여름에 지타는 호르바트와 둘이서 발라탄 호숫가에서 자주 산책하느라 피아노를 아주 가끔만 쳐서 아빠가 뭔가 낌새를 챈 것 같았다. 다음 해 호르바트 씨는 발라톤 살리코이에 초대받지 못했다. 지타는 아빠가 호르바트 씨와 무슨 얘길 어떻게 했는지 전혀 알지 못했다. 지타는 온종일 남몰래 우체부를 기다렸다.

마침내 편지가 도착했다. 호르바트 씨는 지타가 짐작한 것보다 훨씬 신중했다. 둘의 사랑에 관해서는 한마디도 쓰지 않았다. 지타의 피아노 실력이 빨리 늘기를 바란다는 내용뿐이었다. 지타 남편은 반드시 기술자여야 한다고 아빠는 고집했다. 아빠는 건조한 눈에 메마른 가슴을 한 키 큰 기술자를 찾았다. 지타 남편은 항상 조용했다. 조용하게 지타의 배신을, 아들 티보르의 대학 실패를, 갑작스러운 캐나다행 출장까지도 그는 받아들였다. 지금 큰 건물은 다른 사람들이 소유했다. 지타는 추억을 쫓아버리려고 했다. 그녀에게 소나무와 건물은 이미 오래전부터 존재하지 않았다. 헛되이 사람들을 걱정스럽게 하지 않도록 모든 것은 자기 때에 그대로 있어야 한다.

지타는 누군가 그녀를 자세히 살피는 것을 느꼈다. 그녀는 언젠가 무대에서 관객을 바라보듯 그렇게 위로 눈길을 던졌다. 새집 문 앞에 여자가 서 있다. 어릴 적 친구였다. 지타가 먼저 인사해 주기를 기다리는 듯했다. 여자는 지타와 대화하고 싶어하는 것 같았지만 지타는 알지 못하는 척 지나쳤다. 여자는 가만히 문 옆에 섰고 지타는 등 뒤로 과거 옛 친구의 날카롭고 기분 나쁜 시선을 느꼈다. 언젠가 지타 아빠의 커다란 농장에서 소작하던 일꾼의 딸이었다.

소작인들은 오직 땅을 소유하길 꿈꿨다. 작더라도 자기 농토를 갖는 것이 그들의 유일한 꿈이었다. 전쟁이 끝나자 그들은 모두 땅을 불하받았다. 지타 아빠의 큰 농장은 사라졌다. 포도밭, 복숭아 숲, 멋진 소나무 두 그루가 있는 대 저택도 사라졌다. 작은 정원만 언덕 자락에 남았는데 거기에 지타의 여름 별장이 있다. 그때 얼마나 행복했던가! 끝 모르게 커다란 농장에서 해방돼서 지타는 너무나 기뻤다.

하나님 은혜로 지타는 아빠의 실용정신을 타고나지 않았다. 오페라라는 다른 목적을 좇았다. 농장과 아빠의 엄한 목소리를 깡그리 잊고 싶었다. 어머니의 날카로운 눈동자와 어두운 창고 비밀 열쇠도. 이제 지타는 어릴 적 친구와 이곳 발라톤 살리코이에 남아 사는 모든 사람을 진심으로 불쌍히 여긴다. 그들은 모두 근처 공장에서 일하지만, 일이 끝나면 자기 정원을 가꾸려고 서둘러 집으로 돌아온다. 돼지를 키워 판 돈으로는 여름마다 헝가리 최대 휴양지에다 발라톤 호수를 찾는 휴양객에게 빌려줄 큰 집을 짓는다. 그들은 현대식 가구, 자동차, 호수 반대편 빌라까지 소유했다. 자녀를 위해서는 피아노, 녹음기, 돛단배를 사들인다.

그 사람들은 이제 누구에게도 겸손하게 모자를 벗어 들고 인사하지 않는다. 그들은 피아노며, 녹음기며, 돼지며 안 가진 게 없다. 하지만 지타는 아무것도 원하지 않는다. 호수와 언덕, 금방 풀을 벤 초원의 매력적인 향기면 충분하다. 그녀는 조용하고 편안하게 살고 싶을 뿐이다. 환상, 소음, 헛된 것이 수없이 지나고 지타는 다시 호수 옆에 섰다. 커다란 눈동자처럼 호수는 파랗고, 그 조용한 하늘빛에서 지타는 침묵을 음미한다. 여기에 여름 별장이 자리했다. 지타는 정원 문을 힘겹게 열었다. 오랫동안 이곳에 들어온 사람이 없었다. 커다란 나무 옆에 고아처럼 별장이 웅크리고 있다. 창 덧문 하나가 떨어진 채로 매달렸다. 벽에는 벽토가 떨어져 상처처럼 구멍이 숭숭 났다. 독보리가 마당을 덮어서 정원 문에서 안채까지 안내하는 오솔길은 볼 수 없다. 이웃 빌라와 비교하면 지타 별장은 등 굽은 할머니 같이 볼품없다. 깊은 침묵이 지타를 휘감았다. 청각장애인이 된 듯했다. 마당은 조용하고 이웃집들도 조용하고 언덕도 조용했다. 언덕 아래쪽 호수는 얼음처럼 파랗다. 호수 둘레에는 슬프도록 오래된 버드나무들이 서 있다. 지타네 마당에도 큰 버드나무가 자란다. 아마 버드나무 때문에 마을 이름을 발라톤 살리코이라고 지은 듯했다. 지타는 불쑥 목마름, 타들어가는 목마름을 느꼈다. 가방을 땅바닥에 내려두고 우물로 걸어가 덮개를 걷어냈다.

저 밑 깊은 곳에서 은색 원을 그리며 물이 반짝인다. 그 조용한 우물물 표면에 거센 주름이 새긴 시든 얼굴이 비쳤다. 지타는 이 낯선 주름진 얼굴을 자세히 보려고 고개를 깊이 숙였다. 오래전, 아주 오래전에 여기 왔어야 했다. 아무런 희망도, 환상도, 바람도 없이 혼자 왔어야 했다. 부다페스트 집 전화기는 더는 울리지 않을 것이다. 여전히 고개를 숙이고 물속으로 무언가 떨어져 물이 출렁거리는 소리를 들었다. 오래된 여행 가방 하나가 우물 옆에 덩그러니 남아 있다. 비행기 한 대가 방금 몬트리올에서 이륙했다.

MARIONETOJ

En tiu ĉi dormeta posttagmeza horo Kalov, la beletra redaktoro de la gazeto "Hela Horizonto", enue trafoliumis la manuskripton de iu longa novelo

Kontraŭ li, tra la grandaj fenestroj, kiel oraj lancoj alflugis la radioj de la mola marta suno. Ekstere, antaŭ la redaktejo, sur la granda bulvardo, per freneza rapideco kuris la torento de la aŭtoj, aŭtobusoj, tramoj. Kaj la homoj, similaj al formikoj, malrapide, kvazaŭ sencele kaj senĉese, vagadis sur la trotuaroj.

Ankaŭ la labortago rampis jam al sia fino. Estis merkrede kaj ĉiumerkrede, post la kvara horo, Kalov vizitis la kafejon "Metropolo". Tie kutimis kolektiĝi kelkaj verkistoj, artistoj, redaktoroj, kaj Kalov jam ĝuis la amaran guston de la varma kato kaj la sorĉan pikaromon de la konjako, kiun li kutimis mendi en "Metropolo". Sed en tiu ĉi momento iu hezite ekfrapetis la pordon.

"Denove venas iu nur minuton antaŭ mia foriro", murmuris kolere Kalov, sed li voĉe diris "jes" kaj en la kadro de la malfermita pordo aperis magra, juna homo.

- Bonan tagon, sinjoro redaktoro - salutis la junulo afable.

- Estu salutata - respondis Kalov kaj provis tuj rememori kiam kaj pri kio li parolis kun tiu ĉi juna homo.

Sendube ankaŭ tiu ĉi junulo apartenis al la bataliono de poetoj kaj verkistoj kiuj de mateno ĝis vespero atakis la redaktejon per poemoj kaj noveloj. Kaj Kalov jam havis la inkuban senton, ke ĉiu dua homo sub la firmamento estas aŭ poeto, aŭ verkisto.

- Sinjoro redaktoro, mi petas pardonon, ke mi venis pli frue - murmuris la junulo per la sama hezito, kiun Kalov eksentis en lia frapeto sur la pordo.

"Nur tion mi ne povas pardoni, - diris Kalov al si mem - ĉar se vi estus venonta post la kvara horo kiel ni interkonsentis antaŭe, tiam vi certe ne trovus min ĉi tie, kaj vi ŝparus al mi nenecesan konversacion."

Sed Kalov provis ekrideti kaj per larĝa gesto li montris al la fotelo antaŭ la skribotablo.

- Estimata, kion Vi portis al mi la pasintan semajnon? - demandis Kalov tiel kvazaŭ li bonege rememorus la poemon aŭ novelon de la juna homo, sed ĝuste en tiu ĉi momento li forgesus ĝian titolon.

- Antaŭ du semajnoj – korektis lin la junulo.

- Kompreneble, antaŭ du semajnoj - jesis Kalov kaj energie malfermis la tirkeston de la skribotablo, sed kion serĉi tie, li ankoraŭ ne sciis, ĉar la junulo afable silentis.

- Diable, kien mi metis vian poemon? - murmuris Kalov.

- Novelon - korektis lin la junulo. - "La blankaj rozoj" estas ĝia titolo.

- Jes ja! "La blankaj rozoj" — elspiris Kalov kontente,

ĉar hazarde li jam tralegis tiun ĉi novelon, malgraŭ ke li ne kutimis trafoliumi la manuskriptojn de junaj aŭtoroj.

La novelo estis sperte verkita kaj evidentis, ke tiu ĉi junulo havas originalan talenton, sed ne estis kutimo antaŭ juna aŭtoro eldiri similan opinion. Krom tio "Hela Horizonto" havis apartan koncepton rilate la junajn verkistojn kaj sur la paĝoj de tiu ĉi renoma gazeto aperis nur la nomoj de konataj aŭtoroj. Nur de tempo al tempo en la gazeton enŝoviĝis ankaŭ verko de juna, aŭtoro, sed post la speciala protekto de la ĉefredaktoro aŭ de iu fama aŭtoro.

Kaj nun Kalov devis denove vicigi motivojn kaj argumentojn por klarigi kial "La blankaj rozoj" neniam trovos lokon en la gazeto. Li devis afable diri, ke la verko al li ĝenerale plaĉas, sed la juna aŭtoro ne tre reliefe priskribis la ĉefheroon, ke la stilo stumblas, la konfliktoj etas, la temo banalas, la pejzaĝoj palas, la lingvo sekas, senkoloras, eĉ foje-foje estas kliŝa kaj pro tio, pro tio..., sed malgraŭ ĉio la juna aŭtoro havas talenton kaj devas obstine, senĉese labori, ĉar eĉ Tolstoj diris, ke la talento estas nur unu procento kaj ĉio alia estas laboro, obstina, talpa laboro.

Ĉion tion Kalov spertis klarigi dum horoj kaj la junaj aŭtoroj feliĉe forlasis lian kabineton, konvinkitaj, ke la sinjoro redaktoro kompetente kaj reale analizis iliajn verkojn, eĉ sincere deziras helpi al la junaj aŭtoroj kaj senpacience atendas iliajn novajn poemojn kaj novelojn. Kaj Kalov ĉiam finis siajn klarigojn per la patra konsilo: "Laboru, laboru, junulo, ĉar la talento estas nur unu procento!"

Ankaŭ nun Kalov supraĵe trarigardis la manuskripton, tralegis la nomon de la aŭtoro, sed jam estis la kvara kaj li ne havis bonhumoron vastigi sian analizon. Eble Zahov, la ĉefredaktoro de la semajna ĵurnalo "Literatura Aŭroro", delonge jam sidas en "Metropolo" kaj trankvile trinkas sian kafon. Eble Aronov, la redaktoro de la revuo "Bunta Mondo", nun sprite rakontas al la fama poeto Dratov iun novan anekdoton aŭ tiklan klaĉon pri konata kritikisto aŭ aŭtoro. Per sia intima atmosfero la kafejo "Metropolo" allogis Kalovon kaj ĉiumerkrede post la kvara horo oni povis renkonti lin tie. Eĉ lia edzino alkutimiĝis al tio, kaj se merkrede vespere ŝi devis sciigi lin pri io grava, ŝi tuj telefonis al la kafejo. Krom tio, antaŭ du semajnoj, Zahov, la ĉefredaktoro de "Literatura Aŭroro", alvenis en "Metropolon" kun ĉarma blondulino, kiun li prezentis kiel esperpromesan junan poetinon. Sed ŝia vigla petola rigardo tuj aludis delikate al Kalov pri eventuala, tikla aventuro.

- Kara juna homo - diris Kalov seke kaj alrigardis serioze la junulon, kiu sidis kiel akuzito antaŭ li. - via novelo ne estas malbona, sed kial vi donis al ĝi tiun ĉi titolon? Elektu ian pli realan, pli surteran titolon. La temo estas originala, sed multaj ŝablonoj ŝvebas en via rakonto, kiel ekzemple la lasta frazo: "Ia ĉielo ĉiam estas sincera". Stile vi provas imiti Hemingway, sed atentu, ĉar tiel vi neniam fariĝos Hemingway...

En tiu ĉi momento la junulo ekstaris kaj rigardante al Kalov rekte en la okulojn, malrapide kaj ironie diris:

- Ankaŭ vi, sinjoro Kalov, en via lasta romano "La placoj de la urbo", imitas la stilon de Garcia Marquez, sed tiel vi neniam fariĝos Marquez - kaj li elŝiris la manuskripton el la rigidaj manoj de Kalov.

- Kiel?... - konsterniĝis Kalov, sed antaŭ ol li povus diri ion, la junulo forte fermis la pordon forlasante lian kabineton.

"Marquez! Huligano! Kion vi imagas..., aŭ vi aludas pri tiu idioto Ralev, kies recenzo pri mia romano aperis en "Nova Penso"? Junaj aŭtoroj! Huliganoj! Oni ne devas permesi al ili eĉ enpaŝi en la redaktejon. Sed ĉiuj nun krias: "Bonvolu helpi al la junaj aŭtoroj. Bonvolu publiki iliajn skribaĉojn. Huliganoj!"

Sed jam estis la kvara kaj duono kaj Kalov kolere surmetis sian mantelon.

La kafejo "Metropolo" troviĝis proksime, kaj de la redaktejo oni povis vidi ĝian grandan neonreklamon. Super la neonliteroj, rozaj, violaj, bluaj kaj verdaj koloroj strange interplektiĝis sur la inka fono de la marta ĉielo.

La strato svarmis de homoj, sed Kalov puŝis ilin kaj kolere murmuris: "Marquez! Huligano! Ĉu li instruos min kiel verki romanon?" La homoj deflankiĝis atente kaj iuj ridete, aliaj scivole aŭ kompate alrigardis lin.

Sed Kalov rapidis pensante jam ne nur pri la aroganta junulo, sed ankaŭ pri la blonda poetino, kiu jam certe atendas lin en "Metropolo".

"Ĉu Zahov ne estas tro intima kun ŝi? – rezonis Kalov incitite. - Sed kion imagas tiu ĉi maljunulo: Ho, kompreneble, li publikos ŝiajn poemojn en "Literatura Aŭroro", sed la blonda birdeto ne aspektas tiel naiva. Aŭ Zahov jam suspektas ion kaj malice ridetas al mi. Maljuna lupo li estas. Sentalenta hipokritulo! Sed ni renkontiĝas, konversacias, flatas unu la alian, ĉar sen Zahov miaj noveloj ne trovus lokon en "Literatura Aŭroro" kaj sen mi liaj poemoj ne aperus en "Hela Horizonto". Mi ne estas Marquez, sed ankaŭ Zahov ne estas poeto! Rolojn, rolojn ni ludas, en la redaktejo, kafejo, loĝejo... Ne verkistoj, ne redaktoroj, marionetoj ni estas, primokitaj de la junaj aŭtoroj!"

Subite Kalov aŭdis sian voĉon kaj eksilentis timeme. La neona reklamo "Kafeje Metropolo" jam estis proksime. La verdaj, bluaj, violaj koloroj pli brilis. Nur la roza koloro mankis sur la malhela fono de la antaŭvespera ĉielo.

"La ĉielo ĉiam estas sincera" - nevole rememoris Kalov la lastan frazon el la novelo la aroganta juna homo.

Kalov ekstaris antaŭ la grandaj fenestroj de "Metropolo". Ĉe la kutima tablo, en la centro de la kafejo, sidis Zahov, Aronov, Dratov kaj la poetino kun la orkoloraj haroj. Aronov vigle rakontis ion kaj ĉiuj atente aŭskultis, nur Zahov enue maĉis sian nigran pipon. La orharara birdeto sidis ĉe li kaj ŝajnis al Kalov, ke ofte ŝi kaŝe alrigardas al la pordo. Eble ŝi jam atendis la alvenon de Kalov.

Sed Kalov ne eniris la kafejon. Minuton aŭ du li senmove rigardis ilin kiel sur la ekrano de grandega kolora televidilo. Ili moviĝis, malfermis la lipojn, svingis la manojn, ĝuste kiel la marionetoj en la pupa teatro.

Budapeŝto, La 2-an de novembro 1980.

꼭두각시

오후 한창 졸리는 시간에 순문학 잡지 《**밝은 수평선**》의 편집장 **칼로브**는 소설 원고를 지루한 듯 넘겼다. 편집장 자리 맞은편에는 커다란 창문 너머로 3월의 부드러운 햇살이 황금색 창살처럼 날아들었다. 편집실 바깥 커다란 도로에는 미친 듯한 속도로 자동차, 버스, 전철의 물결이 이어졌다. 인도에는 사람들이 개미처럼 천천히 그리고 목적 없이 이리저리 헤매고 있다. 어느새 근무시간도 마지막을 향해 기어갔다. 오늘은 수요일이라 평소대로 4시 정각이 되면 칼로브는 **메트로폴로** 카페에 갈 작정이다.

그곳에는 작가, 예술가, 편집자가 늘 모여들었다. 칼로브는 따뜻한 커피의 진한 맛과 카페에서 자주 주문하는 코냑의 톡 쏘는 매력을 머릿속으로 즐겼다.

그 순간, 누군가 멈칫거리며 편집실 문을 두드렸다.

'내가 나가기 직전에 누군가가 다시 오는군.'

화가 난 칼로브는 속으로 중얼거렸지만, 상대방은 "예"라고 소리쳤다. 열린 문을 등지고 깡마른 젊은 남자가 들어섰다.

"안녕하세요, 편집장님." 청년이 상냥하게 인사했다.

"안녕하세요." 칼로브가 대꾸했다. 그리고 이 젊은이와 언제, 무슨 일로 대화했는지 기억하려 했다. 이 젊은이는 시와 소설로 편집실을 아침부터 저녁까지 쳐들어오는 시인이나 작가 무리에 속하는 게 분명했다. 하늘 아래 이런 두 부류는 시인이거나 작가뿐이라고 좋지 않게 생각했다.

"편집장님, 죄송하지만 저는 더 빨리 왔습니다."

칼로브가 문 두드린 소리로 알아챈 그 멈칫거림으로 젊은이는 중얼거렸다.

"그것만은 용서할 수 없지." 칼로브가 혼잣말했다.

"전에 자네가 4시 이후에나 올 수 있다고 말한 대로라면 분명 오늘 여기서 나를 만날 수 없을 테고, 나는 지금 이런 불필요한 대화를 하지 않아도 될 텐데."

하지만 칼로브는 애써 빙그레 웃으면서 커다란 몸짓으로 책상 앞 안락의자를 가리켰다.

"지난주에 무엇을 가져왔죠?"

젊은이의 시나 소설을 잘 기억하는 것처럼 칼로브가 물었다. 이 순간에 제목이 정확하게 기억났으면 좋으련만.

"2주 전입니다." 젊은이가 칼로브의 말을 수정했다.

"물론 2주 전." 칼로브가 받아들였다. 그리고 책상 서랍을 힘차게 당겼지만, 젊은이가 상냥하게 웃어서 거기서 무엇을 찾을지 알지 못했다.

"이런 참, 젊은이의 시를 어디에 두었는지⋯." 칼로브가 중얼거렸다.

"소설입니다." 젊은이가 칼로브의 말을 고쳤다.

"「하얀 장미들」이란 제목입니다."

"그래, 맞아요. 「하얀 장미들」!"

칼로브는 보통 젊은 작가의 원고를 읽지 않는데 이 소설은 어쩌다보니 이미 읽었기에 만족해서 숨을 내쉬었다. 소설은 훌륭하게 쓰였고 이 젊은이에게는 분명 타고난 소질이 엿보였다. 하지만 젊은 작가 앞에서 작품을 호평하는 건 관례가 아니었다. 게다가 《밝은 수평선》에서는 젊은 작가와 관련해서 별도의 기준을 가지고 있어 이 명성 있는 잡지에는 유명작가만 등장한다. 때로 잡지에 젊은 작가 작품도 끼워 넣지만, 주편집장이나 유명작가가 특별하게 추천한 때에 한했다. 지금 칼로브는 잡지에서 「하얀 장미들」을 실어줄 수 없는 이유를 설명하고, 동기와 논쟁거리를 다시 나열해야만 했다. 작품이 칼로브 자신에게는 대체로 마음에 들지만 젊은 작가인데도 주인공을 그리 두드러지게 묘사하지는 않았고, 문체가 흔들리고, 갈등이 작고, 주제가 사소하고, 풍경묘사가 약하고, 단어는 건조해서 다채롭지 못하고 여러 번 틀에 박힌 듯하고. 게다가…. 하지만 부족함이 많음에도 불구하고 재능있는 젊은 작가는 고집스럽게 쉼 없이 일해야만 한다. 톨스토이조차 재능은 오직 1%이고 그 외 99%는 두더지 같은 꾸준한 노동이라고 주장했다. 1시간 동안 칼로브가 이 모든 것을 능숙하게 말했고, 젊은 작가들은 행복하게 그의 사무실을 나갔다. 편집장이 유능하게 실제로 그들의 작품을 분석했다고, 젊은 작가들을 정말 돕기 원한다고, 그들의 새로운 시나 소설을 끊임없이 기다린다고 철석같이 믿으면서…. 그리고 칼로브는 항상 '아버지의 위로'로 설명을 마쳤다.

"일하세요, 일하세요, 젊은이! 재능은 오직 1%뿐이니까."

지금도 칼로브는 겉으로만 원고를 훑어보았고 작가 이름을 읽었지만 벌써 4시라 분석을 깊이 할 기분이 아니었다. 아마도 주간지 《문학의 서광》 주 편집장 **자호브**는 벌써 오래전에 메트로폴로에 앉아서 조용히 커피를 마실 것이다. 《복잡한 세상》 평론지의 **아로노브** 편집장은 유명 시인 **드라토브**에게 유명 비평가나 작가의 어떤 새로운 미담이나 즐거운 잡담을 재치있게 이야기한다. 카페 메트로폴로에 흐르는 그런 친밀한 분위기에 이끌린 칼로브는 수요일 4시가 지나면 그 카페에서만 만날 수 있는 사람이 되었다. 그의 부인조차 수요일 저녁에 뭔가 중요한 일을 알려야 한다면 카페로 바로 전화했다. 게다가 2주 전에 《문학의 서광》 주 편집장 자호브는 매력 있는 금발 여성과 함께 카페에 와서 유망한 젊은 시인이라고 소개했다. 그녀의 활기차고 장난기어린 눈빛에서 칼레브는 앞으로 즐거운 모험을 하게 될 걸 미묘하게 느꼈다.

"친절한 젊은이!" 칼로브는 딱딱하게 말하고는 자기 앞에 피고처럼 앉은 젊은이를 진지하게 바라보았다.

"자네 소설은 나쁘지 않아. 하지만 왜 이런 제목을 달았지요? 더 실제적이고 더 구체적인 제목을 골라 봐요. 주제는 독창적이지만 베낀 티가 너무 많이 나. 예를 들면 마지막 문장 '하늘은 항상 진지하다'의 문체는 **헤밍웨이**를 흉내 냈지만, 주의하세요, 그렇게 해서는 헤밍웨이가 절대 될 수 없으니까."

그 순간, 젊은이는 벌떡 일어나더니 칼로브를 똑바로 보면서 비꼬듯 천천히 말했다.

"칼로브 편집장님도 최근 소설 「도시의 장소」에서 **가르시아 마르케스** 문체를 흉내 냈지만 절대 마르케스가 될 수 없을 겁니다."

그리고는 칼로브의 투박한 손에서 원고를 낚아채서 대뜸 찢어 버렸다.

"어떻게 이런 일을!"

놀란 칼로브가 무슨 말을 하기도 전에 그 청년은 사무실을 박차고 나가면서 문을 쾅 닫았다.

"마르케스? 불량배 같으니라고! 도대체 뭔 생각이야! 아니면 내 소설에 대한 논평을 실은 《새로운 세상》의 멍청이 **랄네브**를 흉내 내나? 젊은 작가! 불량배! 그놈들은 편집실에 발도 못들이게 해야 해. 하지만 사람은 너나없이 외치지. '젊은 작가를 도와주세요!' 그들이 쓴 '잡문'을 출판해 달라는 거지. 불량배! 벌써 4시 반이군."

칼로브는 화를 내며 외투를 걸쳤다. 카페 메트로폴로는 근처라 편집실에서 그 커다란 네온 광고판이 보인다. 네온 글자판 위로 보랏빛, 파란빛, 초록빛이 3월 하늘의 잉크 빛을 배경으로 이상하게 서로 엉켰다. 거리에는 사람들로 북적거렸지만 칼로브는 인파를 밀치고 화를 내며 중얼거렸다.

"내가 마르케스를 베꼈다고? 불량배 같으니라고! 제까짓 게 내게 소설을 어떻게 쓰라고 가르치는 거야?"

사람들은 피하듯 한쪽으로 자리를 내주고, 누군가는 비웃고,

어떤 사람은 호기심으로 혹은 연민으로 힐끔 쳐다보았다. 하지만 칼로브는 건방진 청년 생각과 동시에 메트로폴로에서 그를 확실히 기다릴 금발 여류 시인을 생각하면서 서둘렀다.

'자호브가 그녀와 너무 친밀해지진 않았겠지?'

칼로브는 신경을 쓰며 궁리했다.

'그런데 자호브 그 노인네가 무슨 생각을 할까? 이런, 물론 자호브가 《문학의 서광》에 그녀 시를 내겠지만 작은 새 같은 금발 여인은 그리 단순해 보이지는 않아. 아니면 자호브가 벌써 무언가를 의심하고 악감정으로 나를 비웃겠지. 늙은 늑대에다 재능 없는 위선자지. 하지만 우리는 만나서 대화하고 서로 아첨하지. 왜냐하면, 자호브 없이는 우리가 쓴 소설은 《문학의 서광》에서 한 페이지도 실릴 수 없을 테니까. 나는 마르케스가 아니지만, 자호브 역시 시인이 아니지. 우리는 맡은 역할을 할 뿐이야. 편집실에서, 카페에서, 집에서 우리는 작가도 아니고 편집자도 아니고 젊은 작가에게 놀림당하는 꼭두각시들이야.'

칼로브는 불쑥 터져나온 내면의 목소리를 듣고 두려워서 멈칫했다. 네온 간판에 불이 켜진 카페 메트로폴로에 어느새 가까이 왔다. 초록색, 파란색, 보라색은 더욱 빛났다. 머지않아 어두워질 저녁 하늘이 배경이어서인지 빨간색이 모자란 듯했다.

'하늘은 항상 진지하다.'

칼로브는 자신도 모르게 그 거만한 젊은이가 쓴 소설 마지막 문장이 떠올랐다. 칼로브는 메트로폴로의 커다란 창 앞에 섰다. 카페 가운데쯤 놓인 그가 즐겨 앉는 탁자에 자호브, 아로노브, 드라토브, 금발 여류 시인이 모여 있었다. 아로노브는 활기차게 무언가를 이야기하고 사람들은 모두 주의해서 듣지만, 자호브는 지루한 듯 검은 파이프 담배를 물고 있다. 작은 새 같은 금발 여자는 그 옆에 앉아 남몰래 자주 문 쪽을 흘깃거리는 듯 보였다. 칼로브가 어서 도착하길 기다리는 듯했다. 하지만 칼로브는 카페에 들어가지 않았다. 일이 분 동안 커다란 칼라 TV 화면을 보듯 가만히 대형 유리 너머에 시선을 고정했다. 그들은 인형극의 꼭두각시처럼 움직이고 입을 열고 손을 흔들었다.

LA VOJO

Mi estas bankoficisto kaj vespere, kiam mi revenas el la laborejo, mi ŝatas ludi domenon, kun miaj infanoj. Somere, post la fino de la labortago mi kutimas unu horon promenadi, sed vintre, kiam estas malvarme, mi rapidas reveni hejmen.

Vintre mi enlitiĝas pli frue kaj ordinare mi dormas trankvile, sed jam kelkajn noktojn mi sonĝas vojon. Longan, larĝan, blankan vojon, kiu venas de ie kaj gvidas al ie. Mi ne memoras, ĉu iam en la realo mi vidis similan vojon, sed en miaj sonĝoj, mi klare vidas tiun ĉi longan senfinan vojon.

Ĝi pasas tra valoj kaj kamparoj, malsupreniĝas en profundajn kanjonojn, zigzage rampas sur krutaj montaroj, kurbiras tra densaj arbaroj, serpentumas ĉirkaŭ ovalaj montetoj aŭ etendas sin kiel larĝa akvoplena riverego. Blanka makadamo kovras la vojon kaj nokte ĝi lumas kiel fosforo.

Mi ne scias, kiam kaj kial mi ektroviĝis sur tiu ĉi vojo, sed plaĉis al mi tie, ĉar sur ĝi ne trafikas aŭtomobiloj. La vojo svarmas de homoj, kiuj senĉese rapidas ien. Ili estas junaj kaj maljunaj, altaj kaj malaltaj, brunokulaj kaj bluokulaj, elegantaj aŭ pli modeste vestitaj, senfina ĉeno da homoj, kiuj iradas, iradas kaj eĉ por momento ne haltas. La pli junaj kuras, la pli maljunaj paŝas malrapide, eble jam lacaj de longa irado, sed estas ankaŭ iuj, kiuj eksidas por eta ripozo apud la vojo kaj ili restas tie por ĉiam.

Estas infanoj, kiuj ankoraŭ ne kapablas iri kaj ili rampas inter siaj gepatroj. Estas adoleskuloj, kiuj senzorge kurludadas kaj malhelpas la iradon de la plenkreskuloj. Estas gelernantoj, kiuj iras kune kaj ridante ĥore, rakontas unu al alia pikantajn anekdotojn.

Kaj inter la multaj kaj diversaj homoj estas mi kaj miaj gepatroj.

- Kien ni rapidas? - multfoje mi demandas mian patrinon, sed ŝi nur diras:

- Iru, iru!

Kaj mi iras, ĉar ĉiuj ĉirkaŭ mi iras. Iuj iras trankvile, kvazaŭ promenadas, aliaj kuras, kvazaŭ dezirus esti la unuaj. Iuj eĉ vetkuras unu kun la alia; sala ŝvito rosigas iliajn vizaĝojn kaj metala ambicio brilas en la okuloj. Kaj ĉiu portas ion.

Kvardekjara viro, kiu tre similas al mia ĉefo kaj estas vestita same kiel li, en nigra kostumo, blanka ĉemizo kun ruĝa kravato, forte tenas en sia mano etan valizeton. Lia pika rigardo maltrankvile moviĝas kaj mi konjektas, ke li portas gravajn, eĉ sekretajn dokumentojn.

Maljuna viro portas grandegan murhorloĝon kaj mi tute ne komprenas, kial li bezonas ĝin. Sed la maljunulo tre fieras pri sia horloĝo kaj li ripetas: "La tempo estas mono." Alta, magra junulo portas tablon, simplan masivan kvarpiedan tablon, kaj unue mi pensis, ke ĝi estas manĝotablo, sed baldaŭ mi komprenis ĝian destinon. Ofte, ofte, la junulo metas la tablon sur la vojon, lerte supreniras sur ĝin, kaj inspire krias: "Tra densa mallumo briletas la celo". Poste li saltas sur la vojon, denove prenas la tablon kaj kuras por atingi tiujn, kiuj iris pli antaŭen kaj jam tre malproksimiĝis disde li.

Sed mi ne povas kompreni, pri kia celo li parolas kaj kial li diras "densa mallumo", kiam sur la vojo ĉiam brilas blindiga lumo.

Foje mi helpis lin malsupreniĝi de la tablo kaj mi scivole demandis lin pri kia "celo" li parolas, sed li respondis, ke ĉiu havas sian celon.

- Kaj kia estas mia celo? - mi demandis lin denove, sed nun li serioze diris, ke ĉiu sola devas serĉi sian celon.

Foje, kiam ni trapasis profundan kanjonon kaj multaj el ni sukcese ekgrimpis la sekvan krutegan montkreston, ni renkontis junan virinon, kiu vendis ion. Ĉirkaŭ ŝi estis multaj aĉetantoj kaj mi scivole demandis unu el ili, kion vendas tiu ĉi virino.

- Sur la vojo oni vendas ĉion, sed ni devas scii kion ni bezonas por aĉeti nur ĝin - edife kaj malklare respondis la viro.

Iam mi renkontis maljunulon, kiu trankvile sidis sur la vojo kaj laboris ion. Kiam mi proksimiĝis al li, mire mi vidis, ke li riparas la vojon. Ĉirkaŭ li estis ŝtonoj, ŝovelilo, puŝĉareto kaj li laboris tiel, kvazaŭ li estus sola sur la vojo, kaj tute ne rimarkis la homojn, kiuj preterpasis lin rapide.

- Kiu ordonis al vi ripari la vojon? – mi demandis. Li levis sian neĝharan kapon kaj amike ekridetis al mi.
- Neniu.
- Sed kial?
- Iu devas ripari la vojon. Ĉu ne? Ĉiuj rapidas, neniu havas tempon kaj mi decidis ripari ĝin. Se mi havus fortojn, mi faros ĉe la vojo ankaŭ fonton. La homoj bezonas freŝan akvon - diris la maljunulo kaj daŭrigis sian laboron.

Foje la vojo pasis tra verda valo, la ĉielo lazuris kiel revo kaj ŝajnis al mi, ke mi ne iras, sed flugas en la aero - kaj tiam mi renkontis ŝin. Ŝi estis deksep-dekok jara, kun longaj orkoloraj haroj kaj helaj bluaj okuloj. Multaj lentugoj ornamis ŝian ridetan vizaĝon. Ŝi kvazaŭ ĵus revenis de la lernejo, ĉar ŝi estis vestita en blua silka robo kun blanka kolumo kaj ŝi portis nigran lernantan sakon.
- Saluton! - ŝi diris al mi tiel kvazaŭ ni delonge bone konus unu la alian.
- Saluton! - respondis mi kaj ni ĝoje daŭrigis la vojon kune. Kaj ŝajnis al mi, ke delonge, delonge mi sciis, ke iam mi nepre rekontos ŝin sur la vojo.

Eĉ, kiam ĉirkaŭ ni ne estis multaj homoj, ni kisis unu la alian.

Sed ĉe la vojo ni vidis pomarbon kun maturaj ruĝaj pomoj.
- Mi deziras gustumi pomon – ŝi diris.
- Sed ni rapidas - mi provis averti ŝin
- Rapidu! - ekridetis ŝi kaj iris al la pomarbo.

Mi ne vidis ŝin plu. Mi freneze kuris sur la vojo, mi serĉis ŝin inter la homoj, sed vane. Ŝi estis nenie. Eĉ ŝian nomon mi ne sciis kaj mi ne povis diri, kiun mi serĉas. La pomo allogis ŝin, la pomo disigis nin kaj tial mi nomis ŝin Eva.

Dum la pasinta nokto mi denove dormis maltrankvile, sed mi ne sonĝis la vojon. En mia inkuba sonĝo aperis la viro, kiu tre similis al mia ĉefo. Tiu sama viro, kiu portis la etan valizeton kaj kies rigardo malagrable pikis.

- Petrov, vi ne estos plu sur la vojo - diris li malice.

- Ĉu mi restu sola kaj senmova tie? - demandis mi maltrankvile.

- Jes!

- Ne. Mi revenos sur la vojon. Nur la vojo estas movo. La junulo kun la tablo diris al mi, ke ĉiu devas serĉi sian celon.

Nur sur la vojo mi povas trovi mian celon. Ankaŭ Evan mi deziras serĉi. Certe ŝi eraris la vojon kaj mi devas helpi al ŝi - mi ekriis.

- Ehe-e, naivulo vi estas - li ekridetis seke, sed mi ripetis: - Mi trovos mian vojon!

Jam delonge mi ne ŝongis la vojon. Eble nun mi pli trankvile dormas, sed ofte tage, kiam en la banko mi kalkulas la longajn vicojn da ciferoj, aŭ vespere, kiam mi ludas domenon kun miaj infanoj, unu demando tedas min: ĉu mi trovos iam mian vojon aŭ mi ankoraŭ longe serĉos ĝin?

Budapeŝto, la 20-an de decembro 1980.

길

은행원인 나는 저녁에 사무실에서 돌아오면 자녀들과 도미노 게임을 즐긴다. 여름에는 근무를 끝내고 한 시간쯤 산책하다 오지만, 겨울에는 추워서 서둘러 귀가한다. 겨울이면 일찍 잠자리에 들고 보통은 조용히 잠을 자는데, 요 며칠은 밤마다 꿈속에서 길을 보았다.

길고 넓고 하얀 길은 어디에선가 시작돼 어딘가로 이어진다. 언젠가 실제로 비슷한 길을 보았는지 기억나지 않지만, 꿈에서는 이 길고 끝없는 길이 분명히 보인다. 길은 계곡과 들판을 지나서 깊은 협곡으로 내려가다 험한 산 위를 지그재그로 기어가고, 무성한 숲 사이로 휘어졌다가, 달걀 모양으로 둥그스름한 언덕 둘레를 뱀처럼 구불구불 이어지고, 혹은 넓게 물이 가득 찬 큰 강처럼 쭉 뻗어 있다.

길을 덮은 하얀 쇄석(碎石)에서는 밤이면 수은(水銀)처럼 빛이 난다. 내가 이 길을 언제, 왜 발견했는지 모르지만 썩 마음에 들었다. 자동차가 지나다니지 않은 길이어서다. 길에는 어딘가로 목적 없이 서둘러 가는 사람들이 북적인다. 그들은 젊거나 나이 들고, 키가 크거나 작고, 갈색이나 파란 눈동자에 우아하거나 소박하게 차려입고, 끝없는 사슬에 매인 채 걷고 또 걸으며 잠시도 멈추지 않는다. 젊은 사람은 뛰어다니고, 나이 든 사람은 오래 걸어 피곤해져서 천천히 걸어 다닌다. 길옆에 잠깐 쉬려고 앉은 사람도 보인다. 그러다 거기서 영원히 머무른다. 아직 걸을 수 없는 어린아이는 부모 옆에서 기어간다. 천방지축 뛰어다니는 청소년들도 있어 어른 걸음을 방해한다. 함께 노래를 부르면서 웃으며 걸어가는 학생들은 서로 인상 깊은 일화를 이야기한다. 많고 다양한 사람들 사이에 나와 부모님도 걷는다.

"어디로 서둘러 갑니까?"

어머니에게 여러 번 여쭤보지만 그저 "가자! 가자!" 하는 말뿐이다. 그래서 나는 간다. 내 주위 모든 사람이 가니까. 누군가는 마치 산책하듯이 조용히 걸어가고 누군가는 일등이라도 하려는 듯 마구 뛰어간다. 누군가는 서로 내기하며 뛰어간다. 소금기 젖은 땀으로 얼굴에 이슬도 맺히고 쇠 같은 야심으로 눈이 반짝인다. 그리고 사람마다 무언가를 나른다. 검은 정장에 하얀 와이셔츠, 빨간 넥타이로 차려입은 마흔 살 남자는 내 직장 상사와 아주 닮았는데 손엔 작은 여행 가방을 꼭 거머쥐었다. 그의 쏘는 듯한 눈빛이 불안하게 보였고, 뭔가 중요하고 비밀스러운 서류를 감추고 있는 듯했다. 노인은 큰 벽시계를 가지고 왔다. 왜 그것이 필요한지 전혀 알 수 없다. 하지만 노인은 시계를 무척 자랑스러워하며 '시간은 돈이다'라는 말을 반복한다. 키 크고 빼빼 마른 젊은이는 다리 넷 달린 대형 탁자를 옮긴다. 처음엔 식탁인 줄 알았다가, 곧 진짜 쓰임새를 알아차렸다. 청년은 탁자를 길에 놓고 능숙하게 밟고 위에 올라섰다. 그리고 감동해서 외친다.

"목표는 짙은 어둠을 뚫고 빛을 발한다!"

그런 뒤에는 길로 껑충 뛰어내려서 이내 탁자를 다시 들고 더 앞쪽으로 가져간다. 그 다음엔 탁자에서 꽤 멀리 떨어지더니 다시 탁자 위에 뛰어오르려 힘차게 날아오르듯 내달린다. 그러나 나는 그가 말하는 목적이 무엇인지, 길은 항상 눈부시게 빛나는데 왜 짙은 어둠이라고 말하는지 통 이해할 수 없다.

한번은 탁자에서 뛰어내리는 그를 도와준 뒤에 호기심이 나서 그가 말한 목적이 무엇인지 물어 보았다. 누구나 각자 자기 목적이 있다는 대답이 돌아왔다.

"그럼 내 목적은 뭔가요?"

내가 다시 묻자, '사람은 스스로 자기 목적을 찾아야만 한다'

고 진지하게 말한다. 한번은 깊은 협곡을 지나게 되었는데 계속되는 험한 산꼭대기를 간신히 기어 올라갔더니, 무언가를 파는 젊은 아가씨를 만났다. 그녀 주위에 물건 사는 사람이 많았다. 호기심이 생겨서 그 중 한 명에게 그 여자가 무엇을 파는지 물었다.

"길 위에서 모든 것을 팔아요. 사고 싶으면 무엇이 필요한지 알아야 해요."

남자가 가르치듯 작은 소리로 대답한다.

또 한 번은 길에 조용히 앉아 뭔가 일을 하는 노인을 만났다. 가까이 다가가서 보니 길을 고치고 있어 깜짝 놀랐다. 주위에는 돌, 삽, 손수레 같은 것이 널브러졌는데 마치 길에 혼자 있는 것처럼 일에 몰두했다. 빠르게 지나가는 사람을 쳐다보지도 않았다.

"누가 길을 고치라고 지시했나요?"

내가 물었다. 그는 눈처럼 하얀 머리카락을 휘날리며 고개를 들더니 다정하게 내게 미소지었다.

"아무도."

"그런데 왜요?"

"누군가는 길을 고쳐야 하니까. 바빠서 아무도 시간을 낼 수 없어. 그래서 내가 고쳐야 해! 여력이 생기면 길옆에 샘도 만들 거야. 목마른 사람들이 와서 시원한 물을 들이키도록 말이야."

말을 마치고 노인은 일을 계속한다.

한 번은 몹시 푸른 골짜기로 길이 이어졌다. 하늘이 꿈속에서처럼 아른거렸다. 걷지 않고 공중으로 날아가는 것 같았다. 바로 그때 그녀를 만났다. 그녀는 열일곱이나 열여덟 살쯤 돼 보였는데 머리카락은 황금색으로 길고 눈동자는 파랬다. 웃는 얼굴에는 주근깨가 다닥다닥했다. 학교에서 바로 돌아온 듯했다. 하얀 정장에 파란 비단 웃옷을 차려입고 검은 학생용 가방을 들었다.

"안녕!"

그녀는 우리가 오래 알고 지낸 사이인 것처럼 친근하게 인사했다.

"안녕."

우리는 즐거워하며 함께 길을 걸었다.

언젠가 길에서 꼭 만날 거라고 생각해온 사람 같고 오래전부터 아는 사이처럼 느꼈다. 주위에 사람이 안 보이자 우리는 키스를 했다. 길가에 잘 익은 사과나무가 보였다.

"사과를 맛보고 싶어." 그녀가 말했다.

"우리는 바빠."

그녀에게 딱딱하게 말했다.

"서둘러!"

그녀는 빙그레 웃으며 사과나무 쪽으로 갔는데 그 이후로는 한 번도 보지 못했다. 나는 길에서 미친 듯 달렸다. 사람들 틈에서 그녀를 찾아보았지만 소용없었다. 어디에도 보이지 않았다. 그녀의 이름도 알지 못해서 내가 누구를 찾는다고 말할 수도 없었다. 그녀가 사과에 미혹됐으니 사과가 우리를 갈라놓은 셈이다. 그래서 그녀를 **하와**라고 부르기로 했다.

지난밤엔 다시 불안하게 잠들었다. 길에 대한 꿈은 꾸지 않았다. 대신 악몽을 꿨는데 직장 상사를 **빼닮은** 남자가 나타났다. 작은 여행 가방을 들었는데 불쾌한 듯 나를 째려보았다.

"**페트로브**, 너는 길에 있을 수 없어."

그가 악의적으로 말했다.

"그럼 난 혼자 가만히 있어야 하나요?"

걱정이 됐다.

"그래."

"아니예요! 나는 길에 돌아갈 것입니다. 길에서만 움직입니다. 사람마다 자기 목적을 찾아야 한다고 탁자를 옮기던 청년이 말했다고요. 길에서만 나의 목적을 찾을 수 있어요. 하와도 찾고 싶어요. 분명 그녀는 길을 잃었을 테니 내가 도와줘야 해요."

내가 소리 질렀다.

"아이고, 순진하구나."

그는 딱딱하게 미소지었지만 나는 거듭 외쳤다.

"저는 제 길을 찾을 겁니다."

오래전부터 길이 보이는 꿈은 꾸지 않는다. 요즘은 편안하게 잠잔다. 그래도 낮에 은행에서 복잡한 돈 계산을 했거나 밤새 아이들과 도미노 게임을 하고나면, 질문 하나가 나를 짓누른다. 언제 내 길을 찾아 나설건데? 아니면 여전히 오래도록 그것을 찾을까?

LA ROZOJ

El la sezonoj Peter pleje ŝatis la printempon.
Printempe li sentis sin vigla, energia kaj petolema. Sed
la ĉijara printempo eble estis la plej ĝoja en lia
kvardekjara vivo. En la komenco de monato majo lia
familio ricevis novan loĝejon. Post dekjara longa
atendo realiĝis ilia granda familia revo. La loĝejo estis
en nova kaj tre malproksima kvartalo de la urbo, sed
Peter sentis sin feliĉa kaj fiera. Ĉiumatene li vekiĝis pli
frue ol kutime, malfermis la fenestron kaj kelkajn
minutojn reve li rigardis orienten, kie la suno alpafis
sennombrajn sagojn al la novaj domoj. La trankvilaj
printempaj matenoj vekis en li ĝojon kaj emon por
laboro, emon daŭrigi kaj fini sian doktoran disertacion,
kiun li jam kelkajn jarojn prokrastis. Kaj ĉiumatene li
ekiris al sia laborejo, havante kvazaŭ flugilojn.
Sed ĉiam sur la ŝtuparo de la domo, li vidis antaŭ si
la maldikan kurbiĝintan dorson de maljuna viro. La
flegmaj paŝoj de la maljunulo kolerigis lin kaj li tute
ne povis kompreni, kial necesas por tiu ĉi pensiulo
ĉiumatene je la sesa horo eliri el la domo. Pli ol klare
estis, ke li delonge jam ne laboras kaj simple iras
promenadi. Kaj je la kvina horo, ĉiuposttagmeze, kiam
Peter revenis hejmen, ankaŭ la stranga maljunulo
revenis de ie.
Post semajno aŭ du Peter alkutimiĝis al tiuj ĉi

renkontiĝoj kaj li tute ne interesiĝis, kiu estas la maljuna najbaro kaj en kiu apartamento li loĝas.

Sed foje, kiam Peter revenis de la laborejo kaj li iomete laca paŝis sur la ŝtuparo, la maljuna najbaro, neatendite kaj subite, salutis lin:

- Bonan tagon.

- Bonan tagon - respondis mekanike Peter kaj nun la unuan fojon li vidis la vizaĝon de sia najbaro. Ĝi estis pala, glate razita, kun kurba nazo. Malantaŭ la dikaj lensoj de liaj okulvitroj kviete rigardis du senkoloraj okuletoj. Nek unu karakteran trajton havis tiu ĉi senmova kaj griza vizaĝo. Peter ne rimarkis ĉu la maljunulo ridetis aŭ ne, sed eble ankaŭ lia rideto estis tiel senesprima kaj pala kiel lia vizaĝo.

Peter konis multajn similajn vizaĝojn, sed nun tiuj ĉi du grizaj okuletoj malagrable pikis lin. Printempe aŭ vintre, matene aŭ tage, similaj okuloj ĉiam brilas per glacia brilo aŭ pli ĝuste ili ne brilas, ili nur respegulas ian palan lumon.

"Klasika filistro por kiu la plej grava en la vivo estas la modera manĝado kaj la regula promenado - meditis Peter - kaj eble tiel li vivas jam pli ol sesdek jarojn. Vivo ebena kaj trankvila kiel la akvo en malprofunda marĉo."

Foje matene Peter ne vidis la maljunulon sur la ŝtuparo. "Eble li malsaniĝis aŭ pli frue eliris" - diris Peter en si mem, sed kiam li proksimiĝis al la aŭtobushaltejo, li tuj rimarkis la dorson de sia najbaro, en la homamaso, kiu jam senpacience atendis la aŭtobuson.

Eble ankaŭ la malgrandaj okuloj de la najbaro rimarkis lin kaj konata voĉo salutis Petron:

- Bonan matenon, estimata.

- Bonan matenon, sinjoro - respondis Peter kaj li ne tre sukcese provis afable ekrideti pensante, ke per tiuj ĉi vortoj li plenumis sian najbaran devon. Sed la maljunulo, verŝajne jam tedita de la atendado, alparolis lin:

- Estimata, vi certe malfruos hodiaŭ matene. Jam delonge ne venis aŭtobuso.

- Ne. Mi kutimas pli frue ekiri - respondis Peter lakone.

- Tio estas bona kutimo - kompetente aldonis la maljunulo. - Kiam mi laboris, ankaŭ mi kutimis pli frue iri en la laborejon. Kvardek jarojn eĉ unu tagon mi ne malfruis. Mi jam estas pensiulo, sed ankaŭ nun mi vekiĝas je la kvina horo matene, mi matenmanĝas kaj je la sesa horo mi eliras. Kiam mi laboris, mia ĉefo ĉiam diris al mi: "Ŝinjoro. Alffed, vi estas pli akurata ol la plej preciza horloĝo."

Peter malatente aŭskultis la babiladon de sia najbaro kaj kolere pensis, ke ĝuste la ŝoforoj de la urbaj aŭtobusoj ne havas la kutimon de sinjoro Alfred.

Peter naive esperis, ke la frumatena konversacio kun lia parolema najbaro tuj finiĝos post la alveno de la aŭtobuso, sed en la plenŝtopita aŭtobuso ili devis stari unu ĉe la alia kaj la babilema maljunulo daŭrigis la paroladon:

- Jes. Ni, pli aĝaj homoj, ŝatas frue vekiĝi. Nur por la

junuloj estas dolĉa la dormado.

Sinjoro Alfred jam sufiĉe monologis kaj la bona konduto postulis, ke ankaŭ Peter diru aŭ aldonu ion kaj li preferis demandi:

- Sinjoro, kien vi iras ĉiufrumatene?

- Ho, estimata, mi havas etan ĝardenon sur Arbustmonteto. Eble vi bone scias, kie situas tiu ĉi monteto; norde de la urbo. Tie, en la ĝardeno, mi havas ankaŭ ĉambreton kaj ĉiutage mi iras tien. Por mia malsano tio estas bonega. Astmon mi havas kaj mi bezonas freŝan aeron. Kiam mi aĉetis la lokon, ĝi similis al ĝangalo, sed iom post iom mi kultivis ĝin. Mi plantis tie cepojn, ajlojn, terpomojn, kelkajn frambarbustojn, iomete da fragoj, vitojn kaj kelkajn persikojn. Por mi la ĝardena laboro estas ripozo.

"Feliĉa" maljunulo - pensis ironie Peter - Li havas familian loĝejon kaj ĝardenon kaj li ne vidas pli malpoksimen ol la branĉoj de la arboj en sia ĝardeno. Lia tuta mondo estas kelkaj kvadratmetroj sur kiuj kreskas cepoj, ajloj kaj terpomoj."

Tiun ĉi tagon Peter ne povis racie labori. Ekstere brilis la printempa suno kaj tra la malfermitaj fenestroj de la kemia laboratorio libere enfluis la vigla urba bruo.

Peter nevole pensis pri la matena konversacio kun sia najbaro, pri lia ĝardeneto kaj Arbustmonteto... Foje, eble antaŭ dek jaroj, Peter promenadis sur Arbustmonteto, sed jam preskaŭ ne memoris kiel ĝi aspektis. Ŝajnis al li, ke estis somero kaj la tuta monteto similis al verda bukedo da diversaj fruktaj arboj. Eble nun printempe, kiam la arboj floras, tie estas mirinde kaj Peter amare rememoris, ke tre malofte li eliras el tiu ĉi ŝtonurbo. Liaj semajnoj estas fermitaj inter la betonaj muroj kaj liaj ripozaj kaj laboraj tagoj fluas kiel malrapida, senkomenca kaj senfina rivero. Liaj pensoj ekflugis pli kaj pli malproksimen, al la provinca urbeto, kie li naskiĝis kaj li vidis sian gepatran domon, kuŝantan sub la friska ombro de oldaj fruktaj arboj.

Printempe kiel freŝa estis tie la aero kaj kiel bjua - la ĉielo!

La labortago finiĝis, sed Peter sentis sin nervoza, laca, malkontenta. Nenion konkretan li faris hodiaŭ. Sur la ŝtuparo de la domo li denove renkontis sian maljunan najbaron. Sinjoro Alfred paŝis malrapide, spirante kiel ŝarĝvagonaro. Eble la hodiaŭa promenado pli lacigis lin. En unu mano sinjoro Alfred portis sian nigran, jam ege elfrotitan sakon kaj en la alia mano - bukedon el belegaj rozoj. Kvazaŭ impetajn flamojn tenus lia vaksa kaj treman ta mano.

Peter eĉ ne supozis, ke en la ĝardeno de lia najbaro estas ankaŭ floroj kaj li ne sukcesis kaŝi sian miron: - Ho! Vi havas rozojn en via ĝardeno!

- Tre multaj kaj diversaj floroj estas tie, estimata - ridete diris la maljunulo.

- Kaj kie vi vendas ilin?

Sinjoro Alfred alrigardis lin, kvazaŭ li ne tre bone komprenus la demandon.

- Mi malŝatas la komercon per la beleco de la naturo

- li ekflustris. — La floroj estas ĝojo. Vi havas filineton, estimata, ŝi certe amas la florojn. Estu ŝia tiu ĉi bukedo - kaj sinjoro Alfred donis al Peter la flamantajn rozojn.

Minuton longe Peter senmove rigardis la kurbiĝintan dorson de sia najbaro, kiu silente malproksimiĝis de li.

Nek la edzino, nek la filino de Peter estis hejme. Li faris kelkajn sencelajn paŝojn en la vestiblo kaj ekstaris antaŭ la spegulo. Liaj okuloj estis lacaj kaj li nevole komparis sian vizagon kun la vizaĝo de sinjoro Alfred. Ankaŭ Peter havis okulvitrojn kaj ankaŭ liaj okuloj estis etaj kaj grizaj.

La rozoj flamis en lia mano. Eva, lia filino, jam deksesjara, sed eĉ unufoje li ne donacis al ŝi florojn. Dek jarojn li eĉ unu ekskurson ne faris kun sia familio. Jam dek jarojn li planas fini sian doktoran disertacion. Dek jarojn li atendis la novan loĝejon. Dek jarojn li... Kia estas la valoro de dek jaroj en la vivo de la homoj?

장미

페테르는 계절 중에서 봄을 가장 좋아했다. 봄에는 활기차고 힘이 넘치고 장난기가 발동한다. 게다가 올봄은 마흔 살 인생에서 가장 기뻤다. 5월 초에 페테르의 가족은 새집을 구했다. 10년! 긴 기다림 끝에 드디어 꿈이 실현된 것이다. 집은 도시에서 먼 신흥 지역에 있었지만, 페테르는 행복하고 자랑스러웠다. 아침이면 예전보다 이른 시각에 일어나서 창을 열고 해님이 새집을 향해 쏘아대서 화살 빛이 쫘악 퍼지는 동쪽 하늘을 꿈꾸듯 몇 분간 바라보았다.

편안한 봄날 아침의 기운을 힘입으니까 상쾌하고 일할 기분이 넘쳐나서 몇 년째 미루던 박사 논문을 다시 시작하려는 의욕이 불끈 일었다. 그리고 아침마다 날개 돋친 듯한 가벼운 마음으로 직장에 갔다. 그런데 집 계단에서 마르고 등이 굽은 노인을 만났다.

힘없이 느릿느릿 걷는 노인 때문에 화가 치밀었다. 아침마다 6시에 연금수급자가 왜 집을 나서는지 도무지 이해할 수 없었다. 노인은 오래전에 일을 그만두고 산책하는 게 분명했다. 게다가 페테르가 집에 돌아오는 오후 5시면 이상한 노인도 어딘가에서 돌아왔다.

한두 주 지나자 페테르는 이런 만남에 익숙해져 늙은 이웃이 누군지, 아파트 몇 호에 사는지 별 관심을 두지 않았다.

한번은 페테르가 직장에서 돌아와 피곤한 몸으로 계단을 오르는데, 이웃집 노인과 예기치 않게 인사를 나눴다.

"안녕하세요."

"안녕하십니까."

드디어 처음으로 아무 생각 없이 무뚝뚝하게 이웃의 얼굴을 처다보았다. 노인은 창백한 편이고, 굽은 코에 면도를 말끔히 했다. 두꺼운 안경 렌즈 너머로 무색 눈동자가 조용히 사물을 응시했다. 이 움직임 없는 회색 얼굴에는 어떤 특징도 보이지 않았다. 페테르는 노인이 웃는지 안 웃는지 알지 못했지만 미소도 얼굴처럼 무표정하고 희미한 듯했다. 페테르는 엇비슷한 얼굴을 많이 알지만 지금 이 회색 눈동자는 기분 나쁘게 자기를 째려보는 것 같았다. 겨울이나 봄의 아침이나 낮 무렵이면 이런 눈동자들은 얼음처럼 흐릿한 빛을 내거나, 더 정확하게 말하자면 반짝거림이 없이 그저 희미한 빛을 반사할 뿐이다.

'세상에서 제일 중요한 것이라곤 현대식 먹거리와 시간 맞춘 산책인 속물!' 페테르는 내심 비난을 했다.

그 노인네는 60년 이상 그렇게 살았을 것이다. 인생은 얕은 늪의 물처럼 평온하고 잔잔했을 터였다.

어느 날 아침에 계단에서 노인을 보지 못했다.

"아마 바쁘거나 더 빨리 일어나셨나 보군."

페테르는 중얼거리면서 버스 정류장에 가까이 다가갈 때 버스를 애타게 기다리는 무리에서 이웃 노인의 등을 금세 알아봤다. 이웃의 작은 눈도 그를 알아보고 익숙한 목소리로 페테르에게 인사했다.

"안녕, 젊은이."

"안녕하십니까, 어르신!"

페테르는 아침 인사한 것으로 이웃의 의무는 했다고 여겨 웃지도 않았다. 그때 기다림에 지친 노인이 말을 걸었다.

"젊은이, 오늘 아침은 늦었네요. 벌써 한참 버스가 오지 않아요."

"네. 보통은 좀더 일찍 나섭니다."

페테르는 간단히 말했다.

"그건 좋은 습관이죠."

노인이 위엄 있게 덧붙였다.

"나도 한창 때 직장에 일찍 출근했었죠. 40년간 하루도 지각하지 않았어요. 어느새 연금수급자가 됐지만 지금도 아침 5시에 일어나 식사하고 6시에 집을 나서요. 근무할 때 윗분이 늘 말했죠. '**알프레드** 씨, 당신은 시계보다 더 정확히 시간을 지키는군.'"

페테르는 이웃의 수다에 그다지 주의를 기울이지 않았다. 시내버스 운전사에게는 알프레드 씨의 습관이 없나 보군, 하며 속으로 화를 냈다. 페테르는 수다스러운 이웃과 나누는 이른 아침의 대화는 버스가 도착하면 곧 끝나리라고 단순하게 바랐지만, 만원 버스 안에서도 둘은 바싹 붙어 서야 했고 노인은 수다를 계속 늘어놓았다.

"그래요, 나이 든 사람은 일찍 일어나요. 젊은이에겐 잠이 달콤하죠."

알프레드 씨는 한참을 혼자 수다를 떨었고, 페테르도 무언가 말하거나 교감하는 표시를 해야 했지만, 질문 쪽을 택했다.

"어르신, 이른 아침마다 어딜 가시나요?"

"아이고, 젊은이. 나는 수풀 언덕에 작은 정원을 가지고 있어요. 그 언덕이 어딘지 잘 알 거예요. 도시 북쪽이죠. 정원에 작은 오두막도 있어 날마다 거기 가요. 내 질병 치료에 그곳이 아주 좋대요. 천식을 앓아서 신선한 공기를 많이 마셔야해요. 처음 샀을 당시에는 밀림 같았지만 조금씩 경작해서 양파, 마늘, 감자, 양딸기, 나무딸기, 포도와 복숭아 몇 그루를 심었어요. 내게는 정원 일이 휴식이죠."

'행복한 노인이군!' 페테르는 속으로 비꼬았다. '이 노인네는 가정집에다 정원까지 소유하고, 자기 정원에서 자라는 식물에만 관심을 두지. 그의 세계는 양파, 마늘, 감자가 자라는 몇 제곱미터가 전부일 거야.'

이날은 정상적으로 일을 할 수가 없었다. 밖에는 봄 햇살이 빛나고 화학 실험실의 닫힌 창 너머로 활기찬 도시의 소음이 들려왔다. 페테르는 자기도 모르게 오늘 아침 대화한 이웃의 정원과 수풀 언덕을 그려보았다. 페테르가 수풀 언덕을 산책한 것은 아마 10년도 넘어서 주변이 어떻게 생겼는지 거의 기억나지 않는다. 여름이었는데 언덕마다 다양한 과일나무가 자라서 푸른 꽃다발을 보는 것 같았다. 이런 봄철에 나무에 꽃이 피면 정원은 방화요초로 뒤덮여 낙원같을 것이다. 페테르는 쓸쓸했다. 자신은 아주 가끔 이 돌도시에서 빠져 나가기 때문이었다.

페테르는 한 주일동안 거의 콘크리트 벽 사이에 갇혀 지낸다. 쉬고 일하는 날이 천천히 흐르는 강물처럼 시작도 끝도 없이 지나갔다. 그의 사색은 멀리 날아가 먼 지방 마을에 이르렀다. 그곳은 페테르의 고향인데 오래된 과일나무 사이 시원한 그늘에 부모님 집이 자리했다. 봄철엔 공기가 무척 시원하고 하늘은 또 얼마나 파랬던가.

일하는 시간이 끝났지만, 페테르는 신경질이 꾸역꾸역 올라와서 피곤하고 불행해졌다. 오늘은 어떤 구체적인 일도 하지 않았다. 집 계단에서 다시 늙은 이웃을 만났다. 알프레드 씨는 화물 기차처럼 숨을 쐬액 쐬액 거칠게 몰아쉬면서 천천히 걸어갔다. 아마 산책하느라 더 피곤해진 듯했다. 알프레드 씨는 한 손엔 검고 닳아빠진 가방을, 다른 손엔 예쁜 장미 꽃다발을 들었다. 초췌하고 떨리는 그의 손에 불타는 열망이 들린 듯 보였다. 페테르는 그의 이웃 정원에도 꽃이 만발한다는 걸 상상도 못해서 더더욱 놀랐다.

"정원에 장미를 키우시는군요!"

"꽃이 아주 많고 다양해요, 젊은이." 노인이 웃었다.

"그럼 그 꽃을 어디에 파나요?"

알프레드 씨가 그를 쳐다보았다. 질문을 잘 이해하지 못한 사람처럼.

"자연의 아름다움은 파는 게 아니지요." 그는 속삭였다.

"꽃은 기쁨을 주죠. 젊은이는 어린 딸이 있지요? 그 아이는 분명 꽃을 좋아할 거예요. 이 꽃다발을 그 아이에게 주세요."
알프레드 씨는 페테르에게 빛나는 장미를 건네주었다. 페테르는 오래도록 조용히 멀어지는 이웃의 굽은 등을 가만히 바라보았다.

페테르 부인도, 딸도 집에 없었다. 현관에서 그는 터덜터덜 몇 걸음을 걸어 거울 앞에 섰다.

피곤한 눈의 자기 얼굴을 보며 자기도 모르게 알프레드 씨의 얼굴과 비교했다. 페테르 역시 알프레드 씨처럼 안경을 쓰고 눈동자도 작고 잿빛이다. 딸 **에바**가 열여섯 살이 되기까지 그는 한 번도 딸에게 꽃을 선물해 본 적이 없었다. 10년간 가족과 소풍 한번 가지 않았다. 10년간 박사 논문을 끝내겠다고 매년 계획만 세웠다. 10년간 새집에 들어갈 날만 손꼽아 기다렸다. 10년간 그는…. 인생에서 10년의 가치는 도대체 무엇인가?

KALINA - FONTO

La suno posthorizontas, kiam Anton kaj lia patro atingas la monteton. Sube, en la valo, kiel ŝafa grego kuŝas la vilaĝo.

- Tie mi naskiĝis — diras la patro. Lia sulkiĝinta, seka vizaĝo aspektas kupra pro la sunsubiro. Senmove li rigardas la horizonton, kie la lastaj sunradioj similas al trançiloj enigitaj en grandegan varman panon.

"Pri kio li pensas nun?" - demandas sin mem Anton. La patro tre malofte parolis pri sia naska loko. Li estis infano, kiam liaj gepatroj, la geavoj de Anton, forlasis la vilaĝon kaj ekloĝis en la urbo. Sed ĉisomere la patro subite diris, ke li deziras, nepre kun Anton, la lastan fojon vidi la vilaĝon. Verŝajne la infanaj rememoroj renaskiĝis en li, aŭ eble li mem deziras montri al Anton sian naskan lokon.

En silento kuŝas la vilaĝo. Nek bruo, nek voĉo alflugas de ĝi. Tie kvazaŭ delonge loĝus neniu. Sur la najbara monteto, kiel ursa felo, sterniĝas densa kverkarbaro. Sur ĝin jam falas la blueca ombro de l' vespero. Friska vento alblovas sorĉaromon de sovaĝa timiano. Anton ektremas. Ĉu en tiu ĉi silenta valo naskiĝis lia patro?

Ili descendas de sur la monteto kaj tra juna akacia bosko ili ekiras al la vilaĝo. En la somera antaŭvespero nek homo, nek ĉaro videblas sur la polva vojo. Proksime babiladas rivereto kaj Anton nevole rememoras la fontanon, kiun antaŭnelonge li vidis en iu hispana monaĥejo. Strangaj estas la kapricoj de la sorto. Anton vojaĝis en Afrikon, Azion, sed neniam li supozis, ke li venos iam ankaŭ ĉi tien. Li preskaŭ ne konas la parencojn, kiuj loĝas en ĉi tiu forgesita montara vilaĝo.

Ankaŭ la patro silentas. Eble li rememoras sian infanecon, kiam de matene ĝis vespere li ludis tie, aŭ kun aro da infanoj li vadis en la rivero kaj mane fiŝkaptadis.

Neatendite ili enpaŝas senarbejon. Tie, ĉe la vojo, staras fonto farita el blankaj glataj ŝtonoj. La malvarma akvo, kristala kiel larmo, murmure fluas. La patro trinkas kaj eksidas sur la proksiman lignan benkon. Sur la glataj ŝtonoj de la fonto, per ĉizitaj vortoj, estas skribita: "Rememore al Kalina".

- Kiu estis Kalina? - demandas Anton.

- Ĉi tie oni pafmortigis ŝin - respondas la patro post mallonga paŭzo.

- Kiu? Kial?

- Longa historio estas tio...- elspiras la patro. Anton strabas lin demande.

- Loĝis en la vilaĝo forĝisto, juna, forta kiel kverko - per obtuza raŭka voĉo ekparolas la patro. - Tie, sub la poploj, estis akvomuelejo en kiu loĝis vidva muelisto kun sia sola filino, Kalina - junulino vigla kiel kapriolo. Neniu povas diri, ĉu ŝiaj ĉerizaj okuloj sorĉis la forĝiston, aŭ ĉu lia tondra rido kaj bravulaj fortoj ravis ŝian koron, aŭ eble li kaj ŝi naskiĝis unu por la alia. Sed la forĝisto havis familion kaj pri lia amo kun

Kalina sciis la tuta vilaĝo.

En la krepusko, antaŭ la vesperiĝo, ĉi tie, ĉe la fonto, ofte sidis la forĝisto kaj atendis Kalinan, kiu venis por akvo ĉi tien.

La edzino de la forĝisto velkis pro ĉagreno. La ĵaluzo, simile al serpento, pikis ŝian koron. Ŝi timiĝis, ke la edzo ŝin forlasos kaj li edziĝos al Kalina, aŭ eble ŝi ne povis plu elteni la malicajn aludojn de la vilaĝanoj. Al sia dekdujara filo ŝi diris, ke lia patro amas Kalinan kaj pro Kalina lia patro lasos ilin solaj. Kion komprenis la infano, aŭ eble la knabo ektimiĝis, ke li neniam plu havos patron.

Foje, ĉe la vesperiĝo, la patrino donis revolveron al la knabo kaj sendis lin ĉi tien, al la fonto. Kiam Kalina venis kun siteloj, la knabo pafis, murdis ŝin.

La knabon oni ne kondamnis. Li ne estis plenaĝa. Post la morto de Kalina, la forĝista familio forlasis la vilaĝon.

Pasis jaroj, la knabo iĝis viro kaj ĉi tie li mem masonis novan fonton. Per la sama mano, per kiu iam li pafis, li ĉizis en la glataj kaj malvarmaj ŝtonoj la nomon de Kalina.

La patro eksilentas. Sur lia vizaĝo ekruliĝas larmoj.

Liaj sekaj manoj tremas. Ĉu tiuj ĉi samaj manoj karesadis Antonon, kiam li estis infano?

- Paĉjo...

- Delonge mi deziris rakonti al vi tion - ekflustras la patro. Silento volvas ilin. Susuras nur la fonto.

Budapeŝto, la 24-an de marto 1982.

칼리나 샘물

안톤과 그의 아버지가 언덕에 도착할 무렵, 해는 수평선을 넘어가고 있었다. 저 아래 계곡에는 양 떼처럼 마을이 누웠다.
"저 마을에서 내가 태어났어."
아버지가 말했다. 그의 주름지고 메마른 얼굴은 석양을 받아 구릿빛이었다. 안톤은 가만히 수평선을 바라봤다. 그곳에서 본 마지막 햇살은 커다랗고 따뜻한 빵에 집어넣는 기다랗고 좁은 빵 칼 같았다. 지금 아버지가 무슨 생각을 하는지 안톤은 궁금했다. 아버지는 아주 가끔 고향 이야기를 했다. 아버지가 어렸을 때 그의 부모, 곧 안톤의 조부모는 마을을 떠나 도시에서 살았다.
그런데 이번 여름에 갑자기 아버지는 안톤과 함께 마지막으로 고향에 꼭 가보고 싶다고 했다. 어릴 적 기억이 되살아났거나, 안톤에게 태어난 곳을 알려 주길 원하는 것 같았다. 마을은 고요하게 웅크리고 있었다. 소음도, 사람 목소리도 들리지 않았다. 마치 오래전부터 아무도 살지 않는 곳 같았다. 근처 언덕에는 곰 털 같이 무성한 도토리나무 숲이 펼쳐졌다. 그 위에는 어느새 저녁의 파르스름한 그림자가 드리웠다. 시원한 바람을 타고 야생 백리향의 매력적인 향기가 실려 왔다. 안톤은 약간 떨렸다. 이런 조용한 계곡에서 아버지가 태어났다는 게 믿어지지 않았다. 그들은 언덕을 내려와서 어린 아카시아 나무로 이뤄진 숲을 지나 마을로 걸어갔다. 여름철 그것도 저녁 직전이라 먼지 쌓인 길에는 사람도, 수레도 찾아볼 수 없었다. 가까이에 작은 시내가 졸졸 흐르는 풍경에 안톤은 자기도 모르게 얼마 전 스페인 어느 기도원에서 본 분수를 떠올렸다. 운명은 변덕스러웠다. 안톤은 아프리카와 아시아를 여행

했지만 언젠가 여기에 오리라고는 상상도 못 했다. 이 잊힌 산골 마을에 사는 친척이 누군지 알아보지 못했다. 아버지도 조용했다. 어린 시절에 아침부터 저녁까지 여기에서 놀고, 친구들과 떼 지어 강에서 멱을 감고 손으로 고기 잡던 추억을 떠올리는 듯했다. 어떤 기대도 없이 그들은 초원을 지나갔다. 길옆에 하얗고 매끄러운 돌로 만든 샘이 보였다. 눈녹은 물처럼 맑고 시원한 샘물이 찰랑거렸다. 아버지는 샘물을 마시고는 근처 나무 의자에 걸터앉았다. 샘의 매끄러운 돌 위에 '칼리나를 추억하며'라는 글자가 새겨져 있다.

"**칼리나**가 누군가요?" 안톤이 물었다.

"여기서 사람들이 그녀를 죽였어." 잠깐 쉬었다가 아버지가 말했다.

"누가? 왜요?"

"그건 오래된 이야기야." 아버지는 숨을 내쉬었다. 안톤은 묻듯이 아버지를 옆으로 바라보았다.

"마을에 도토리나무처럼 튼튼한 젊은 대장간지기가 살았어." 아버지는 힘없이 쉰 목소리로 말했다.

"마을 미루나무 밑에 물레방앗간이 섰고 거기에 홀아비 방앗간지기가 산양처럼 활기찬 외동딸 칼리나와 단 둘이 살았어. 칼리나의 체리 색 눈이 대장간지기를 홀렸는지, 대장간지기의 천둥 같은 웃음소리와 넘치는 힘이 칼리나의 마음을 사로잡았는지, 그 둘이 서로를 위해 태어났는지 누구도 말할 수 없었지. 하지만 처자식을 둔 대장간지기가 칼리나를 사랑한다는 소문이 온 마을에 퍼지고 말았어.

석양녘에 대장간지기는 이 샘에 자주 와서 물을 길러 오는 칼리나를 기다렸어. 대장간지기 아내는 걱정으로 시들어갔고 질투가 뱀처럼 그녀의 가슴을 찔렀지. 남편이 자기를 버리고 칼리나와 결혼할까 봐 두려웠는지, 아니면 마을 주민이 퍼뜨리는 못된 소문을 더는 참을 수 없었는지, 그녀는 무서웠어. 열두 살짜리 아들에게, 아버지가 칼리나를 사랑해서 자기 둘을 버릴지도 모른다고 일러주었단다. 어린아이가 무엇을 이해했는지, 더는 아버지를 가질 수 없다고 몹시 두려워했어. 한 번은 저녁에 어머니가 소년에게 총을 줘서 이 샘으로 보냈지. 칼리나가 양동이를 들고 왔을 때 소년이 총을 쏴서 그녀를 죽였어. 사람들은 어린이를 처벌하지 않았지. 미성년자이기 때문에. 칼리나가 죽은 뒤 대장간지기 가족은 마을을 떠났어. 세월이 지나 소년은 어른이 됐고 여기에 혼자 새로운 샘을 만들었어. 언젠가 총을 쏜 그 손으로 매끄럽고 넓적한 돌에 칼리나의 이름을 새겼단다."

아버지는 더는 말이 없었다. 얼굴에는 눈물방울이 조그맣게 흘러내렸다. 메마른 손은 파르르 떨렸다. 같은 이 손으로 어릴 때 나를 어루만졌는가, 하고 안톤은 생각했다.

"아빠!"

"오래전부터 나는 이 이야기를 네게 하고 싶었다."

아버지는 속삭였다. 고요가 그들을 감쌌다. 찰랑거리는 샘물 소리만 들렸다.

LA SINJORO INSTRUISTO

Subita sonoro tranĉis la silenton en la domo, kaj Marina rapide iris malfermi la pordon. Estis poŝtisto, maljuna viro, kiu eble nelonge laboris en ilia kvartalo, kaj ŝi por la unua fojo vidis lin.

La poŝtisto donis al Marina telegramon kaj petis ŝin subskribi la ricevatestilon. Al Marina ŝajnis, ke ŝi jam aŭdis iam tiun ĉi voĉon kaj ŝi pli atente alrigardis lin. Li estis eble pli ol sesdekjara, kaj lia maldika korpo kvazaŭ perdiĝus en lia larĝa poŝtista uniformo. Pro la daŭra irado liaj nigraj ŝuoj estis frotitaj, sed de lia ĉemizo blanka kiel neĝo, oni povis eksenti agrablan freŝan odoron de akvo kaj sapo.

Sed Marina tute konsterniĝis, kiam ŝi vidis pli bone la okulojn de tiu ĉi maljuna homo kaj ŝi jam estis certa, ke ŝi konas lin persone, kaj bonege rememoras liajn kolombokolorajn, helajn okulojn.

Ŝi preskaŭ forgesis pri la telegramo, per kiu ŝia kuzo invitis ŝin ĉeesti lian edziĝfeston. Ŝi mallaŭte diris "ĝisrevidon" al la poŝtisto, fermis la pordon kaj ŝi apogis sin al la muro, kvazaŭ nehavante spiron. Nur ŝiaj lipoj ekflustris malklare. "Sinjoro instruisto..."

Mola nebulo vualis ŝian rigardon kaj ia nevidebla mano malrapide trafoliumis la albumon de ŝiaj rememoroj.

Antaŭ tridek jaroj ŝia naskurbo, situanta ĉe la marbordo, similis al olda, traborita boato forgesita de ĉiuj. Nur somere sur la krutaj urbaj stratoj kaj sur la mola ora sablo de la strando oni povis vidi kelkajn fremdulojn. Sed aŭtune, kiam fridaj ondoj inundis la plaĝon kaj frostaj ventoj ekblovis de la maro, la urbeto kaŝis sin timeme malantaŭ la nigraj, akraj rokoj ĉe la bordo.

Malplenaj staris la tabloj sur la urba fiŝbazaro kaj tie jam ne promenadis kaj ne zumis la bunta homamaso kiel dum la somero. Sur la silenta kaj senhoma placo ta vento kolere pelis malpuraĵojn kaj paperojn. Nur la hurlo de la maraj ondoj senlace eĥiĝis sur la stratoj kaj en la domoj, kie regis enuo kaj monotono.

Sed en iu septembra tago, la rulbruo de nigra faetono rompis la silenton de la urbo kaj vekis novajn sentojn en Marina.

En la provinca mara urbo alvenis nova instruisto de literaturo.

Marina bone rememoris la aŭtunan tagon, kiam la nigra faetono haltis sur ilia strato, proksime al ilia domo, kaj el la faetono malsupreniĝis juna, eleganta viro. La nova instruisto luis ĉambron en najbara domo. Tiam Marina estis lernantino en la dua klaso de la gimnazio, kaj kiam la nova instruisto eniris por la unua lernohoro en ilian junulinan klason, la knabinoj apenaŭ premis siajn mirkriojn.

La nova instruisto estis svelta, ĉirkaŭ tridekjara viro kun densa bukla hararo, nigra kiel korva flugilo kaj kun helaj kolombokoloraj okuloj. La blanka ĉemizo kun ĉerizkolora kravato kontrastis al lia bruneta, glate razita vizaĝo.

- Mia nomo estas Gorov - diris simple la nova instruisto kaj demandis pri la temo de ilia lasta leciono.

Post la fino de la unua lernohoro, lia voĉo longe sonis en la oreloj de Marina.

La nova instruisto parolis tiel, kvazaŭ la figuroj de la literaturaj verkoj vivus antaŭ liaj helaj okuloj. Liaj lecionoj estis emociaj rakontoj pri la homoj kaj vivo. Kaj per aliaj okuloj Marina komencis vidi la urbeton, kie ŝi naskiĝis, kaj la maron, ĉe kiu ŝi kreskis. Iel malklare Marina komencis kompreni, ke eble la maro ne estas nur rimedo por la vivteno, sed io alia, pli esenca, pli profunda. Kaj ŝi komencis pli atente aŭskulti la amarajn maristajn kantojn, kiuj alflugis vespere de la havena drinkejo. Marina ofte vidis la novan instruiston, kiu sola promenadis sur la bordo, aŭ dum horoj staris sur la akraj maraj rokoj. La aŭtuna vento flirtigis lian nigran mantelon kaj li similis al granita monumento sur la blua mara senlimo.

Foje, en literatura revuo, Marina legis poemon, verkitan de ŝia instruisto. La titolo de la poemo estis "La maro", kaj kiam Marina legis la poemon, kvazaŭ sala mara vento milde karesus ŝiajn vangojn. Ŝi eksentisk ke ŝi ruĝiĝis kaj varmaj ondoj skuis ŝian bruston.

Marina multfoje jam aŭdis la flustrojn de siaj samklasaninoj kaj ŝi sciis, ke multaj ŝiaj amikoj enamiĝis al la juna instruisto, sed ŝi neniam supozis, ke ankaŭ ŝi kaŝas similajn sentojn.

"Tio tute ne eblas - maltrankvile meditis Marina. - Mi estas deksepjara kaj li tridekjara. Li estas instruisto, mi lernantino..."

Sed la pekaj pensoj ne lasis ŝin trankvila. Ŝi senĉese diris en si mem ke tio estas neseriozaj sentoj kaj multfoje mallaŭte ripetis la strofojn de "La maro", kiujn ŝi nevole ellernis parkere. Sed ŝi ne povis liberigi sin de tiu ĉi nova penso.

"Ne! Mi ne amas lin! - ŝi ripetis en si mem. - Mi amas nur lian talenton. Aŭ eble tio ne estas amo, tio estas nur estimo de lernantino al instruisto. Lia poemo ekplaĉis al mi, kaj mi skribos al li leteron. Mi nur skribos, ke li verkis belan poemon."

Kaj Marina longe pripensis la enhavon de sia letero. En ta letero ŝi nur deziris sincere esprimi ĉiujn sentojn, kiujn kaŭzis en ŝi la poemo.

Marina multfoje komencis tiun leteron kaj multfoje disŝiris la paperon. Tio ĉi estis la unua letero, kiun ŝi skribis al viro. Ŝia tremanta mano senforte haltis sur la blanka papero, kiam ŝi pripensis, ke la sinjoro instruisto hazarde komprenos, kiu estis la aŭtoro de la letero.

Eble ankaŭ ŝiaj samklasaninoj iel ekscios pri ŝia letero, kaj tiam pro aludoj kaj primokoj por ŝi ne estos plu loko en la provinca filistra urbeto kie ĉiuj scias ĉion pri la aliaj.

Sed ŝi kredis, ke nur tiu ĉi letero trankviligos ŝin kaj post nokto ŝi renkontis la tagiĝon ĉe la blanka papero.

Ŝi skribis la leteron, provante ŝanĝi sian skribmanieron kaj sen subskribo ŝi sendis ĝin matene.

Sed post la sendo de la letero ŝi tuj eksentis pli fortan maltrankvilon kaj ŝi ege ektimiĝis, ke nur post unu tago jam la tuta urbo ekscios pri ŝia letero. Ŝi jam sincere bedaŭris pri sia naiva kaj infana ago, sed ŝi estis ankaŭ feliĉa, konfesinte sian senton al tiu, kiun ŝi eble amis.

Kelkajn tagojn Marina kaŝe kaj atente rigardis en la okulojn de siaj amikinoj, sed nenion maltrankviligan ŝi rimarkis tie.

Kiel ĉiam, Gorov trankvile instruis kaj en la silenta klasĉambro lia voĉo eĥiĝis kiel en majesta katedralo. Sed post tri tagoj li ekstaris antaŭ la benkoj kaj atente trarigardis la tutan klason.

- La temo de nia hodiaŭa leciono estos la letero - mallaŭte diris Gorov kaj nur por momento li fiksis sian helan rigardon al Marina. - Ankaŭ la letero estas iaspeca literatura verko. En la monda literaturo la leteroj de la grandaj verkistoj havas apartan signifon. El la leteroj de Tolstoj, Goethe kaj Schiller ni ekscias multon pri iliaj sentoj, pensoj kaj vivo.

En tiu ĉi momento profunda silento vualis Marinan. Ŝi senmove rigardis la palan vizaĝon de sia instruisto, lian molan helan rigardon kaj liajn lipojn, kiuj kare flustris ion.

Neniu eksciis pri la letero de Marina al Gorov, kaj Marina ne estis certa, ĉu Gorov komprenis, kiu skribis kaj sendis al li tiun ĉi leteron, sed ŝi sentis, ke eta

- 76 -

sekreto kunligas nun Gorovon kaj ŝin.

Post jaro Gorov forlasis la urbeton. Post lia subita forveturo la silento kaj enuo de la provinca urbo kvazaŭ sufokis Marinan. Longe ŝajnis al ŝi, ke Gorov ankoraŭ estas ĉi tie kaj, se ŝi irus al la mara bordo, ŝi tuj vidus lian sveltan silueton sur la akraj nigraj rokoj.

Sed tie, kie antaŭe dum horoj ŝatis stari Gorov, nur laroj svingis siajn grandajn flugilojn, kaj iliaj malĝojaj kriegoj plenigis la senhoman bordon.

Marina trafoliumadis literaturajn ĵurnalojn, ŝi ne trovis en ili versaĵojn de Gorov, sed ŝi kredis, ke li fariĝis eminenta poeto.

La jaroj pasis, la tempo forviŝis la rememoron pri li. Marina edziniĝis kaj ŝia familio translokiĝis al la ĉefurbo.

Marina, ankoraŭ senmova, staris ĉe la pordo kun la telegramo en la mano.

"Ne! Tiu ĉi ne estis sinjoro Gorov - apenaŭ flustris ŝi. - Ne! Ne povas esti..."

Ŝi eksentis neeviteblan deziron ekkuri post la maljuna poŝtisto, atingi lin, kapti la nefaldojn de lia poŝtista jako kaj ekkrii: "Diru, diru ke via nomo ne estas Emil Gorov, ke vi neniam estis instruisto en la urbeto H., ke vi ĉiam estis poŝtisto, ke mi neniam vidis vin. Diru..." - ŝi ekĝemis kaj la silenta ĉambro sufokis ŝian doloran, obtuzan ĝemon.

Varmaj larmoj plenigis la bluajn okulojn de Marina, kaj

por la unua fojo en sia vivo, ŝi eksentis doloron pri sia malproksima mara urbeto.

Ŝi ne sciis, kio okazis en la vivo de Gorov, kiaj travivaĵoj blankigis lian antracitan hararon, kaj kial li devis forlasi sian instruistan profesion kaj preni la poŝtistan sakon.

Ofendo kaj doloro sufokis ŝin.

"Ne estas nobla kaj malnobla laboro" - ekflustris Marina, kaj ŝajnis al ŝi, ke nun en la kolombokoloraj okuloj de Gorov ŝi rimarkis etajn brilojn, kiujn ni malkovras nur en la trankvilaj, prudentaj rigardoj de homoj, kiuj multe travivis kaj bone ekkonis la vivon.

Budapeŝto, la 4-an de novembro 1980.

선생님

갑작스러운 소리가 집의 정적을 깨우자 **마리나**는 문을 열려고 서둘러 뛰어나갔다. 얼마 전부터 이 지역에서 일하는 늙은 우체부였다. 그녀는 처음으로 그를 살펴보았다. 전보를 받았다는 영수증에 서명해달라고 우체부가 말했다. 언젠가 들어본 목소리 같아 마리나는 주의 깊게 우체부를 바라봤다. 예순 살은 넘어 보였고 빼빼한 몸은 커다란 우체부 제복에 파묻힌 듯했다. 검은 신발은 많이 걸어서 닳았지만, 눈처럼 하얀 와이셔츠에는 물과 비누의 상쾌하고 신선한 내음이 묻어났다. 그런데 마리나는 이 늙은 우체부 눈을 자세히 들여다보고는 깜짝 놀랐다. 그 남자를 분명히 잘 알았다. 남자의 밝은 비둘기 색 눈을 아주 생생이 기억했다.

"안녕히 가세요."

사촌이 보낸 결혼식 초대 전보는 까맣게 잊고 우체부에게 조용히 인사하고 문을 닫았다. 그런 뒤 숨이 막힐 것 같아 벽에 기댔다. 그녀의 입술만 희미하게 속삭였다.

"선생님!" 부드러운 안개가 마리아의 눈동자를 가렸고, 보이지 않는 손이 기억의 앨범을 천천히 넘겼다.

마리나가 30년 전에 태어난 곳은 바닷가 도시였는데, 오래돼서 구멍이 숭숭 뚫려 아무도 기억하지 않는 낡은 배 같았다. 해변도시였지만 외국인이라고는 여름철에 도시의 도로나 해변의 부드러운 황금 모래 위에서 겨우 몇 명 볼 따름이었다.

가을에 차가운 파도가 모래사장을 덮치고 시원한 바람이 바다에서 불어 올 때면, 작은 해변도시는 두려운 듯 바닷가에 널린 검고 날카로운 바위 뒤로 숨어버렸다. 항구에 시끌벅적하게 서던 생선 시장의 탁자는 텅 비었고, 여름처럼 어렷이 무리지어 산책하거나 웅성대지 않았다. 조용하고 인적 없는 광장에는 화가 난 바람이 쓰레기와 종이를 쓸어 갔다. 철썩이는 파도 소리만 쉼 없이 거리와 단조롭고 지루한 건물사이로 메아리쳤다.

그러던 어느 9월, 검은 사륜마차가 내는 소음이 도시의 침묵을 깨고 마리나에게 신선함을 가져다주었다. 한적한 해변도시에 문학 선생님이 새로 부임한 것이다. 마리나는 검은 사륜마차가 그녀의 집 근처 도로에 멈춘 그 가을을 생생히 기억했다. 마차에서 젊고 멋진 남자가 내렸다. 새로운 선생님은 날씬했고 갈가마귀 날개처럼 검고 진한 곱슬머리에, 밝은 비둘기색 눈동자가 눈길을 끄는 서른 살 정도 남자였다. 체리 색 넥타이에 하얀 와이셔츠를 입었는데, 갈색빛을 띤 말끔히 면도한 얼굴과 조화를 이뤘다.

"내 이름은 **고로브**입니다."

새로 온 선생님은 간단하게 자신을 소개하고 지난 시간 배운 주제에 관해 물었다. 첫 수업을 마친 뒤에도 그 남자 선생님 목소리는 마리나의 귓가에 오랫동안 맴돌았다. 선생님은 마치 문학작품 속 인물이 눈앞에 살아있는 것처럼 말했다. 강의를 할 때는 사람과 인생에 관한 감동적인 이야기를 풀어냈다. 그때부터 마리나는 그녀가 태어난 작은 해변도시와 자라난 바다를 전혀 다른 시각으로 보게 됐다. 어쨌든 희미하게나마 마리나는 바다가 생계 수단만이 아니라 보다 본질적이고 보다 깊은 뭔가 다른 존재임을 인식했다. 항구에 늘어선 술집에서 저녁마다 날아드는 선원들의 서글픈 노랫가락을 더 주의 깊게 들었다.

선생님이 혼자 바닷가를 산책하거나 여러 시간 날카로운 바다 바위에 서 있는 모습을 마리나는 자주 바라보았다. 가을바람에 검은 외투자락을 펄럭이며 서성이는 선생님은 끝없이 펼쳐진 파란 바다에 우뚝 솟은 화강암 기념비 같았다. 한 번은 문학잡지에 실린 선생님의 시를 읽었다. 제목이 '바다'인 그 시를 읽을 때 마치 소금기 머금은 바닷바람이 마리나의 뺨을 어루만지는 듯했다. 얼굴이 붉어졌고 따뜻한 파도 때문인지 가슴마저 두근거렸다. 마리나는 동급생 여자친구들이 속닥거리는 소리를 여러 차례 들었다. 그래서 젊은 선생님을 연모하는 친구가 많다는 걸 알았지만, 자기 자신도 비슷한 느낌을 숨기고 있다는 것은 짐작도 못 했다.

'그건 말도 안되는 일이야.' 마리나는 조용히 생각했다.

'나는 열일곱이고 선생님은 서른이야. 그는 선생님이고 나는 학생이야.'

하지만 죄스러운 생각이 떠올라 편안치 못했다. 그건 심각한 감정이 아니라고 끊임없이 자신을 다독였다. 어느새 암기할 정도로 읽은 '바다' 시구를 여러 번 조용히 읊조렸다. 하지만 아무리 마음을 바꿔보려 해도 뜻대로 되지 않았다.

"아니야! 나는 선생님을 사랑하지 않아."

수없이 자신을 부정해 보았다.

"나는 선생님의 능력을 사랑해! 아니면 그것은 사랑이 아니라 단지 선생님에 대한 학생다운 존경심일 뿐이야. 그분의 시가 마음에 들어. 선생님께 편지를 쓸 거야. 아름다운 시를 쓰셨다고만 할 거야."

오랫동안 편지 내용을 고심했다. 편지에다 선생님의 시를 읽으면서 떠오른 느낌을 하나하나 진실하게 표현하고 싶었다. 여러 번 편지를 썼다가 찢었다. 남자에게 쓴 첫 편지였다.

'선생님이 편지를 쓴 사람이 누군지 혹 아신다면?'

걱정하자 흰 종이 위에서 부르르 떨리던 흰 손이 힘없이 멈췄다. 동급생 여자아이들이 그녀 편지인 걸 알아차리는 날이면 아무리 표 안 나게 놀려대도 시시콜콜한 모든 걸 온 주민이 다 아는 그런 시골 교양 없는 마을에서 그녀는 더 살 수 없을 것이다. 하지만 그래도 이 편지를 쓰면 마음이 편해지리라 믿었다. 밤이 지나고 새벽이 와도 흰 백지 그대로였다. 마리나는 글쓰기 방식을 바꿔서 편지를 썼다. 아침에 서명도 하지 않은 채 편지를 보냈다. 편지를 보내고 나자 불안이 더 심해졌다. 하루만 지나면 시골 도시 전체가 온통 그녀 편지를 알게 되는 게 아닐까 두려웠다. 마리나는 진심으로 어린애 같이 단순한 자신의 행동을 후회했다. 그래도 사랑하는 그 누구에게 자기감정을 표현하는 동안은 행복했다. 며칠간 마리나는 숨어서 조심스럽게 여자 친구들의 눈빛을 살펴보았지만 걱정하던 어떤 것도 알아차리지 못한 듯했다. 고로브는 언제나처럼 편안하게 가르쳤고 조용한 교실에서는 그의 목소리가 추기경의 장엄한 설교처럼 메아리쳤다. 그로부터 3일 뒤, 고로브는 긴 교탁 앞에 서더니 학생들을 주의 깊게 바라봤다.

"오늘 수업의 주제는 편지입니다."

고로브가 천천히 말하고 잠깐 밝은 눈으로 마리나를 뚫어지게 쳐다보았다.

"편지 역시 일종의 문학 글쓰기입니다. 세계문학에서 위대한 작가의 편지는 특별한 의미를 띠었습니다. 톨스토이, 괴테, 실러의 편지에서 우리는 위대한 작가의 느낌, 생각, 인생에 관해 많은 것을 배우게 됩니다."

순간 마리나는 깊은 침묵에 휩싸였다. 그녀는 선생님의 희미한 얼굴과 부드럽고 밝은 눈빛, 친절하게 무언가를 속삭이는 입술을 가만히 보았다. 누구도 마리나가 고로브에게 편지를 보낸 걸 알지 못했다. 마리나는 고로브가 이 편지의 발신자가 누군지 어렴풋이나마 안다고 여겼고, 자기와 고로브가 작은 비밀로 연결됐다고 느꼈다.

1년 뒤 고로브는 그 도시를 떠났다. 갑작스러운 이별 뒤, 시골 도시의 조용함과 지루함에 마리나는 숨이 막힐 지경이었다. 고로브가 아직 여기 머무른다고 그녀는 오랫동안 느꼈고, 바닷가에 가면 날카로운 검은 바위 위에 서 있는 날씬한 그림자를 볼 수 있을 것만 같았다. 하지만 고로브가 여러 시간 서성거리길 좋아했던 그 자리에는 갈매기만 큰 날개를 접었다 폈다. 그리고 갈매기의 슬픈 울음소리만 인적 없는 바닷가를 가득 메웠다. 마리나는 문학잡지를 들추어 보았다. 거기서 고로브의 시를 더 보지는 못했지만, 그가 유명한 시인이 되었으리라고 믿었다. 세월이 속절없이 흘러가고 선생님에 대한 기억도 시간이 가져가 버렸다. 마리나는 결혼하고 식구들은 수도로 이사했다.

마리나는 여전히 손에 전보를 든 채 문 옆에 가만히 섰다.

"아니야, 이 사람은 고로브 선생님이 아니야," 간신히 중얼거렸다.

"아니야, 그럴 리가 없어."

늙은 우체부 뒤를 따라가 그의 잠바 소매를 붙잡고 소리치고 싶은 자제할 수 없는 욕망이 솟구쳤다.

"말씀해 보세요, 에밀 고로브가 아니라고! 작은 해변도시에서 절대로 교사를 한 적이 없다고! 평생 우체부로 살아왔다고, 당신을 본 적이 없다고 말해 주세요."

그녀는 한숨을 쉬자 고통스러워하는 희미한 숨소리가 조용한 방에 울려 퍼졌다. 마리나의 파란 눈에는 따뜻한 눈물이 가득 고이고, 인생에서 처음으로 먼 바닷가 작은 도시에서 느낀 고통을 다시 끌어안았다. 고로브의 인생에 무슨 일이 일어났는지, 어떤 충격을 받았기에 무연탄처럼 검던 머릿결이 하얗게 물들었는지, 왜 교사 직업을 그만두고 우편배달부 가방을 들어야 했는지 그녀로서는 알 수가 없었다. 상처와 고통으로 숨이 막혔다.

"직업엔 귀천이 없지."

마리나는 나즈막이 속삭였다. 세상 풍파를 견뎌 내서 인생을 잘 아는 사람들이 편안하고 신중한 시선으로 드러내는 작은 반짝임을 이제야 알아차린 듯했다.

LA KAŜTANKOLORA PORDO

Vesperiĝas. La septembra tago ellasas lastan spiron. Kun mola, friska vento venas la vespersilento.

Kiel ĉiam, je la sesa kaj duono, de la proksima stratangulo elnaĝas la figuro de la universitata profesoro Fotev. Li paŝas malrapide kaj lia neĝharare similas al flugilo, kiu lace ŝvebas sub la ombroj de la robinioj. Sur la alia flanko de la strato, forhakitaj estas jam la ordaj robinioj, Nun tie, kiel monstroj, staras novaj multetaĝaj domoj. Ne postlonge similaj torso el betono elkreskos ankaŭ ĉi tie, kie nun silentas dometoj kaj ĝardenoj.

Ekgrincas fera pordo, kaj Fotev enpaŝas la ombran korton de sia patra domo. De la ĝardena pordo ĝis la domo estas dudek paŝoj. Dudek lantaj kaj moderaj paŝoj. Poste dek ŝtuparoj, elfrotitaj de la jarojn gvidas ĝis la pordo de la domo. Dekstre de la pordo mutas sonorilo, delonge jam necesa al neniu. Nur momenta krako de la ŝlosilo, kaj Fotev eniras la loĝejon.

En la obskura kabineto li trovas senerare la ŝaltilon de la lampo, kiu staras sur la skribotablo, kaj, serĉante febre ion, liaj palaj fingroj ekrampas inter la multnombraj libroj. Ne postlonge, el unu el la libroj li elprenas koverton. Daŭre kaj senmove Fotev rigardas la koverton, kvazaŭ nun unuafoje li vidus ĝin. Sed jam multfoje kaj detale li tralegis tiun ĉi leteron. Fotev surmetas la okulvitrojn kaj tra la dikaj lensoj denove streĉe fiksas la leterpaperon.

"Estimata sinjoro Fotev,

Pro la konstruo de la nova loĝkvartalo ankaŭ Via domo estos malkonstruita. Bonvolu ene de unu monato okupi la loĝejon en la strato "Tilio", numero 24-a, etaĝo V."

- Via domo estos malkonstruita... - moviĝas flustre la pergamena, lipoj de la profesoro, kaj tiu ĉi simpla frazo, jam de semajno, minace rondas ĉirkaŭ li simile al vulturo.

- Via domo... Mia domo... Sed la pordo... Nur ĉi tiu sola pordo... - malorde murmuras la profesoro rigardante febre ia kaŝtankoloran pordon, kiu gvidas al la najbara ĉambro.

Subite liaj akvaj okuloj heligas, trankviliĝas, li eksilentas, kvazaŭ en la alia ĉambro, ĉe la pordo, senmove starus iu. Ne. Li tre bone scias, ke neniu estas en la alia ĉambro kaj neniam plu, neniu malfermos tiun ĉi masivan pordon. Tie, malantaŭ la pordo, la alia ĉambro silentas jam jarojn. En ĝi senmovaj estas familia lito, du foteloj, tablo en baroka stilo, samovaro, breto kun malnovaj libroj, du portretoj...

Blonda fraŭlino ridetas ĝene el unu de la portretoj. Evidente talenta estis la pentristo, ĉar li aludis delikate ankaŭ pri la petola brilo en la bluaj okuloj de la junulino. Ŝia eta kaj iomete akra nazo eligas fajnan artismemon, kaj en la neĝa fianĉrobo, kiel feino ŝi aspektas.

El la alia portreto, delonge jam malhela de la jaroj, rigardas ironie, tra ora nazpinĉilo, altstatura, liphara viro.

Liaj patro kaj patrino. Ĉu ili vere loĝis iam en tiu ĉambro, aŭ ili ĉiam estis nur portretoj palaj kiel ombroj. Kaj kiu kiam pentris ilin? Kiu tiel bone kaj subtile konis ilin? Ĉu ilia proksima parenco aŭ bona amiko? Ĉio estas fore kiel sonĝo. Kiel sonis la patrina rido aŭ la patra voĉo?

Nur unusolan rememoron vartas Fotev pri silenta flustro kaj atentaj paŝoj. Antaŭ jardeko, kiam ĝis noktomezo, li laboris en la kabineto, en la alia ĉambro, malantaŭ la bruna pordo, liaj patro kaj patrino paŝis kiel ombroj kaj parolis kiel ventsusuro. Longajn jarojn, atente, zorge ili gardis la trankvilon de sia sola filo. Sed en ilia domo iel nesenteble kaj ruztrompe ekregis la silento.

Fermiĝis la kaŝtankolora pordo, sed, malantaŭ ĝi, Fotev ne ĉesis aŭdi la atentemajn paŝojn kaj la flustran parolon, Tiel li neniam sentis sin sola en la granda domo, sed neniam li malfermis la masivan pordon.

- Via domo estos malkonstruita... - jam la centan fojon Fotev ripetas tiun ĉi mallongan simplan frazon.

Jen, kontraŭ li mutas la kaŝtankolora pordo, sed ne eblas jam malfermi ĝin kaj enpaŝi aŭ reveni en la mondon, kie restis la gepatra lito, la arĝenta samovaro

, la breto kun la ŝatataj libroj, la du portretoj...

"Post mi kiu rememoros tiun ĉi kaŝtankoloran pordon? La tutan domon oni povas ruinigi, sed la pordon neniu rajtas tuŝi eĉ per fingro..." - elspiras la profesoro, sed subita plumbkurteno falas antaŭ liaj okuloj kaj ŝvito ekrosigas lian dekstran polmon, en kiu tremas la letero. Liaj longaj fingroj ĉifas konvulsie la leterpaperon. Fotev peze falas ĉe la skribotablo.

En tiu ĉi momento la kaŝtankolora pordo đe si mem malfermigas, sed malplena estas la alia ĉambro, nek familia lito, nek foteloj, nek portretoj videblas tie.

Budapeŝto, la 25-an de julio 1980.

밤색 문

저녁이었다. 9월의 하루가 마지막 숨을 내쉬었다. 부드럽고 시원한 바람과 함께 저녁의 고요가 찾아들었다. 언제나처럼 여섯 시 반에 근처 도로 한 쪽에서 대학교수 **포테브**가 얼굴을 내밀었다. 그는 천천히 걸었다. 아카시아 그늘에 서면 눈같이 흰 그의 머리카락은 피곤한 듯 파닥이는 새의 날개 같았다. 거리의 다른 쪽 늙은 아카시아는 벌써 오래전에 잘려나갔다. 지금 거기에는 새로 지은 고층건물이 괴물처럼 들어섰다. 머지않아 작은 집과 정원으로 둘러싸여 조용하기만 하던 도로 이쪽에도 시멘트 건축물이 많이 생길 것이다. 철문이 삐걱거리고 포테브는 아버지 집의 그늘진 마당으로 들어섰다. 정원 문에서 집까지는 스무 걸음 떨어졌다. 천천히 작은 발걸음으로 스무 번을 걷고 세월과 함께 낡아진 열 계단을 지나면 집 문이 나온다. 문 오른쪽에는 오래전부터 아무도 사용하지 않는 초인종이 달렸다. 순간적으로 열쇠 돌리는 소리가 딸가닥 난 뒤 포테브는 집으로 들어갔다. 어두운 실내에서 책상 위 전등 스위치를 찾아 켠 뒤에도 뭔가를 찾으려고 포테브의 가느다란 손가락이 수많은 책 사이를 분주히 오갔다. 얼마 뒤 책에서 봉투를 꺼냈다. 봉투를 한참 들여다 봤다. 지금 처음으로 봉투를 본 것처럼. 사실 포테브는 벌써 여러 번 이 편지를 자세히 읽었다. 이번에는 안경의 두꺼운 렌즈로 신경 써서 편지지를 뚫어지게 보았다.

"친애하는 포테브 선생님, 새로운 주거지 건설 시행으로 선생님 집은 철거될 예정입니다. 한 달 내로 **틸리오**가 24번지 5층에 숙소를 잡아 주세요."

"선생님 집은 철거될 예정입니다." 교수의 양피지같이 얇은 입술이 떨리듯 움직였다. 이 단순한 문장이 일주일 전부터 포테브의 주변을 위협하듯 독수리처럼 맴돌았다. "선생님의 집, 내 집…. 그러나 문! 유일한 이 문!"

옆방으로 통하는 밤색 문을 힘없이 바라보면서 교수는 두서없이 중얼거렸다. 갑자기 그의 눈이 날카롭게 빛났다가 안정을 되찾고, 마치 누군가가 다른 쪽 방문 옆에 가만히 서 있는 것처럼 그는 조용해졌다. 옆방에는 아무도 없고 이 커다란 문을 그 누구도 열지 않으리라는 걸 그는 잘 안다. 문 뒤는 몇 년 전부터 조용했다. 거기에는 가정용 침대, 안락의자 두 개, 바로크식 탁자, 주전자, 오래된 책이 꽂힌 책상, 초상화 두 점이 놓여 있었다.

초상화 하나에서 금발 아가씨는 걱정스러운 표정으로 웃고 있었다. 분명 화가의 재능이 돋보이는 작품이었다. 아가씨의 파란 눈에 장난기 어린 빛이 미묘하게 감돌게 그린 걸 보면…. 그녀의 작고 약간 날카로운 코에는 정교한 예술성이 드러나고, 눈 같이 하얀 결혼 예복을 입어서인지 그녀는 요정 같아 보였다. 또 하나의 초상화는 그린 지 오래돼 색감이 어두워졌는데, 큰 키에 콧수염의 남자는 코에 걸친 황금색 안경 너머로 냉소하듯 세상을 바라보았다. 포테브의 어머니와 아버지였다. 그들은 언젠가 실제로 이 방에서 살았던가, 아니면 항상 그림자처럼 초상화로 존재했었는가? 누가, 언제 그들을 그렸을까? 누가 그렇게 세밀하게 그들을 알았을까? 화가가 가까운 친척이나 좋은 친구였을까? 아련한 것이 모두 꿈결 같았다. 어머니의 웃음소리는 어땠고 아버지의 목소리는 어땠을까? 부모님에 얽힌 유일한 추억의 장소이기에 포테브 교수는 조용하게 속삭이고 조심스럽게 걸어갔다.

10년 전에는 밤늦게까지 갈색 문이 여닫히고 그 방을 포테브가 사무실로 사용했다. 밤색 문 너머 방에서 그의 부모님은 그림자처럼 걷고 바람 소리처럼 말했다. 오랜 세월 포테브의 부모님은 외아들이 평온하게 지낼 수 있도록 조심스럽게 행동했다.

하지만 그들 집에는 어떻게 된 일인지 감지할 수 없을 만큼 교묘하게 속이듯 침묵이 장악했다. 밤색 문은 굳게 닫혔다. 그렇지만 포테브는 문 뒤에서 나는 조심스러운 발자국과 속삭이는 말소리가 계속 들려온다고 믿고 싶어서 가만히 엿듣는 걸 멈추지 않았다. 그렇게 자기 스스로를 속여서 커다란 집에 절대 혼자 머문다고 생각지 않으려 하면서도, 그 밤색 문은 절대 열어 보지 않았다.

"선생님의 집은 철거될 예정입니다."

이 짧고 간단한 문장을 포테브는 백 번이나 되풀이해서 읽었다. 그와 마주한 밤색 문은 말이 없었다. 그러나 그것을 열고 그 세계로 돌아가는 것은 절대로 불가능했다. 부모님의 침대, 은색 주전자, 좋아하는 책이 꽂힌 책장, 초상화 두 점이 있는 그 밤색 문 뒤의 주인이 살던 그 시절의 세계로는….

"내가 떠나면 누가 이 밤색 문을 기억할까?"

집은 모두 부숴질 것이다. 하지만 문에는 누구도 손끝 하나 대지 못할 것이다. 교수가 안도의 숨을 내쉬지만, 납색 커튼이 눈앞에서 뚝 떨어지자 부들부들 떨며 편지를 들고 있던 오른손에는 땀이 송송 맺혔다. 그의 가늘고 긴 손가락에 경련이 일어나서 편지지가 구겨졌다. 포테브는 힘을 잃고 책상 옆으로 쓰러졌다. 그 순간 밤색 문이 저절로 열렸는데 방 안은 텅텅 비었다. 가정용 침대, 안락의자, 초상화 그 어느 것도 거기에서 볼 수 없었다.

AŬTUNA RENDEVUO

Aŭtunkrepusko tegas la kancelarion. Pluvas. La pluvo jen fortiĝas, jen malfortiĝas. Ĉiuj silente laboras ion. Nur Pol havas bonhumoron por nenio. Antaŭ li Natalia trafoliumas iajn paperojn kaj ŝiaj verdaj ruzaj okuletoj, kiuj kutime ofte flirte alrigardas Polon, nun kvazaŭ ne rimarkus lin. Ĉe la najbara skribotablo, Kati diligente, malrapide skribas ion. Ŝiaj delikataj fingroj karesas la folion, kaj nevole Pol imagas, ke tiuj ĉi longaj fingroj kvazaŭ karesus lian hararon.

Subite eksonoras la telefono. Kati levas la parolilon kaj post kelkaj vortoj ŝi afable diras:

- Pol, iu serĉas vin.

Pol ekstaras sendezire.

- Halo, kiu estas... demandas aferece Pol.

- Mi - respondas ina voĉo.

- Kiu?

- Mi - ripetas la voĉo, sed Pol tute ne komprenas, kiu serĉas lin.

- Halo!

- Pol, nur ne diru, ke vi forgesis mian voĉon - rimarkas iom ofendite la virino.

- Lina... - prononcas Pol kaj eksilentas konsternita. Ĉion li atendis, sed neniam li supozis, ke ĉimatene iu telefone serĉos lin kaj tiu iu estos Lina.

- Pol, mi estas ĉi tie.

– Kie? – demandas Pol stulte.

– Ĉi tie, en la urbo. Ĉivespere, je la sesa horo, mi atendos vin en la hotelo Metropolo.

– Lina... – diras Pol, sed ŝi rapide fermas la telefonparolon.

Minuton longe Pol senmova staras kun la parolilo en la mano, poste lante lasas ĝin kaj kiel somnambulo revenas al sia skribotablo, Nun li jam tute ne havas humoron por labori. Li elprenas polvan dosieron, trafoliumas ĝin enue kaj ŝajnigas, ke li laboras ion. Lina... Ĉu ŝi vere telefonis, aŭ en tiu ĉi krepuska antaŭtagmezo li sonĝis efemeran strangan sonĝon. Sala vento kvazaŭ flirtigus liajn harojn kaj Pol vidas sin kiel dekokjara knabo sur la bordo de la maro. Apud li, en kurta, somera robo, staras Lina. La mara vento levas iom ŝian robon kaj diskrete montras ŝiajn fortajn femurojn bronzkolorajn pro la suno.

Fora, fora vintro... En nigra mantelo, kun lernosako en la mano, Lina revenas el lernejo. Pro la frosto ŝiaj molaj vangoi rozas. Ŝia dolĉa buŝo eligas etajn nubetojn. En la silenta urba parko, sub la neĝaj branĉoj de la arboj, Pol varmigas per sennombraj kisoj ŝiajn etajn frostajn fingrojn.

“Pol, mi amas vin.” – ridetas Lina kaj sur ŝiajn blondajn densajn harojn, kiel steloj, falas la negeroj.

“Pol, mi amas vin.”

En la urba parko, sub la somera stelĉielo ŝiaj vortoj eĥiĝas kiel sub la volboj de preĝejo.

“Pol, mi amas vin.”

Sub la silka robo, ŝiaj maltrankvilaj mamoj varmas kiel du þulketoj ĵus bakitaj.

"Pol, mi amas vin."

Amike kaŝas ilin la vespero. Kiel du streĉitaj kordoj estas iliaj adoleskaj korpoj. Liaj kisoj superŝutas ŝiajn lipojn, brovojn, vangojn. El iliaj brustoj la koroj kvazaŭ forflugus kiel du alaŭdoj, sed ŝi peteme flustras:

"Pol, ne nun, ne nun, poste, poste, morgaŭ..."

En la somera nokto trankvile dormas stratoj, domoj, homoj. Lina malfermas la fenestron kaj Pol, silente kiel jaguaro, enŝteliĝas en ŝian etan ĉambron, sed sub la torento de la kisoj, ŝi denove ĝene kaj peteme flustras:

"Pol, ne nun, poste, poste..."

Pol jam ne rememoras, ĉu Lina malaperis aŭ li ne plu serĉis ŝin, sed tiu "poste" neniam alvenis.

Pol forlasis la urbeton, kie li naskiĝis, edziĝis... Iu diris, ke ankaŭ Lina edziniĝis, kaj, kun siaj edzo kaj infanoj, ŝi restis loĝi en la urbo, kie iam vivis ankaŭ Pol.

Pol sencele alrigardas la fenestron. Ekstere pluvas, pluvas... La aŭtuna vento kvazaŭ per siaj frostaj fingroj senĉese frapus al la fenestraj vitroj. Post la laboro, Pol devis tuj reveni hejmen, aĉetante panon kaj viandon, sed la penso pri hotelo Metropolo kiel vermo boras lian menson.

Kiel Lina trovis lian telefonnumeron, kaj en tiu ĉi abomena pluvvespero, kien ili iru kune? Eble li invitu ŝin por vespermanĝi en iu eleganta sed silenta restoracio. Tamen tiuj kelkaj monbiletoj, kiuj kuŝas nun en lia poŝoteko, eĉ por unu vespermanĝo ne sufiĉas. Pol mem delonge jam ne estis en restoracio, sed al Lina li nepre devas montri, ke li fariĝis vera ĉefurbano kun stabila materia stato. Jes, li posedas nek aŭton, nek loĝejon, sed Lina nepre devas scii, ke li prosperis, ke li ne plu estas tiu bubo, kiu iam ŝin atendis antaŭ la gimnazio, kaj kiu sub la neĝaj branĉoj en la parko longe kisis ŝiajn harojn.

Pol elspiras. Delonge li ne estis tiel maltrankvila. Nesenteble, ŝtele, kvazaŭ en li, revenis la juneco, kaj en lia koro ie kvazaŭ vekiĝis kaj ekflamis la fajro de la amo. Post longa meditado kaj hezito, Pol prunteprenas monon de sia kolego kaj amiko David. La labortago neniam tiel lante rampis, sed Pol heroe eltenas ĝis la fino.

Sub la silenta, monotona pluvo, la urbo kvazaŭ dezertus. En la frosta, griza posttagmezo, Pol vagas sola kiel senhejma vagabondo. En iu florvendejo, post ioma hezitado, li aĉetas kelkajn rozojn, sed la dubo, ĉu necesas vere tiu ĉi florbukedo, longe akompanas lin.

De iu strata telefono, li sciigas la edzinon, ke posttagmeze en la oficejo estos eksterordinara kunveno pro kiu li malfruos. La trompo estis tre ŝablona, sed la edzino tuj kredis ĝin ĉar preskaŭ neniam li malfruas.

La pluveroj monotone frapas sur lia nigra pluvombrelo. La montriloj de la brakhorloĝo proksimiĝas al la sesa horo, sed li ankoraŭ hezitas; Ĉu li iru al la hotelo Metropolo, aŭ li ĵetu la bukedon kaj revenu hejmen. El proksima magazenvitrino al li skeptike ekridetas lia laca kulpesprima fizionomio. Kvardekjara, brunvizaĝa, nigrahara, li aspektas eble simpatia, sed verŝajne li jam malfruis en tiu ĉi nekutima rendevuo. Kiel simple estus, se li revenus hejmen, demetus la malsekan pluvmantelon, surmetus la pantoflojn, kaj en la eta sed agrable varma ĉambro li eksidus en fotelon antaŭ la televidilo.

Pol eĉ pretas ĵeti la bukedon kaj ekiri reen, sed subite, antaŭ li, ekfajras la neonreklamo de hotelo Metropolo. La grandaj ruĝaj literoj kvazaŭ brulpikus lin kaj lia koro ekbatus forte, forte.

Estos la sesa horo post kvin minutoj. En la larĝa halo de la hotelo, apud eta tablo, sidas Lina. Verŝajne, en tiu ĉi posttagmezo, ankaŭ ŝi promenis kaj antaŭnelonge revenis en la hotelon, ĉar ŝia pluvmantelo tabakkolora, tute moda, malsekas pro la pluvo. La kolumo de la pluvmantelo estas levita kaj ŝiaj densaj blondaj haroj, kiel malsekaj spikoj, kovras ĝin. Iom maltrankvila sidas Lina dudek jarojn pli maljuna ol tiam - sed ŝiaj bluaj okuloj tiel brilas kiel iam.

- Lina.

- Pol - ŝi ekridas kaj karese tuŝas la manikon de lia pluvmantelo.

- Lina...

- Ne nun, poste, poste... - ŝi ekflustras.

- Lina?

Ŝi prenas lin subbrake tiel, kvazaŭ hieraŭ la lastan fojon ili vidus unu la alian, kaj rapide ŝi kondukas lin al la lifto.

- Lina, kiam vi alvenis?

- Pol, kiel ĝoja mi estas, ke vi venis, sed demandu min pri nenio, pri nenio...

Pol tute ne komprenas, kion ŝi intencas. Li imagis, ke ilia renkontiĝo estos iom rigida aŭ tepida, ja dudek jaroj pasis depost tiam, kiam ili adoleske kisis unu la alian. Pol planis, ke ĉivespere ili kune vespermanĝos, ke li rakontos digne pri sia vivo, pri sia respondeca profesio kaj dume li kaŝe ĝuos la admiron en ŝiaj grandaj bluaj okuloj.

Tamen Lina prenis lin subbrake kaj senvorte puŝis lin en la lifton. Feliĉe ke, krom ili, neniu estis tie, ĉar dum la lifto supren levis ilin, Lina tiel premis sin al li, ke ŝia spiro tute ebriigis lin.

- Lina... - Pol provas ekparoli, sed ŝi metas delikate sian montrofingon sur liajn lipojn kaj diras:

- Ne nun, poste, poste...

Pol eksilentas kaj obeas. La lifto lante, kvazaŭ solene, levas ilin. Poste ĝi subite haltas kaj, kiel en profunda sonĝo, ili trapasas obskuran, longan koridoron. En la hotela ĉambro estas nur lito, vestoŝranko, kredenco kaj spegulo.

Per flua gesto Lina demetas sian pluvmantelon, kvazaŭ ŝi ĵetus flanken nenecesan pezon. Pol ne scias kion fari. Stulte li etendas la bukedon, sed Lina metas ĝin neglekte sur la tablon. En la ĉambron enpaŝas ŝtele la vespero. Lina proksimiĝas al Pol, depinĉas malrapide la butonojn de lia pluvmantelo kaj ĵetas ĝin sur la fotelon. Pol rigardas ŝin senmove. Per magia movo, Lina elŝteliĝas el la blua robo. Ĝi senbrue sinkas al la planko. Sur la robon, kiel du flugiloj blankaj, falas la mamzono. Ŝi apenaŭ ekspiras. ŝiaj allogaj mamoj ektremas. Ŝiaj femuroj, longaj kaj maturaj, estas fortaj kiel iam, sed nun montras ilin ne la maldiskreta mara vento.

Lin kaj ŝin nesenteble volvas la obskuro. Kvazaŭ nekonata, fremda ina silueto al li etendus la brakojn similajn al aŭtunaj nudaj branĉoj. En la mallumo iu tute nekonata voĉo ekflustras softe:

— Pol, kiel ĝoja mi estas, ke vi venis. Mi petas, demandu min pri nenio, pri nenio...

Sed Pol prenas sian pluvmantelon kaj foriras.

Budapeŝto, la 6-an de novembro 1982.

가을의 만남

가을빛이 비서실을 덮었다. 비가 내렸다. 비는 세차게 내리다가 약해졌다. 직원은 모두들 어딘가에서 조용히 일을 했다. **폴**은 오늘따라 일할 기분이 나지 않았다. **나탈리아**는 폴 앞에서 신문을 넘기며 읽느라고 평소 폴을 놀리듯 바라보던 반짝이는 푸른 눈이 그를 알아채지 못한 것 같다.

카티는 옆 탁자에서 부지런하면서도 천천히 무언가를 썼다. 카티가 섬세한 손가락으로 책장을 어루만졌기에 폴은 그 긴 손가락이 마치 폴 자신의 머리를 매만지는 것 같았다. 전화벨이 따르릉 울렸다. 카티는 수화기를 들고 몇 마디 하더니 친절하게 말한다.

"폴, 당신을 찾아요."

폴은 어쩔 수 없이 일어섰다.

"여보세요, 누구십니까?"

폴은 사무적으로 물었다.

"나!"

여자 목소리가 대꾸했다.

"누구?"

"나."

같은 목소리가 되풀이해서 말했지만, 폴은 누군지 전혀 감을 잡지 못했다.

"여보세요."

"폴, 내 목소리를 잊었다고 말하지 마."

여자는 마음이 상한 듯했다.

"**리나?**"

폴은 말을 하고는 놀라서 모든 것을 기대했지만 오늘 아침에 전화를 걸어서 자기를 찾는 그 사람이 리나일 거라고 짐작조차 못했다.

"폴, 나 여기 왔어."

"어디?"

폴은 바보스럽게 물었다.

"여기 이 도시에. 오늘 저녁 6시에 메트로폴로 호텔에서 기다릴게."

"리나!"

폴이 불렀지만 그녀는 재빨리 수화기를 내렸다. 일분쯤 수화기를 손에 든 채로 가만히 섰다가 천천히 제자리에 놓고 몽유병 환자처럼 자기 자리로 돌아왔다. 전혀 일할 기분이 나지 않았다. 먼지 낀 서류를 꺼내서 지루한 듯 넘겼다. 무슨 일을 하는 것처럼 보이려.

'리나, 그녀가 정말 전화했는가?' 아니면 가을 오전에 순간적으로 이상한 꿈을 꾸었는가?

폴은 소금기 머금은 바람이 머리카락을 날리는 바닷가에 선 열여덟 살 소년으로 돌아간 듯했다. 곁에는 짧은 여름옷차림으로 리나가 서 있다. 바닷바람이 리나의 옷을 살짝 들추어 햇빛에 그을러 청동색으로 변한 튼튼한 허벅다리를 은밀히 보여 준다. 또 검정색 외투차림에 손에는 학교 가방을 든 리나가 학교에서 돌아온다. 추위로 뺨이 장미빛이다. 달콤한 입술에서 작은 입김이 새어나온다. 조용한 도시공원에서, 눈 덮인 나뭇가지 밑에서 폴은 리나의 꽁꽁 언 작은 손을 입김으로 열심히 호호 불어 따뜻하게 해준다.

"폴, 너를 좋아해."

살며시 웃는 리나의 짙은 금발 위로 별똥처럼 눈송이가 떨어진다.

"폴, 너를 사랑해."

도시 공원, 별이 가득한 여름 하늘 아래 리나의 목소리는 교회 원형 천장 아래서처럼 윙윙거리면서 들린다.

"폴, 너를 사랑해."

비단옷 아래서 떨리는 젖가슴은 막 구운 빵처럼 따뜻하다.

"폴, 너를 사랑해."

저녁 어두움이 다정하게 그들을 숨겨준다. 그들의 다 자란 육체는 팽팽한 줄 같았다. 키스는 입술, 눈썹, 뺨을 덮친다. 그들 가슴에서 심장은 마치 종달새처럼 마구 날아다니지만, 리나는 애원하듯 속삭인다.

"폴, 지금 말고, 지금은 말고 나중에, 나중에, 내일."

여름밤은 거리도, 집도, 사람들도 조용히 잠든다. 리나가 창문을 열자 폴은 재규어처럼 조용히 그녀의 작은 방으로 몰래 숨어든다. 폭풍키스를 받으며 그녀는 다시 고통스럽게 애원하듯 속삭인다.

"폴, 지금은 말고 나중에, 나중에."

리나가 사라졌는지 폴이 리나를 더 찾지 않았는지 기억나지 않았다. 나중은 결코 오지 않았다.

폴은 자기가 태어난 마을을 떠나 결혼했다. 리나 역시 결혼해서 남편과 자녀와 함께 언젠가 폴이 살던 도시에 살고 있다고 누군가 말해 줬다. 폴은 그저 창을 바라보았다. 밖에는 비가 내렸다. 가을바람이, 언 손가락으로 끊임없이 창유리를 두드리는 듯 소리를 냈다. 근무를 마쳤으니 폴은 빵과 고기를 사서 금세 집으로 돌아가야 했다. 하지만 메트로폴로 호텔 생각이 벌레처럼 그의 신경을 파고들었다.

'리나는 어떻게 전화번호를 알아냈을까? 추적추적 비 내리는 저녁에 함께 어디로 갈까?'

폴은 어느 근사하고 조용한 식당에서 저녁을 먹자고 리나를 초대하리라 생각했다. 하지만 지갑에는 지폐 몇 장뿐이라 식사하기엔 충분치 않았다. 폴은 오래전부터 식당에 간 적이 없지만, 안정적인 재정 상태에 진짜 수도 시민이란 걸 리나에게 꼭 보여주고 싶었다. 실제로는 차도 집도 없지만 리나에게는 잘 산다고, 예전에 고등학교 앞에서 그녀를 기다리고, 공원의 눈 쌓인 가지 밑에서 오랫동안 그녀 머리카락에 키스하던 그런 애송이가 아니란 걸 리나에게 알리고 싶었다. 폴은 한숨을 내쉬었다. 그렇게 오랫동안 불안한 적이 없었다. 어느새 젊음이 남몰래 폴에게 돌아온 것처럼 마음속 어딘가에 사랑의 불꽃이 피어나서 타들어가는 듯했다. 오랜 망설임과 주저 끝에 직장동료와 친구 **다비드**에게 돈을 꾸었다. 근무시간이 그렇게 천천히 기어가듯 지나간 적이 처음이지만, 폴은 영웅처럼 끝까지 꿋꿋하게 참았다. 조용하고 단조롭게 내리는 비로 도시는 황량한 사막 같았다. 하늘이 온통 회색빛을 띤 서늘한 오후에, 폴은 정처 없는 집시처럼 거리를 홀로 헤맸다. 어느 꽃가게에서 망설이다 장미 몇 다발을 샀으면서도 '정말 이 꽃다발이 필요할까?' 하는 의구심이 오래도록 뇌리에 맴돌았다. 공중전화기로 집에 전화를 걸어 오후에 사무실서 특별 회의가 열려 늦을 거라고 아내에게 말했다. 속이는 것이 불편했지만, 한 번도 늦게 귀가한 적이 없었기에 아내는 금세 믿어 주었다. 빗방울이 단조롭게 검은 우산 위로 떨어졌다. 손목시계 바늘이 6시에 가까웠지만 폴은 아직 주저했다. 호텔 메트로폴리스에 갈 것인지, 아니면 꽃다발을 버리고 집으로 돌아갈 것인지.

근처 백화점 진열장 유리에 비친 그의 피곤하고 죄의식에 찬 얼굴에는 비웃음이 어렸다. 마흔 살의 갈색 얼굴, 검은 머리의 남자가 불쌍해 보였고, 특별하게 여자를 만나기엔 이미 늦은 나이로 비쳤다. 서둘러 집에 돌아가 젖은 비옷을 벗고 슬리퍼를 신고 작지만 편안하고 따뜻한 방에서 TV 앞 안락의자에 앉으면 얼마나 좋을까. 폴은 꽃다발을 버리고 돌아가려고 마음먹었지만, 갑자기 눈앞에 호텔 메트로폴로의 네온 간판이 반짝였다. 커다란 검은 글자가 그 가슴을 칼로 찌르듯 하고 심장은 더 세게 뛰었다. 오후 6시 5분이었다.

호텔의 넓다란 실내 작은 탁자 옆에 리나가 앉아 있었다. 정말 이 오후에, 유행하는 담배색 비옷이 젖은 것으로 보아 리나도 걸어서 방금 전에 호텔에 들어온 듯했다. 비옷 깃을 세워 진한 금발 머리는 젖은 옥수수 수염처럼 외투 깃을 덮었다. 리나는 조금 걱정하는 듯한 표정으로 앉았다. 벌써 20년이 지났지만 파란 눈은 그대로 빛이 났다.

"리나."

"폴."

리나는 웃고 폴의 비옷 소매를 사랑스럽게 매만졌다.

"리나."

"지금은 말고 나중에, 나중에." 그녀가 속삭였다.

"리나?"

리나는 어제 마지막으로 본 것처럼 폴을 뜨겁게 포옹하고 서둘러 엘리베이터로 이끌었다.

"리나, 언제 왔어?"

"폴, 네가 와서 정말 기뻐. 하지만 아무것도 묻지 마, 아무것도."

폴은 리나가 무얼 원하는지 통 이해되지 않았다. 둘이 다가가 키스할 때, 20년이 지났기에 둘의 만남은 조금은 딱딱하고 미지근할 거라고 상상했다. 폴은 이날 저녁에 함께 식사하고 삶과 직업을 품위 있게 이야기하면서 크고 파란 리나 눈을 몰래 실컷 보리라 마음먹었다. 하지만 리나는 그를 껴안고 말없이 엘리베이터로 데려갔다. 다행히 그들 외에는 아무도 없었다. 엘리베이터가 그들을 태우고 올라가는 동안 리나의 거친 숨소리에 폴이 취할 정도로 그렇게 리나는 세차게 껴안았다.

"리나!"

폴이 말하려고 했지만 리나는 검지를 그의 입술에 살며시 대고 말했다.

"지금은 말고 나중에, 나중에."

폴은 조용히 순종했다. 엘리베이터는 천천히 그리고 장엄하게 그들을 올려놓고는 멈춰 섰다. 깊은 꿈속인 듯 그들은 어둡고 긴 복도를 지나갔다. 호텔 방에는 침대, 옷장, 화장대와 거울 뿐이었다.

필요 없는 물건을 한쪽으로 치우듯, 리나는 비옷을 벗었다. 폴은 무엇을 해야 할지 알 수 없었다. 바보처럼 꽃다발을 내밀었지만, 리나는 그것을 아무렇게나 탁자에 던져두었다. 방 안에는 어느새 어두움이 깔렸다. 리나는 폴에게 다가가 비옷 단추를 천천히 풀어 주고 안락의자에 비옷을 던졌다. 폴은 가만히 리나를 바라봤다. 마술 같은 동작으로 리나는 파란 옷을 벗었다. 리나의 옷은 소리 없이 마루에 널브러졌다. 옷 위로 하얀 날개처럼 브래지어가 떨어졌다. 리나는 가까스로 숨을 내쉬었다. 그녀의 매력적인 젖가슴이 떨렸다. 길고 성숙한 허벅다리는 예전처럼 튼튼하지만, 지금 그것을 내보이는 것은 가벼운 바닷바람이 아니었다. 어느새 어둠이 그와 그녀를 감쌌다. 마치 낯선 외국 여자가 가을의 헐벗은 나뭇가지 같은 팔을 내뻗는 것처럼. 어둠 속에서 어느 낯선 목소리가 부드럽게 속삭였다.

"폴, 네가 와서 정말 기뻐. 부탁하건대 내게 아무것도 묻지 마, 아무것도."

하지만 폴은 자기 비옷을 들고 방을 나섰다.

LA BENKO

En friska marta mateno mi veturis per vagonaro de urbo Marna al urbo Arda. La veturantoj estis malmultaj kaj en la kupeo, krom mi, sidis ankoraŭ unu viro, ĉirkaŭ kvardek-kvindek jara, tre elegante vestita. Li fumis pipon kaj enue trafoliumis la matenajn ĵurnalojn, kiujn li aĉetis eble en la stacidomo, antaŭ la ekveturo de la vagonaro. Lia pipo plenigis la kupeon per la aromo de agrabla, orienta tabako kaj tra la diafana fuma kurteno mi kvazaŭ vidus la faman detektivon Maigret, la heroon de Georges Simenon.

Mi longe rigardis mian kunveturanton, kiu havis krispan, arĝentan hararon kaj iomete akran, sed rektan nazon, kaj ŝajnis al mi, ke iam mi jam vidis lin. Pli ĝuste liaj markoloraj okuloj kun profunda respekta rigardo vekis en mi ian malproksiman neklaran rememoron.

La nekonata sinjoro eble rimarkis, ke mi detale observas lin, sed li eĉ ne levis sian rigardon kaj trankvile trafoliumadis la ĵurnalojn. Subite li alrigardis min kaj afable demandis:

- Pardonu, sinjoro, ĉu ankaŭ vi veturas al Arda?

- Jes - respondis mi, iomete konfuzita de lia neatendita demando.

- Do, ni veturos kune. Mi nomiĝas Maigret - ekridetis li kaj etendis manon al mi.

Ankaŭ mi ekridetis, ĉar nun mi rememoris, ke antaŭ du jaroj la televizio prezentis serion da filmoj laŭ la romanoj de Georges Simenon, kaj en tiuj filmoj mia kunveturanto ludis la ĉefrolon - Maigret.

- Ja, Vi estas la fama aktoro Doroh - mi diris.

- Jes - kapjesis li. - La televizio tro disfamigis min. Li eksilentis, sed ne postlonge li mallaŭte aldonis:

- Stranga estas nia profesio - kvazaŭ al si mem li dirus kaj ĵetis supraĵan rigardon al la fenestro.

La vagonaro kuris tra vasta kamparo, kaj tie - ĉi tie, kiel flikaĵoj sur la nigra tero, videblis la lasta marta neĝo.

- Bedaŭrinde ni devas ludi ne nur sur la scenejo, sed ankaŭ en la vivo. Miaj konatoj kaj amikoj delonge jam vidas en mi ne Doroh, sed oĉjon Vanja, Maigret aŭ iun alian heroon de klasika aŭ moderna dramo. Kaj kiam mi konversacias kun iu, ĉiam ĝenas min la penso, ke mia kunparolanto atendas aŭdi de mi sentencojn kaj spritaĵojn, same kiel en la teatro. Sur la strato, la infanoj per fingro montras min al siaj gepatroj, scivolaj rigardoj fiksas nin, kaj mallaŭta flustro akompanas nin: "Vidu, jen la aktoro Doroh." Sed ankaŭ ni estas la samaj kiel ĉiuj, kaj nia profesio ne estas pli alia ol la profesio de la kuracisto aŭ juristo. Kaj ankaŭ inter la geaktoroj troviĝas bonkoraj kaj malicaj, ambiciaj kaj indiferentaj, talentaj kaj sentalentaj. Ankaŭ ni havas virtojn kaj malvirtojn, ĉagrenojn, dolorojn kaj ĝojojn. Antaŭ la oficeja enirejo de nia teatro estas benko, sur kiu ni ofte sidas. Nur tie, malproksime de la atenta aŭdo kaj scivolaj okuloj de la publiko, ni trankvile konversacias pri niaj ĉiutagaj zorgoj kaj problemoj. La aktoroj disputas pri futbalaj matĉoj, rakontas siajn dimanĉajn ĉasadojn en la proksima montaro aŭ parolas pri la difektoj de sia aŭtomobilo. La virinoj konversacias pri siaj infanoj, pri la artikloj en la magazenoj, pri la modo, aŭ ili interŝanĝas receptojn de pikantaj manĝaĵoj.

Ofte, oftege tie, ĉe la benko, oni povas aŭdi tiklan klaĉon aŭ diskretan mencion pri la nova amo de nia kolego aŭ kolegino.

Poste ni ekstaras ĉe la benko kaj ni paŝas sur la scenejon jam kiel reĝoj kaj dukoj, princinoj kaj servistinoj, nobeloj, murdistoj, detektivoj, ŝtelistoj. Dum du horoj ni veas aŭ ridas, kantas aŭ ploras, amas, perfidas, mortigas kaj mortas.

Kaj kiam fermtiriĝas la kurteno, kiam la publiko brue foriras, kaj iom post iom en tomba silento ekdronas la granda salono, ni demetas la reĝajn kronojn, la balajn robojn, la purpurajn mantelojn... kaj antaŭ ol reveni hejmen ni denove sidas sur nia benko por ekfumi cigaredon, interŝanĝi kelkajn vortojn aŭ nur por simple, dum kelkaj minutoj, resti sur la benko en la vespera trankvilo kaj silento.

Doroh eksilentis, enpensiĝis. Li alloge rakontis, kaj por mi estis agrable aŭskulti lian profundan basan voĉon. Krom tio la postkulisa teatra vivo tiklis mian scivolemon kaj mi vere bedaŭris, ke mia kunveturanto eksilentis. Sed postnelonge li amare ekridetis kaj mallaŭte diris.

- Malfeliĉan sorton havis nia benko. Pasintan printempon ni devis prezenti Hamleton kaj la estraro de nia provinca teatro proponis al la konata ĉefurba reĝisoro Kardoh surscenigi la Shakespeare-dramon. Kardoh akceptis la inviton kaj alvenis kun nekonata juna aktoro, kiu, laŭ Kardoh, plej taŭgas por la ĉefrolo. Nia nekonata kolego estis magra, alta kun verdaj, kataj okuloj kaj longa, hela hararo simila al pajlo. Kaj baldaŭ ni komprenis, ke li ne nur ekstere, sed ankaŭ anime tute konvenas por tiu ĉi malfacila rolo.

Kardoh estis postulema reĝisoro kaj ofte la provludoj daŭris de mateno ĝis vespero. Tio ne tre plaĉis al niaj geaktoroj, kiuj kutimis malfruiĝi aŭ longe senzorge babili ekstere, sur la benko.

Nur nia juna kolego Hamleto alvenis la unua por la provludoj kaj vespere lasta foriris hejmen. Li estis silentema kaj dum la provludoj nur kun Kardoh interŝanĝis kelkajn vortojn. Li neniam proksimiĝis al nia benko, neniam sidis sur ĝi kaj neniam konversaciis kun ni.

Unue ni opiniis ke li estas tro sinĝena, sed poste ni konkludis, ke li estas tro fiera, kaj tial li evitas nin. Eĉ foje, ĉe la benko, antaŭ iu provludo, Manna menciis, ke la nova kolego eble havas ambicion ludi en ĉefurba teatro kaj tial nun, antaŭ Kardoh, li estas tro penema. Eĉ iu el ni nomis lin "pavo", sed nia juna Hamleto tute ne interesiĝis pri niaj mokoj kaj klaĉoj. Li kvazaŭ ne rimarkis nin kaj daŭre frue venis en la teatron, surmetis la kostumon de la dana princo kaj ĝis la alveno de la aliaj kolegoj, li senmove sidis en iu malhela angulo kaj silente fiksrigardis la scenejon.

Stranga estis tiu ĉi junulo. Posttagmeze aŭ vespere kiam Kardoh anoncis la finon de la provludoj, kaj kiam ĉiuj kolegoj kuris al la vestejoj por demeti siajn kostumojn kaj ekiri hejmen, nur li, Hamleto, restis sur la scenejo kaj almenaŭ unu horon ankoraŭ flustris ion kaj promenadis tie, vestita en sia teatra kostumo.

En tiu ĉi dramo mi ludis la rolon de Klaŭdio, kaj ĉiam kiam mi renkontis la verdajn okulojn de mia juna kolego, malvarma ŝvito rosigis min, kaj mi sentis min la vera murdisto de la dana reĝo kaj la fia deloginto de la reĝino. Kaj ŝajnis al mi, ke nia Hamleto apartenas al tiuj aktoroj, kiuj ludas ne nur sur la scenejo sed ankaŭ en la vivo.

La premiero bone sukcesis, Kardoh estis kontenta, sed baldaŭ devis forlasi nian teatron, kaj reveni en la ĉefurbon. Post lia forveturo niaj geaktoroj denove trankviliĝis, denove komencis malfruiĝi, pli longe sidis ekstere sur la benko aŭ rapidis fini la spektaklon kaj ekiri hejmen, kie atendis ilin la familiaj zorgoj kaj problemoj.

Nur li, Hamleto, ludis tiel, kiel dum la premiero. Por la spektakloj li daŭre venis la unua kaj poste lasta forlasis la scenejon.

"Eh, pensis mi, dum unu aŭ du jaroj, ĝis kiam li estas juna, li ludos tiel, kaj poste ankaŭ li trankviliĝos.

Ankaŭ li eksidos kun ni sur la benko, kaj ankaŭ li komencos konversacii pri futbalaj matĉoj, ankaŭ li aĉetos por si hundon, ĉasfusilon aŭ aŭtomobilon kaj dum la ripozaj tagoj li vagados en la proksimaj montaroj aŭ riparos sian aŭtomobilon. Ja, ankaŭ ni, la aktoroj, estas homoj kiel ĉiuj kaj ankaŭ ni havas ŝatatajn okupojn kaj pasiojn."

Sed en iu dimanĉa spektaklo la spektantoj estis malmultaj, la kolegoj ludis malvigle, apatie, eĉ Manna-Ofelio subite forgesis sian replikon kaj longe restis muta ĝis iu ne eligis ŝin en la konfuza situacio. Mi rimarkis, ke en tiu ĉi momento la verdaj okuloj de Hamleto ne brilas sed fajras. kaj lia vizaĝo estas blanka kiel glacio. Subite mi eksentis, ke nepre okazos io.

En la interakto Hamleto ne eliris, sed kiel sago elflugis el la scenejo kaj post minuto aŭdiĝis frapoj de hakilo, kvazaŭ ekstere iu freneze hakus lignojn. Mi kaj la aliaj kolegoj tuj eliris kaj mire ni vidis, ke nia dana princo freneze dishakas la benkon. Tiun saman benkon, kiu estas antaŭ la ofica enirejo, kaj sur kiu ni kutimis sidi kaj konversacii.

Nia povra Hamleto, li vere freneziĝis, pensis ni rigidaj, kaj neniu kuraĝis proksimiĝi al li kaj eltiri el liaj tremantaj manoj la hakilon.

Li hakis la benkon kaj terure kriis, ke oni ne rajtas kvin minutojn antaŭ la spektaklo sidi kaj babili sur la benko kaj poste trankvile eniri kaj ludi "Hamleton", ke la teatro ne estas ofico, sed rito!

Povra junulo, li tute freneziĝis, sed nepre ni devis entrepreni ion. Ni devis trankviligi lin kaj daŭrigi la prezentadon, ĉar lia tondra hakado minacis inversigi la spektaklon de la salono al la malantaŭ teatra korto, kaj morgaŭ jam la tuta urbo parolus nur pri la ekscesoj de la aktoroj.

Denove disvastiĝus la onidiroj, ke la aktoroj estas ebriuloj, ke ili dronas en malvirtoj kaj mono, ke ili pro la enuo ne scias kiajn originalaĵojn ankoraŭ elpensi... Kaj nia reputacio denove estus ŝancelita sur la strAtoj la infanoj denove montrus nin per fingro, kaj ili flustrus al siaj gepatroj,: "Vidu paĉjo, jen tiuj, kiuj hakas la benkojn en la urba parko."

Sed la direktoro de la teatro rapide rekonsciiĝis kaj neatendante la tutan dispecigon de la benko li tuj telefonis la malsanulejo. Nur post kvin minutoj kun terura ululo alvenis la malsanuleja veturilo kaj du fortaj flegistoj kuraĝe proksimiĝis al Hamleto. Unu el ili provis eltiri la hakilon, sed Hamleto furioze tenis ĝin, kaj pro tio la alia flegisto vangofrapis nian ekscititan Hamleton.

"For, stultuloj, la teatro estas templo!" - kriis la povra junulo, sed liaj krioj tute ne timigis la dikajn virojn. Ili kaptis kaj enigis lin en la blankan veturilon.

La direktoro, ankoraŭ maltrankvila de la terura okazintaĵo, anoncis al la publiko, ke pro la malsaniĝo de la ĉefrolulo oni interrompas la prezenton kaj al ni li mallaŭte murmuris: "Kie Kardoh trovis tiun ĉi frenezulon?"

Sekvontan tagon nia Hamleto iĝis la plej fama, kaj la tuta urbo parolis pri lia neordinara spektaklo, kiu okazis malantaŭ la teatro.

Nur post unu semajno nia kompatinda kolego eliris el la malsanulejo, sed la direktoro de la teatro ne premesis al li plu ludi la rolon de Hamleto.

Mia kunveturanto malrapide bruligis sian nigran ebonan pipon, kiu dume estingiĝis , li profunde enspiris la aroman fumon kaj aldonis:

- Ankaŭ ni, la aktoroj estas ordinaraj homoj, sed ofte inter ni troviĝas iuj, kiuj kompromitas sin, kaj tial oni emas konsideri nin blankaj korvoj.

Mi silentis pensante pri la kompatinda sorto de tiu juna aktoro. Mi ŝatus diri ai mia kunveturanto, ke la aktoroj ne devas esti ordinaraj homoj.

Sed mi estis pli juna ol li, kaj mi ne kuraĝis eldiri tion.

Budapeŝto, la 4-an de januaro 1981.

의자

상쾌한 3월 아침에 **마르나** 시에서 **아르다** 시로 기차여행을 했다. 승객은 적고 객실에는 나 외에 마흔 다섯 살쯤 돼 보이는 잘 차려 입은 남자가 홀로 앉았다. 그는 파이프 담배를 피우면서 아마도 기차가 출발하기 전 기차역에서 산 조간신문을 지루한 듯 넘겼다. 파이프 담배로 객실에는 기분 좋은 동양 담배 내음이 가득 찼는데 마치 투명 커튼 같은 담배 연기 때문에 벨기에 소설가 **게오르게스 시메논**의 주인공 유명한 형사 **마이그레트**를 보는 듯 했다. 나는 같이 탄 승객을 한참 쳐다보았다. 은색 곱슬머리에 조금 날카롭고 쭉 뻗은 코로 보아 언젠가 본 것 같은 인상이었다. 그윽하고 사랑스런 빛을 띤 바다색 눈빛에서는 까마득하고 불분명했던 기억이 정확하게 되살아났다. 낯선 남자는 내가 자기를 자세히 살피는 것을 알아차렸겠지만 시선 한번 주지 않고 조용히 신문만 넘겼다. 그러다 갑자기 나를 쳐다보더니 상냥하게 물었다.

"죄송하지만 선생님도 아르다로 여행하시나요?"

"예."

불쑨 던진 질문에 조금 당황했다.

"그럼 함께 여행하네요. 저는 마이그레트라고 합니다."

그가 싱긋 웃고는 내게 손을 내밀었다. 나도 싱긋 웃었다. 2년 전 TV에서 게오르게스 시메논의 소설이 원작인 영화 시리즈를 본 것이 그제야 분명히 기억났다. 그 영화에서 나와 함께 기차를 탄 사람이 주인공 마이그레트 역을 했다.

"선생님은 유명한 배우 **도로** 씨군요." 내가 말했다.

"예." 그가 인정했다.

"TV가 나를 너무 유명하게 만들었어요."

그는 조용하더니 잠시 뒤에 조심스럽게 덧붙였다.

"제 직업은 이상해요."

자기 자신에게 말하듯 하고는 창으로 무심히 시선을 던졌다. 기차는 넓은 벌판을 지나갔다. 3월 마지막 눈의 잔해가 마치 검은 땅 위에 여기저기 헝겊을 댄 것 같아 보였다.

"유감스럽게도 우리는 영화 속에서도 인생에서도 각자 역할을 맡아야만 해요. 내 지인이나 친구도 오래전부터 나를 도로가 아니라 **바냐** 아저씨나 마이그레트 형사, 혹은 고전이나 현대극의 어느 주인공으로 보죠. 누군가와 대화할 때도 상대방이 내게서 연극 주인공처럼 재치 있는 말이나 문장을 듣기 원한다는 생각에 항상 괴로워요. 거리에서 어린이들은 손가락으로 나를 가리키며 부모와 수군거리고, 호기심 어린 시선이 내게 꽂히고, 조용한 속삭임이 나를 따르죠. '봐라, 여기 배우 도로가 있어.'

하지만 우리 배우들도 보통 사람과 마찬가지예요. 우리 직업도 의사나 법률가와 별반 다르지 않아요. 배우들도 좋은 사람 나쁜 사람이 있고, 야심 있는 사람 매사 무관심한 사람이 있으며, 재능 있는 사람 무능한 사람이 있죠. 배우에게도 미덕이나 악덕이 있고, 희로애락이 있어요. 우리 극장 사무실 출입구 앞에 배우들이 자주 앉는 의자가 있어요. 거기서는 관객이 우리 대화를 주의해서 듣거나 우리를 호기심어린 눈으로 보지 않아서 우리는 편안히 일상의 걱정과 문제를 털어놓았죠. 배우들도 축구 시합에 열을 내고, 근처 산에서 열리는 일요사냥 얘기를 하고, 자동차 고장수리 얘기도 꺼냈어요. 여자들은 자녀, 백화점 상품, 유행에 관해 수다를 떨거나, 멋진 음식 요리법을 서로 알려주죠. 거기 의자에서는 서로 사소한 잡담을 나누거나 동료간 새로 사랑을 시작했다는 사려 깊은 고백을 들을 수 있었어요. 잠시 뒤에 의자에서 일어나면 왕이나 공작, 공주나 하녀, 귀족, 살인자, 형사, 도둑으로 분장하고 무대로 걸어 나가죠. 2시간 동안 울고 웃고 노래하고 말하고 사랑하고 배신하고 죽이고 죽어요. 연극이 끝나고 막이 내릴 때, 관객이 시끄럽게 떠날 때, 커다란 실내에 무덤 같은 적막이 감돌 때 우리는 왕관, 무도복, 자색 외투를 벗어요. 집으로 돌아오기 전에 담배를 피우려고, 혹은 몇 마디 수다를 떨려고, 저녁의 편안함과 조용함을 즐기려고 다시 의자에 앉죠."

도로는 조용해지더니 생각에 잠겼다. 그가 매력 있게 이야기해서 그의 깊고 낮은 목소리를 듣는 것이 즐거웠다. 게다가 무대 뒤에서 일어나는 연극인의 인생이 호기심을 자극했기에 우리 대화를 그치자 매우 아쉬워했다. 얼마 지나지 않아 도로씨는 빙그레 웃으며 다시 조용히 말했다.

"우리 의자는 불행한 운명을 맞았어요. 지난봄에 지방 연극단은 햄릿 공연을 무대에 올려야 해서 수도의 유명 연출가 **카르도**에게 셰익스피어 연극을 맡아달라고 했어요. 초빙에 응한 카르도는 자기 생각에 주연으로 가장 적임자일 것 같은 무명의 젊은 배우와 함께 왔어요. 우리의 낯선 동료는 마른 몸매에, 키는 크고, 푸른 색 고양이 눈에, 머릿결은 짚 같이 길고 밝았어요. 우리는 그가 겉모습부터 내면까지 그 어려운 역에 딱 맞는다는 걸 알았어요. 카르도는 요구사항이 많은 매우 까다로운 연출자여서 우리 배우들은 온종일 연습하는 날이 잦았어요. 우리는 불만이 매우 컸어요. 배우들은 보통 연습에 늦게 오고, 극장 바깥 의자에 앉아 노닥거리며 태평하게 잡담을 오래 했어요. 우리의 젊은 동료 햄릿이 연습에 제일 먼저 오고 저녁엔 제일 늦게 집에 돌아갔어요. 그는 과묵해서 연습 중에는 오직 카르도 하고만 몇 마디 나눴어요. 한 번도 의자에 가까이 오거나 앉거나 우리와 대화하거나 하지 않았죠. 처음에 우리는 그가 너무 고민을 많이 한다고 생각했지만, 나중에는 그가 너무 교만해서 우리를 피한다고 결론지었어요. 한번은 연습 전에 의자에서 **만나**라는 배우가 '새로운 동료는 아마 수도의 극장에서 연극할 야심으로 카르도 앞에서 고분고분하다'고 말했어요. 그를 **거만한 공작**이라고 부르는 동료도 생겼죠. 하지만 젊은 햄릿은 우리의 놀림이나 잡담에 전혀 관심을 두지 않았어요. 그는 우리의 수군거림을 알아차리지 않은 듯했어요. 극장에 계속 일찍 와서 덴마크 왕자 옷을 입고 동료들이 올 때까지 어두운 구석에 가만히 앉아 무대를 뚫어지게 봤어요. 이 청년은 우리와 달랐어요. 오후나 저녁에 카르도가 연습마감을 알리면 동료들은 모두 의상을 벗고 집으로 돌아가려고 탈의실로 뛰어 갔어요. 햄릿만 연극 복장을 한 채로 무대에 남아 적어도 1시간가량 홀로 대사를 치며 서성거렸어요. 이 연극에서 나는 햄릿의 삼촌 **클라우디오** 역을 맡았는데 젊은 동료의 푸른 눈과 마주칠 때면 항상 내 몸에 식은 땀이 맺히고 내가 진짜 덴마크 왕의 살인자, 형수인 왕비에게 더러운 유혹을 받은 자가 된 것 같았어요. 햄릿이 생활에서도 연극처럼 배역을 수행하는 그런 배우에 속한다고 보았지요. 리허설을 성공리에 마치자 카르도는 만족했지만, 그는 곧 우리 극장을 떠나 수도로 돌아가야만 했어요. 카르도가 떠난 뒤에 우리 동료들은 다시 태평해져서 다시 늑장을 부렸고, 더 오랫동안 바깥 의자에 앉았고, 공연을 마치면 걱정거리와 문제가 기다리는 집으로 돌아가려고 서둘렀어요. 그 햄릿만 리허설처럼 공연했어요. 공연 기간 내내 계속해서 맨 처음 오고 맨 나중에 무대를 떠났어요. 나는 생각했어요. '일이 년 동안은 그렇게 열정 다해 연극할 것이다. 그러다 나중에는 그도 안정될 것이다. 그 역시 우리와 함께 의자에 앉아서 축구 시합 얘기를 할 것이다. 그도 개와 사냥총 혹은 자동차를 사서 쉬는 날에는 가까운 산에 가서 헤매거나 자동차 수리점에 갈 것이다.' 배우인 우리도 사람이라 좋아하는 일이나 열정이 있어요. 하지만 어느 일요일 공연 때 관객은 적고 동료들은 힘없이 무감동으로 역할을 하고, **오필리아** 역을 맡은 만나는 갑자기 대사를 잊어버려서 누군가 이 혼란한 상황에서 그녀를 구해 줄 때까지 말없이 한참을 서 있었어요. 그 순간 햄릿의 푸른 눈은 빛 대신 불꽃을 발하고 얼굴은 얼음처럼 하얘졌죠. 갑자기 무슨 일이 일어날 것만 같았어요. 막간에 햄릿이 화산이 폭발하듯 무대에서 밖으로 달려 나갔는데, 몇 분 뒤 누가 미친 듯이 도끼로 장작을 패는 듯한 소리가 났어요. 다들 우르르 밖으로 나갔죠. 우리의 덴마크 왕자가 미친 듯이 도끼로 의자를 부수고 있어 다들 놀라서 바라보았어요. 사무실 출입구 앞에 놓아두고 보통 대화할 때 앉는 그 의자를 말이죠. 우리의 불쌍한 햄릿, 그는 정말 미쳤다고 엄격한 우리는 생각해서 누구도 그에게 가까이 다가가지 못했고 그의 떨리는 손에서 도끼를 빼앗지 못했어요. 그는 의자를 도끼질하면서 '공연 전에는 단 5분도 의자에 앉아 잡담할 권리가 없다'고, '편안하게 들어와 햄릿 연극을 할 권리가 없다'고, '연극은 일이 아니라 의식'이라고 무섭게 소리 질렀어요. 불쌍한 젊은이, 그는 완전히 미쳤지만 우리는 무언가를 해야만 했어요. 우리는 그가 편안하게 연극 공연을 계속하게 해야 했죠. 왜냐하면 그의 천둥 같은 도끼질이 극장 무대뒤편 관객을 자극하며 위협했기에. 내일이면 도시 전체는 배우의 과잉 행위를 너도나도 지껄일 테니까요. 다시 소문이 꼬리를 물고 퍼질 테니까요. 배우가 술 취했다거나 부덕하거나 돈에 빠졌다거나 나태해서 어떤 독창적인 것을 생각해 낼 줄 모른다고 말이죠. 그리고 우리 명성은 다시 흔들리고 거리에서 아이들은 다시 손가락으로 우리를 가리키고 부모들에게 속삭일 테니까요.

'보세요, 아빠! 도시공원에서 의자를 도끼질한 배우들이예요.' 하지만 연극 단장은 서둘러 정신을 차리고 의자가 전부 부서지기 전에 즉시 병원에 전화했죠. 5분 만에 시끄러운 사이렌 소리와 함께 구급차가 도착했고 건강한 간호사 둘이 햄릿에게 용감하게 다가갔어요. 한 간호사가 도끼를 잡으려 했지만 햄릿이 화를 내며 꽉 거머쥐는 바람에 다른 간호사가 흥분한 햄릿의 뺨을 때렸죠. 불쌍한 청년이 소리쳤어요.

'저리가, 바보들아. 극장은 사원(寺院)이야.'

하지만 그 외침은 건장한 남자 간호사들에게 전혀 겁을 주지 못했죠. 간호사들은 그를 붙잡아 하얀 차 안에 집어넣었어요. 그 무서운 사건 탓에 불안해 떨던 극장장은 주연배우가 질병을 앓아 공연을 중단한다고 공지했어요. 그리고 극장장은 우리에게 조용히 말했어요.

'카르도는 그 미친놈을 어디서 찾았지?'

다음 날 우리 햄릿은 가장 유명해졌고 온 도시엔 극장 뒤편에서 발생한 특별 공연 이야기가 회자했죠. 일주일 뒤 우리 불쌍한 동료는 병원에서 나왔지만, 극장장은 햄릿 역할을 교체해 버렸어요."

나와 함께 여행하는 고로 씨는 흑단 파이프에 천천히 다시 불을 붙이더니 향기 나는 담배 연기를 깊이 들이마시고 덧붙였다.

"배우인 우리는 보통 사람이지만 더러는 자기를 더럽히기도 해서 사람들은 우리를 비정상적이라는 의미로 '하얀 까마귀'라고 생각하는 경향이 있어요."

나는 그 젊은 배우의 불쌍한 운명을 생각하면서 침묵했다. 내 동료 여행자에게 '배우는 보통이 넘는 사람이 돼야 한다'고 말하고 싶었다. 하지만 나는 그보다 어려서 감히 그런 말을 꺼내지는 못했다.

LA VITRINO

La librovendejo, kie laboris Marta, troviĝis en kruta kaj silenta strato, kaj Marta estis la sola vendistino en tiu ĉi eta kaj malhela vendejo.

La homoj malofte eniris la librovendejon, sed Marta ŝatis la librojn, ŝi ŝatis sian laboron kaj tute ne koleris, kiam la vizitantoj nur trafoliumis aŭ trarigardis iun libron, denove remetis ĝin sur la breton kaj foriris forgesante eĉ "gisrevidon" diri al la kara vendistino.

Matene preskaŭ neniu malfermis la pordon de la librovendejo kaj Marta sidis sola kaj senmova apud la bretoj, kaj ŝia hela vizaĝo kun bluaj okuloj kiel somera ĉielo, similis al bele ilustrita librokovrilo. Por Marta la matenaj horoj ege malrapide rampis kaj, por eviti la enuon, ŝi legis aŭ ordigis la librojn en la vitrino.

Tiu ĉi vitrino estis kiel granda scivola okulo al la strato, kaj ofte, dum horoj, Marta silente staris ĉe la vitrino kaj rigardis la homojn, kiuj trapasis antaŭ la librovendejo. Enlogitaj en siaj problemoj kaj zorgoj la homoj tute ne rimarkis la librovendejon, sed estis iuj, kiuj por sekundoj haltis antaŭ la vitrino kaj trarigardis la librojn en ĝi. Pli ofte tiuj ĉi preterpasantoj estis lernantoj, studentoj, elegantaj fraŭlinoj aŭ simpatiaj junaj viroj, kaj ŝajnis al Marta, ke iuj el ili, kiam rimarkis ankaŭ ŝin, milde ekridetis al ŝi. Tiuj ĉi ridetoj kvazaŭ varmigis la junan vendistinon, ŝiaj bluaj okuloj tuj ekbriletis kaj ŝiaj molaj vangoj rapide ruĝiĝis.

Marta estis provinca knabino, kaj la vivo de la ĉefurbo, kiu pulsis de la alia flanko de la vitrino, en unusama momento timigis kaj allogis ŝin.

Nur de kelkaj monatoj Marta loĝis en tiu ĉi granda, brua urbo. Ŝia onklino, vidvino, kiu ne havis infanojn kaj jam de jaroj vivis sola, invitis Martan loĝi kun ŝi. Kaj Marta tuj alvenis en la ĉefurbo kun eta valizo kaj multaj esperoj. Feliĉe ŝi rapide trovis laboron kaj ekamis la librojn en la malhela librovendejo, sed ĉi tie, en la granda urbo, ŝi sentis sin eĉ pli sola ol ŝia malsana kaj kaduka onklino.

Post la fino de ĉiu labortago Marta rapidis reveni hejmen, ĉar la onklino atendis ŝin por la vespermanĝo, kaj dum la vespermanĝoj Marta estis kondamnita aŭskulti la tedajn kaj senfinajn rememorojn de sia kara onklino. Kaj nur kiam la onklino kontente ekdormetis antaŭ la televidilo, Marta povis iri en sian ĉambron kaj trankvile trafoliumi ian novan libron, kiun ŝi alportis de la librovendejo.

Marta legis, sed ofte antaŭ ŝiaj okuloj estis la librovendejo, ĝia eta vitrino, la homoj, kiuj por sekundo haltis antaŭ la vitrino kaj kare ekridetis al Marta.

Marta sciis, ne, Marta kredis, ke unu inter tiuj junaj viroj certe iam eniros la librovendejon kaj ili konatiĝos. Marta sciis, ke tio nepre okazos, se ne morgaŭ, ja postmorgaŭ, aŭ en la venonta semajno. Kaj

Marta kvazaŭ vidis, ke tiu longe atendita juna viro eniras la etan librovendejon. Li eniras, sed ne tra la pordo, tra la fenestro... Li saltas, li rompas tiun ĉi fajnan, malvarman kiel glacio, vitrinon kaj kune kun li en la malhelan, sufokan librovendejon enfluos la suno kaj urba bruo.

Karesita de siaj fraŭlinaj revoj, Marta ekdormas kun infana rideto. Sed verŝajne ŝi neniam komprenos, ke la homoj, kiuj por momento haltas antaŭ la vitrino, tute ne rimarkas Martan kaj tute ne ekridetas al ŝi. Simple ili vidas sur la vitrino la respegulon de sia fizionomio kaj vante ekridetas al si mem.

Ordinare la homoj ŝatas rigardi sin mem en ĉiuspecaj kaj diversaj speguloj.

Budapeŝto, la 16-an de januaro 1980.

진열장

마르타가 근무하는 책방은 볼품없는 한적한 거리에 있다. 이 작고 어두운 가게의 유일한 종업원이 마르타다.

사람들은 어쩌다 책방에 오지만, 마르타는 책을 좋아하고 자기 일을 좋아해서 손님이 어떤 책을 넘겨보거나 훑어보고 다시 서가에 꽂아둔 뒤에, 친절한 종업원에게 '잘 지내세요'라는 인사를 잊고 나갈 때도 전혀 화를 내지 않는다. 아침에는 거의 아무도 책방 문을 열지 않아 마르타는 홀로 서가 옆에 가만히 앉아 있는데, 그녀의 밝은 얼굴은 여름 하늘처럼 파란 눈이 돋보여 잘 그려진 책 표지 같다.

마르타에게 아침 시간은 아주 천천히 기어간다. 지루해하지 않으려고 책을 읽거나 진열된 책을 가지런히 정리한다. 이 진열장은 호기심을 가진 커다란 눈처럼 거리를 향하고 있다. 마르타는 자주 진열장 옆에 서서 책방 앞을 지나가는 사람들을 몇 시간씩 바라보았다. 문제와 걱정에 휩싸인 사람들은 책방을 전혀 의식하지 않고 지나치지만 더러는 잠시라도 진열장 앞에 서서 그 안에 꽂힌 책을 들여다보기도 한다. 이렇게 책에 관심을 두는 행인들은 대개 고등학생 혹은 대학생이거나 멋진 아가씨나 상냥한 젊은 남자들인데, 그 중 몇몇은 그녀를 알아차리고는 부드럽게 웃어준다. 이런 웃음이 젊은 판매원의 마음을 따뜻하게 해 준 듯, 그녀의 파란 눈은 곧 빛나고 부드러운 뺨은 금세 빨개진다.

마르타는 지방 출신이라 진열장 바깥 편에서 숨쉬는 수도의 삶이 무섭기도 하고 매력 있게 느껴지기도 했다. 몇 달 전부터 마르타는 이 크고 번잡한 도시에서 살고 있다. 이모는 과부인데 자녀 없이 오래전부터 홀로 사시다가 같이 살자고 마르다를 불렀다. 그래서 마르타는 작은 여행 가방을 하나 달랑 들고 희망을 품고 수도에 왔다. 다행히 일을 빨리 찾아 어두운 책방에서 책을 좋아하게 되었지만, 이 큰 도시에서 늙고 초라한 이모보다 더 진하게 외로워하면서 지낸다. 날마다 일이 끝나면 마르타는 서둘러 집으로 돌아왔다. 이모가 저녁 식사 시간만 기다리기 때문이었다. 식사 중에 마르타는 사랑하는 이모의 지루하고 끝없는 옛 얘기를 들어야만 했다. 그러다 이모가 TV 앞에서 행복하게 잠들면 비로소 자기 방에 가서 책방에서 가져온 새 책을 편안하게 넘길 수 있다. 책을 읽는 마르타의 눈앞에는 책방과 작은 진열장과 진열장 앞에 잠시 멈춰 사랑스럽게 미소짓는 사람들이 종종 나타났다. 언젠가는 그런 젊은 남자 한 명이 책방으로 불쑥 들어와 그들이 서로 알게 되리라고 마르타는 상상했다. 아니 믿었다. 그런 일이 내일 아니면 모레 아니면 다음 주에 반드시 일어나리라고 마르타는 굳게 믿었다. 그리고 그렇게 오래 기다린 끝에 젊은 남자가 작은 책방에 들어오는 모습을 보는 듯했다. 그는 문이 아니라 창문을 통해서 들어왔다. 그는 뛰어와서 얼음을 깨듯 멋지게 시원한 진열장을 깨부셨는데 순간에 어둡고 숨막히는 듯한 책방에 햇빛과 도시 소음이 날아들었다. 아가씨다운 환상에 빠진 마르타는 어린애 같이 빙그레 웃으며 잠이 들었다. 하지만 마르타는 진열장 앞에 잠시 멈춘 사람들이 자기를 알아보지 못해서 빙그레 웃지 않는다는 걸 이해하지 못한 것 같다. 그들은 단순히 진열장 유리에 비친 자기 얼굴을 보고 웃는 것뿐이다. 보통 사람은 다양한 종류의 거울에서 자기 자신을 보기 좋아한다.

CIGANO KAJ URSINO

Kiam mi veturas per trajno kaj kiam la kupeo estas plenŝtopita de homoj, ĉiam mi rememoras la historion pri la cigano kaj ursino. Kial tiu ĉi historio renaskiĝas en mia konscio ĝuste en trajno? Eble tial, ĉar iu kamparano rakontis ĝin dum iu mia longa veturado, aŭ eble tial, ĉar veturante per trajno mi ŝatas observi la homojn en la kupeo. Ili sidas unu apud la alia, kaj silentas. Silente ili eniras la kupeon, silente eksidas, silentas dum tri aŭ kvar horoj kaj poste, same tiel silente, foriras. Sep aŭ ok homoj, dum horoj, kiel monumentoj sidas unu apud la alia. Martelas ritme la radoj, monotonas la pejzaĝoj, obskuras en la kupeo... La veturantoj gapas al la fenestro, klinas la kapojn, oscedas, kaj tiam en mia konscio aperas kaj aperas la historio pri la cigano kaj ursino.

La kamparano, kiu iam, en iu trajno rakontis tiun ĉi historion, estis malalta, nek juna, nek maljuna, kun grizaj ruzaj okuletoj, vestita en malmoda, eluzita, sed urbana kostumo. Tiam li sidis en iu angulo de la kupeo kaj en la komenco de la veturado preskaŭ neniu rimarkis lin. Kiel ĉiuj, ankaŭ li horon aŭ du silentis, sed subite li ekparolis. Eble tial, ĉar li ne povis kompreni, kial la homoj silentas, se ili kune sidas en tiel eta ejo kiel kupeo.

Unue tiu ĉi kamparano familiare demandis sian najbaron, la homon, kiu sidis apud li, kiu stacidomo sekvas. Poste la kamparano ŝerce rimarkigis, ke la trajno, kiel kutime, denove malfruas, kaj mi ne scias kial, sed li, kvazaŭ al si mem, komencis rakonti la historion pri la cigano kaj ursino. Kelkaj kunveturantoj ironie ekridetis, aliaj moke alrigardis la senceremonian kamparanon, tamen li tute ne rimarkis tiujn ĉi rigardojn kaj trankvile daŭrigis sian rakontadon.

Tiam eĉ mi ekridetis, sed la historio pri la cigano kaj ursino restis en mia subkonscio kaj ĉiam, kiam mi veturas per trajno, ĝi reaperas nove kaj denove. Mi jam komencas dubi, ĉu vere mi aŭdis ĝin aŭ iam tre antaŭlonge mi mem travivis tiun ĉi historion, kaj strange, veturante per trajno, mi sentas bezonon rakonti al iu pri la cigano kaj ursino.

La radoj martelas, la trajno kuregas, kaj antaŭ miaj okuloj aperas kaj aperas la cigano kaj ursino. La ursino estas magra, nigra – la cigano estas juna, eble tridekjara, vestita en ĉifonoj, kun truaj, deformitaj suoj kaj malpura, makulita rondĉapelo. Lia vizaĝo flavas kiel seka aŭtuna folio, sed liaj okuloj eligas esperon. Cetere tiu espero ludas en ĉiuj ciganaj okuloj, kaj sole tiu espero akompanas la ciganojn dum iliaj longaj senfinaj vagadoj.

De kie venis la cigano kun ursino? Mi ne scias. Tion eble neniu iam eksciis. Estis somera posttagmezo, kiam la cigano kaj ursino lacaj, polvokovritaj eniris montaran vilaĝeton. La suno subiris kaj febla vento alblovis de la proksima arbaro. Post la longa labortago la vilaĝanoj ŝvitaj revenis hejmen. Kiel kutime, la virinoj, por eta ripozo, eksidis antaŭ la domoj - la viroj ekiris al la drinkejo.

En la pigra posttagmeza silento eksonis tirata cigana melodio. Skrapante la solan kordon de sia olda guzlo la cigano vigle kriis:

- Hej, vilaĝanoj, venu vidi kion povas fari la saĝa ursin' Maria, fraŭlin'. Nu, Maria fraŭlin', nun montru, kiel dancas baletistin'!

La magra ursino stariĝis peze, sendezire kaj, balancante sian longan, nigran korpon, ekpaŝis ronde. La cigana melodio jen tiriĝis, jen vigliĝis, sed eble laca kaj malsata estis la ursino kaj mallonge daŭris ĝia danco.

- Nu, Maria fraŭlin', nun montru, kiel geamantoj kisas unu la alian! raŭke kriis la cigano, ritme skrapis lia arĉo, gaje fluis la cigana melodio, sed nek viro, nek virino venis al la placo, kie nur kvin kokinoj vagis tien-tien, bekfrapante ion.

Nur antaŭ la drinkejo silente staris kelkaj vilaĝanoj, kiuj senmove kaj suspekte observadis la dancadon de la vila "baletistin".

- Hej, oĉjoj bonaj, sen tim' venu al proksim' de Maria fraŭlin'! ridetis voĉe la cigano, brilis liaj silikokoloraj dentoj, sed neniu el la vilaĝanoj ekpaŝis pli antaŭen. La cigano tamen, same kiel fama cirkartisto, deprenis per eleganta gesto kaj metis sian rondĉapelon sur la teron. Eble li esperis ke post minuto la vilaĝanoj venos pli proksimen, kaj abunda pluvo da moneroj plenigos lian makulitan, deformitan rondĉapelon.

- Nu, Maria fraŭlin', nu montru kiel geamantoj kisas

unu la alian ĉar delonge jam tiuj oĉjoj bonaj forgesis doni kison al la edzin' kriis la cigano, ruzete rigardis la vilaĝanojn, sed ili staris kiel arboj, apogitaj al la muro de la drinkejo.

La ursino ekgrumblis malkontente, leviĝis peze, faris paŝon, malfermis larĝe manegojn kvazaŭ ĝi subite ĉirkaŭbrakos kaj sufokigos iun.

De ie, kiel brua birdaro, alvenis kelkaj scivolemaj, kirloharaj knaboj, sed tuj post ili alkuris kolerega patrino kaj kiel kato disigas paserojn, tiel ŝi forpelis la infanojn.

- For hejmen, ja vi ne scias, ke la cigano prenos kaj forportos vin.

- Ehstimata virin'! Mi ehstas bona hom'. Dio gardu min. Mi manĝas panon, ne infanon.

Sed la knaboj malaperis kiel fumo, la silentemaj, suspektemaj vilaĝanoj eniris la drinkejon, kaj sur la placo solaj restis la ursino, cigano kaj lia malplena, makulita rondĉapelo.

De la proksima arbaro, kun la friska vento, nesenteble kiel svelta junulino alŝteliĝis la vespero, stela kaj trankvila. Aŭdiĝis fora rido, kokokrio kaj soleca voĉo de radio: "Bonan vesperon, karaj geaŭskultantoj. Estas la sesa horo. Ni diros la novaĵojn. La pafbataloj inter Irano kaj Irako daŭras. Hodiaŭ, en Romo, membroj de la Ruĝaj Brigadoj pafmortigis kolonelon Giovanni Ferrari. La internacia
konferenco pri.." La voĉo de la parolanto silentiĝis, eksonis melodio, kaj iu malŝaltis la radion.

Subite klukoj, hurloj, batoj de bastono fendis la silenton. La vilaganoj, kiel korkoŝtopiloj de ĉampana vino, elflugis el la drinkejo.

Sur la placo, ĉirkaŭ la ursino kaj cigano disflugis plumaro, plumoj kaj sub la peza ursina manego, en marĉeto de varma sango, konvulsiis kokino. Sango gutis de la ursina buŝego. La cigano blasfemis, sakris, kriegis, batis per la kornusbastono la ursinon.

- Diablo prenu cin Maria fraŭlin'. Ni ehstas ne ŝtelistoj.

 La vilaĝanoj tuj ĉirkaŭis la ciganon.

- Pagu la kokinon! - minace ekkriegis la drinkeja mastro, dika, grasa vilaĝano kun porkaj okuletoj.

- Pagu la kokinon! – kriis ankaŭ la aliaj.

- Eĉ moneron mi ne havas... - lispis la cigano.

- Ne mensogu, ci aĉulo. Nur ŝteli ci scias!

- Ne stelisť. Dresisť mi ehstas, oĉjoj bonaj, ne stelist'...

- Ha, ha, ha...

- For, aĉulo! - ekkriis ebria, alta junulo.

- For! - reeĥis la aliaj.

- Oĉjoj bonaj, hodiaŭ, hieraŭ, manĝis mi nehnion - balbutis la cigano.

- Manĝu la kokinon! - ekkris la ebria, juna viro, kaj li forte batis per piedo la ciganan ĉapelon, kiu ankoraŭ staris sur la tero.

Timeme la cigano gestis levi la ĉapelon, sed alia vilaĝano pli forte piedfrapis ĝin. La ĉapelo falis sur la piedon de la tria kiu tuj direktis ĝin al sia najbaro. Simile al simio, la cigano saltis de unu al alia vilaĝano, sed vane. La ĉapelo flugis en la aero, kaj tondraj ridegoj akompanis ĝin. Post minuto la cigano svingis mane, ekblasfemis cigane, ektiris la ĉenon de la ursino kaj foriris.

Ridegoj, ridoj, rikanoj longe eĥiĝis sur la placo.

Venontan tagon, ĉirkaŭ tagmeze, en la drinkejon venis la arbargardisto kaj diris, ke en la arbaro, proksime de la vilaĝo, li trovis la ciganon mortigitan de la ursino.

En la drinkejo estiĝis bruo kaj tumulto.

- Tuj fusilojn ni prenu kaj iru persekuti la ursinon, ĉar ĝi minacas la vilagon! - spirege diris la arbargardisto, sed eĉ unu vilaĝano ne ekiris por sia ĉasfusilo.

En la drinkejo komenciĝis arda diskuto pri ursoj kaj ursinoj.

- La ursino nepre estis karnomanĝa - kompetente diris iu.

Alia tuj aldonis, ke ili bone faris, ke ili forpelis la ciganon.

- Ja, la ursino povus mortigi eĉ homon.

La tria voĉe miris, ke besto ĉiam restas besto.

- Ja, la ursino dancis, eĉ komprenis la vortojn de la cigano, sed besto restas besto.

Iu detale klarigis, ke la ursoj estas tre venĝemaj, kaj se iu iam batas urson, la urso ne forgesos tion. Alia vilaĝano komencis longan historion, kiel iam lia avo nur per trancĉilo ĉasis ursojn. Neniu kredis, ke iu nur per tranĉilo ĉasis ursojn, tamen ĉiuj aŭskultis atente.

La vilaĝanoj longe parolis, rakontis pri ursoj, ursinoj, kaj neniu eĉ vorton diris pri la cigano, kies makulita rondĉapelo ankoraŭ estis antaŭ la drinkejo.

- Homoj, la ursino atendas nin en la arbaro. Kiu venos kun mi? - ekkriis la arbargardisto, sed neniu aŭdis lin.

Mi ne memoras ĉu oni pafmortigis la ursinon. Eble tiam en la trajno, mi ne aŭdis la finon de la historio, aŭ eble ankaŭ en la kupeo oni komencis paroli, rakonti, diskuti pri ursoj, ursinoj, vulpoj, lupoj...

Delonge mi ne vidis ciganon kun ursino. Eble tial, ĉar en niaj montaroj la ursoj iom post iom malaperas. Tamen mi ofte rekontas ciganojn. Multaj el ili estas bone vestitaj, sed strange preskaŭ ĉiu cigano havas makulitan deformitan rondĉapelon.

Budapeŝto, la 16-an de majo 1981.

집시와 암곰

기차로 여행하다 객실에 사람이 가득차면 나는 항상 집시와 암곰에 얽힌 소동을 떠올린다. 왜 기차만 타면 그 일이 생각 날까? 한 농부가 긴 여행을 하는 동안 내게 그 이야기를 해 줘서일까, 아니면 기차 여행 중에 객실 사람들을 살피는 걸 좋아해서일까. 승객들은 서로 옆에 앉아 조용하기만하다. 조용히 객실에 들어와 조용히 앉고, 서너 시간 조용히 머물다가 역시 조용히 떠난다. 칠팔 명이 여러 시간 동안 비석처럼 꼼짝않고 옆에 앉았다. 기차 바퀴는 규칙적으로 덜커덩 덜커덩 소리를 내고, 풍경은 단조롭고 객실은 어둡다. 여행객이 슬며시 창문쪽을 보다 머리를 기대고 하품을 하기 시작하면 내 머릿속에는 슬슬 집시와 암곰의 슬픈 이야기가 떠오른다.

언젠가 어느 기차에서 이 이야기를 전해준 농부는, 작달막한 키에 늙지도 젊지도 않은 나이였으며 능글맞은 작은 회색 눈에, 유행에 뒤진 낡은 옷차림이지만 도시 풍으로 차려입었다. 그때 그는 객실 구석에 앉아 기차가 출발할 때까지 아무도 그의 존재를 알아차리지 못했다. 그도 다른 사람들처럼 한두 시간 조용하더니 갑자기 말을 꺼냈다. 객실 같이 비좁은 공간에 여럿이 앉았다고 해서 왜 조용히 해야 하는지 이해할 수 없어서 아마 그렇게 행동한 듯했다. 먼저, 이 농부는 어느 역에서 타서 나중에 자기 곁에 앉은 사람에게 친밀하게 말했다.

기차가 보통 때처럼 다시 느리게 가는 이유를 나는 모르지만, 그는 자기 자신에게 말하듯 집시와 암곰에 관한 소동을 이야기하기 시작했다. 몇몇 여행객은 비꼬듯 실죽 웃고 일부는 조롱하듯 그 무례한 농부를 쳐다보았다. 그러나 그는 이런 시선을 아랑곳하지 않고 편안하게 이야기를 늘어놓았다. 그때 나도 '피식' 하고 웃었지만 집시와 암곰에 관한 슬픈 이야기는 무의식에 남아 내가 기차로 여행할 때면 항상 새롭게 다시 떠오르곤 했다. 어느 때는 의심스러웠다. 정말 내가 그 얘기를 들었는지, 아니면 아주 오래전 언젠가 나 자신이 이 소동을 경험했는지 모르겠지만 이상하게도 기차로 여행만 하면 누군가에게 집시와 암곰 이야기를 전해주고 싶은 충동이 일어난다. 바퀴에서 망치 소리를 내면서 기차는 더 세차게 달린다. 내 눈앞에 집시와 암곰이 나타난다. 암곰은 바싹 마르고 검다. 집시는 서른 살쯤으로 젊고 구멍 난 누더기를 입고 다 헤져 허름한 신발을 신고 얼룩지고 더러운 둥근 모자를 썼다. 얼굴은 마른 가을 잎처럼 누렇지만 그의 눈동자엔 희망이 엿보였다. 당시 이런 희망의 눈빛은 모든 집시에게서 어른거렸다. 외로운 집시들은 이런 희망에 이끌려 길고 끝없는 방랑을 했다. 그 집시가 어디에서 암곰과 함께 나타났는지 나는 모른다. 그건 아무도 모를 것이다. 여름 오후에 피곤에 지치고 먼지투성이인 채로 집시와 암곰이 산골 마을에 들어왔다. 해는 늬엿늬엿 기울고 바람은 먼 숲에서 힘없이 불어왔다. 긴 일과를 마치고 마을 사람들은 땀에 젖어 집으로 돌아왔다. 보통 때처럼 여자들은 잠시 쉬려고 집 앞에 느긋이 앉았다. 남자들은 술집으로 어슬렁거리며 걸어갔다.

늦은 오후의 침묵 속에서 어디선가 구성지게 집시의 가락이 울려 퍼졌다. 오래된 현악기 한 줄을 켜면서 집시는 활기차게 소리쳤다.

"어이, 마을 사람이여! 이 지혜로운 암곰이 어떤 재주를 부리는지 보러 오세요. **마리아** 아가씨! 자, 마리아 아가씨! 지금 여자 발레리나가 어떻게 춤추는지 보여 주세요."

몹시 마른 암곰이 힘겹게 일어나더니 어쩔 수 없이 길고 검은 몸을 흔들어대면서 둥글게 원을 그리며 걸어간다. 집시의 현악기 가락은 어디서는 휘이익 늘어지고 어디서는 활기차지만 피곤하고 배가 고팠던지 암곰은 춤을 조금만 추고 멈췄다.

"자, 마리아 아가씨! 연인들이 어떻게 입맞춤하는지 보여 주세요."

집시가 쉰 목소리로 소리친 뒤에 가락에 맞춰 활을 켜자 흥겨운 집시의 리듬이 울려 퍼졌다. 하지만 남자도 여자도 광장으로 오지 않고 암탉만 다섯 마리가 여기저기 구구거리며 돌아다니면서 무언가를 부리로 쪼아댔다. 그래도 술집 앞에는 마을 사람 몇몇이 잠자코 서서 의심스러운 눈초리로 털북숭이 발레리나의 춤사위를 가만히 살폈다.

"어이, 좋은 아저씨! 걱정 말고 우리 마리아 아가씨에게로 가까이 오세요."

집시가 껄껄 소리 내며 웃느라고 금속처럼 빛나는 이를 드러냈지만, 마을 사람은 누구도 성큼 다가오지 않았다. 하지만 집시는 유명한 곡마장 마술사와 똑같은 우아한 몸짓으로 둥근 모자를 벗어 땅에 놓았다. 몇 분 뒤 마을 사람들이 가까이 다가와서 얼룩지고 쭈그러진 둥근 모자에 소낙비 내리듯 동전을 가득 채워 주기를 바라면서.

"자, 마리아 아가씨! 연인들이 서로 어떻게 입맞춤하는지 보여 주세요. 벌써 오래전에 이 멋진 아저씨는 부인에게 입맞춤하는 걸 잊었으니까."

집시가 소리쳤다. 응큼한 눈빛으로 마을 사람들을 바라보면서. 하지만 마을 사람들은 나무처럼 꼼짝 않고 술집 벽에 기댄 채 서 있었다. 암곰이 기분 나쁜 듯 울부짖더니 무거운 몸을 일으켜 앞발을 벌리고 앞으로 걸어가더니 마치 누군가를 껴안고 숨 막히게 하는 것 같은 자세를 취했다. 어디서 파마머리 남자아이들이 몇 명 지저귀는 새처럼 호기심을 가지고 다가오자 금세 그들 뒤에 몹시 화난 어머니들이 고양이가 참새를 쫓듯 어린이들을 내쫓았다.

"썩 집으로 가거라. 집시가 너희들을 붙잡아서 멀리 데려가면 어쩌려고!"

"존경하는 숙녀 여러분! 저는 좋은 사람입니다. 하나님이 저를 지키십니다. 나는 어린이가 아니라 빵을 먹습니다."

하지만 소년들은 연기처럼 사라지고, 과묵하고 의심 많은 마을 주민들은 술집으로 들어가고, 광장에는 암곰과 집시와 그의 얼룩진 둥근 모자만 텅 빈 채 덩그러니 남았다. 가까운 숲에서 선선한 바람과 함께 어느새 날씬한 아가씨처럼 별이 뜨고, 조용한 저녁이 몰래 찾아왔다. 멀리서 웃음소리, 닭 소리, 라디오의 외로운 목소리가 들려왔다.

"안녕하세요. 사랑하는 청취자 여러분! 6시입니다. 뉴스를 전해 드립니다. 이란과 이라크 사이에 총격전이 계속되고 있습니다. 오늘 로마에서는 붉은 여단이 **기오바니 페라리** 대령에게 총격을 가해 암살했습니다. 국제회의는⋯."

아나운서 목소리가 조용해지더니 누가 라디오를 끄는 소리가 났다. 갑자기 꼬꼬댁 암탉 울음소리, 곰이 울부짖는 소리, 툭툭 막대기 두드리는 소리가 났다. 마을 주민들은 펑 터진 샴페인 포도주의 코르크 마개처럼 술집에서 순식간에 튀어나왔다. 암곰과 집시 둘레 광장에는 깃털이 여기저기 날아다녔다. 무서운 암곰 앞발 아래는 뜨거운 피를 흘리며 암탉이 발버둥쳤다. 피가 암곰의 부리에서 뚝뚝 떨어졌다. 집시는 욕하고 화내고 크게 소리치면서 산수유 막대기로 암곰을 때렸다.

"마귀야! 마리아나 아가씨를 썩 데려가 버려라! 우리는 도둑이 아니야!"

마을 사람들은 금세 집시를 에워쌌다.

"암탉 값을 물어내라!"

돼지 눈을 한 뚱뚱한 술집 주인이 위협하듯 소리쳤다.

"암탉 값을 물어내라!"

다른 사람도 소리쳤다.

"동전 한 닢 없습니다." 집시가 더듬거렸다.

"거짓말하지 마라. 이 나쁜 놈아! 도둑질만 아는 놈아."

"전 도둑이 아니라 사육사입니다! 좋은 아저씨, 도둑이 아니에요!"

"하하하!"

"저리 가, 나쁜 놈아!"

술 취한 키 큰 남자가 소리쳤다.

"저리 가."

다른 사람이 다시 외쳤다.

"좋은 아저씨, 오늘과 어제, 나는 아무것도 먹지 못했어요."

집시가 다시 더듬거렸다.

"암탉을 먹어라."

술 취한 젊은 남자가 소리치고 아직 땅에 놓인 집시의 모자를 발로 세게 걷어찼다. 집시는 두려워하며 모자를 집어 들려고 몸을 웅크렸지만, 어느새 다른 주민이 더 세게 모자를 발로 냅다 걷어찼다. 그 남자가 재빨리 모자를 이웃을 향해 차서 세 번째 남자 발 앞에 모자가 툭 떨어졌다. 집시는 원숭이처럼 이 남자에게서 저 남자에게로 뛰어다녔지만 헛수고였다. 모자는 공중으로 날아가고 웃음이 천둥소리처럼 뒤따랐다. 몇 분 뒤, 집시는 손을 절레절레 흔들면서 욕을 퍼붓고 암곰의 사슬을 잡아끌고 마을을 떠났다. 고함, 웃음, 코웃음이 한참동안 광장 위에서 메아리쳤다.

다음 날 점심 무렵, 술집으로 숲보안관이 들러 마을 근처 숲에서 곰에게 죽임을 당한 집시를 발견했다고 말했다. 술집에는 왁자지껄 소란과 소동이 일어났다.

"빨리 총을 들고 암곰을 잡으러 갑시다! 곰이 마을을 습격할지도 모르니까요."

숲보안관이 힘차게 말했다. 하지만 마을 사람 누구도 사냥총을 가지러 가지 않았다. 술집에서는 곰과 암곰에 관해 열띤 토론이 벌어졌다.

"암곰은 꼭 육식만 해."

누군가 아는 체 했다. 그들이 집시를 쫓아낸 것은 아주 잘한 일이라고 다른 사람이 금세 덧붙였다.

"암곰은 사람도 죽여."

세 번째 사람이 동물은 그저 동물일 뿐이라고 소리쳤다.

"암곰이 집시 말을 알아듣고 춤도 추었지만, 동물은 역시 동물이야."

곰은 매우 복수심이 강해 누군가 자기를 때리면 그걸 잊지 않는다고 어느 마을 사람이 자세히 늘어놓았다. 또 다른 마을 사람은 언젠가 그의 외할아버지가 칼 하나로 곰을 사냥했다고 길게 영웅담을 전했다. 단지 칼로만 곰을 사냥했다는 말을 아무도 믿지 않았지만 사람들은 모두 주의해서 들었다. 주민들은 오랫동안 떠들면서 곰과 암곰 이야기를 했지만 아직도 술집 앞에 얼룩진 둥근 모자가 찌그러져 있는 집시이야기를 한마디도 하지 않았다.

"여러분, 암곰이 숲에서 우리를 기다려요. 나와 같이 갈 사람이 없나요?"

숲보안관이 소리쳤지만 아무도 그 말에 귀 기울이지 않았다. 당시에 사람들이 암곰을 총으로 쏘아 죽였는지 나는 기억하지 못한다. 아마 그때 기차에서 암곰 소동의 끝부분을 듣지 못했거나 아마 객실에서도 곰, 암곰, 여우, 늑대에 관해 여기저기서 얘기하고 토론을 했을 것이다. 그 후 오래도록 나는 암곰을 동반한 집시를 보지 못했다. 아마 우리 산골에 곰이 조금씩 사라졌기 때문인지도 모르겠다. 하지만 집시 이야기는 종종 한다. 대다수 집시는 좋은 옷을 입는데 이상하게도 거의 모든 집시가 얼룩지고 모양이 찌그러지고 닳아빠진 둥근 모자를 가지고 다닌다.

HERMESO MALAPERIS

En la centro de la urbo estas la komerca strato, kaj en ĝi - la plej elegantaj vendejoj en kies brilaj vitrinoj videblas ŝtrumpoj kaj kravatoj, kalsonoj kaj mamzonoj, ombreloj kaj ĉemizoj, ŝelkoj kaj manteloj. Proksime de la komerca strato, sur eta placo, estas la fonto de Hermeso. En la marmora kuvo de la fonto staras ŝtonkolono, sur ĝi - statuo de Hermeso - la dio, protektanta la negocistojn kaj ŝtelistojn.

Sur la komerca strato de matene ĝis vespere regas tumulto. Multaj haltas ĉe la fonto de Hermeso; iuj trinkas akvon, aliaj sidas por ripozi sur la malaltaj ŝtonkolonoj, kiuj ĉirkaŭas la fonton, sed ĉiam, kaj super ĉiuj leviĝas li - Hermeso, la helena dio, muldita el bronzo, juna, impeta kun fortaj muskoloj kaj ruza rideto, kiu kvazaŭ aludas, ke en nia mondo ĉio estas mono kaj negoco.

Neniu scias kiu, kiam skulptis lin, sed ĉi tie sur la eta placo ĉe la vigla, eleganta strato, estas lia ideala loko por protekti la komercojn en la komerca strato.

Foje-foje, dum la aŭtunaj, antaŭvesperaj horoj mi kutimas promenadi sur la komerca strato. La vendejoj estas jam fermitaj, kaj antaŭ la vitrinoj oni ne puŝadas unu la alian. Ĉi-vespere, kiam mi enpaŝis sur la straton, io kvazaŭ subite pelus min antaŭen. Proksime sonis gitaro, kaj vira voĉo kantis itale. Mi rapidigis miajn paŝojn. Sur la eta placo, ĉe la fonto de

Hermeso, kantis knabo. Ĉirkaŭ li dudeko da homoj staris kaj aŭskultis. Mi faris kelkajn paŝojn kaj apogis min kontraŭ la vendeja muro. De tie mi bone vidis la knabon. Verŝajne li estis dekses-dekokjara, lia vizaĝo palis, eble pro la aŭtuna frisko, liaj okuloj estis iom fermitaj. Li kantis kaj kvazaŭ ne rimarkis nin. Li kantis por si mem, ĉi tie, en la centro de la urbo, en la komerca strato, antaŭ la vitrinoj kun la kalsonoj kaj mamzonoj. Li ne bezonis nin, nek nian monon, nek la aplaŭdojn, kiujn ni deziris donaci al li.

La vizaĝoj de la homoj, kiuj staris apud mi, ankaŭ palis, ĉu pro la aŭtuna frisko aŭ pro io alia – mi ne scias. Nun la homoj ne rapidis, iliaj okuloj estis serenaj, trankvilaj, kvazaŭ ĉiuj ili fariĝus infanoj. Junulino, kun kelkaj libroj sub la brako, eble studentino, staris apud mi, ĉe ŝi knabo kaj knabino ĉirkaŭbrakintaj unu la alian, apud ili okulvitra oldulo...

Ili ĉiuj estis senmovaj kaj kvazaŭ jam ne sciis kien ili rapidis ĉivespere.

Mi nevole alrigardis la fonton de Hermeso, kaj mi restis stupora. Sur la alta ŝtonkolono mankis la statuo de Hermeso. Tamen kiam mi venis, la bronza dio staris tie!

Kelkajn minutojn mi strabis mire la ŝtonkolonon, kaj jom post iom mi komprenis ĉion. Kiam senmovaj ni aŭskultis la junulon, Hermeso descendis malrapide de sur la ŝtonkolono kaj silente malaperis. Ja, ĉivespere li ne estis bezonata en la komerca strato.

Budapeŝto, la 16-an de februaro 1985.

헤르메스가 사라졌다

부다페스트 시내 중심에 상점가가 있는데 거기서 가장 우아한 판매점에 가면 빛나는 진열장에서 양말과 넥타이, 속옷, 브래지어, 우산, 셔츠, 양복바지, 외투를 구경할 수 있다. 상점가 근처 작은 광장에는 **헤르메스**[1]의 우물이 자리 잡고 있다. 우물의 팔각형 대리석 통 안에 높직한 돌기둥을 세워 놓았고 그 위에 상인과 도둑을 지키는 신 헤르메스 동상이 멋지게 조각되어 있다. 상점가는 아침부터 저녁까지 늘 소란스럽다. 많은 사람이 헤르메스 우물 옆에서 걸음을 멈춘다. 누구는 물을 마시고, 누구는 우물 둘레에 빙 둘러 야트막한 여덟 개의 돌기둥 위에 앉아 쉰다. 하지만 항상 사람들 위에는 헤르메스가 내려다보았다. 그리스의 신 헤르메스는 청동으로 새겨졌고 젊음을 상징하는 강인한 근육으로 힘이 넘쳐 보이고, 마치 이 세상은 모든 것이 돈이고 상업이라고 암시하듯 야릇한 웃음을 머금었다. 누가 언제 헤르메스 동상을 조각했는지는 아무도 모르지만, 여기 작은 광장, 활기차고 멋진 거리는 상점가의 상인을 보호하기에는 이상적인 장소다.

한번은 가을철 저녁이 이르기 전에 나는 습관적으로 상점가를 이리저리 둘러보았다. 상점들은 벌써 거의 닫혔고, 진열장 앞에서 구경하는 사람들도 한산했다. 그날 저녁에 거리를 걸어

---

1) 올림포스 12신 중 한 신으로 도둑과 나그네와 상인의 수호신이자 전령의 남신. 로마 신화의 메르쿠리우스와 동일시되었다. 옛 로마인들은 게르만족을 기록에 남기면서 오딘을 헤르메스에 대입하여 설명했다. 당시에는 아직 오딘이 최고신이 아니었고[6] 오딘이 이리저리 돌아다니는 모습에서 헤르메스를 떠올렸던 듯. 뛰어난 정보꾼에 젊은 미청년이란 점, 지혜를 상징하고 떠돌이들의 수호신이란 점 덕분에 현대에 인기가 많은 신이다. 금도끼 은도끼에 등장하는 신이 바로 이 신이다.

갈 때 마치 뭔가가 나를 앞으로 쑥 민 듯했다. 근처에서 기타 연주 소리가 들리고 어떤 남자가 이탈리아 노래를 불렀다. 발걸음을 재촉해서 가 보았다. 작은 광장 중앙에 있는 헤르메스 우물 옆에서 한 젊은이가 노래했다. 주변에는 스무 명 남짓이 서서 들었다. 나는 몇 걸음 더 걸어가서 상점 벽에 기대섰다. 거기서 노래하는 남자를 잘 보았다. 그는 열여섯에서 열여덟 살 사이 미소년으로 얼굴은 하얗고, 선선한 가을 날씨 때문인지 눈을 반쯤 감았다. 그는 마치 주위 사람을 의식하지 않는 듯 노래를 불렀다. 그것은 자기 자신을 위한 노래였다. 이곳 도시 중심 상점가에서, 속옷과 브래지어를 파는 진열장 앞에서, 그는 우리나 우리의 돈이나 그에게 선물하고 싶어 하는 우리의 박수갈채나 그 어느 것도 필요로 하지 않았다.

그 옆에 선 사람들의 얼굴 역시 하얗다. 가을바람이 서늘해서인지 아니면 알 수 없는 무슨 다른 이유로 사람들은 아무도 서두르지 않았다. 그들의 눈은 편안하고 조용한 것이 마치 모두 어린이가 된 듯했다. 팔에 몇 권의 책을 든 대학생인 듯한 아가씨는 노래하는 젊은이 옆에 섰다. 바로 그 옆에는 소년과 소녀가 서로 껴안고 있고, 그 옆에는 안경 낀 노인이 섰는데, 그들 모두 가만히 멈췄다. 이 저녁에 어디로 급히 가야 하는 걸 까맣게 잊은 것처럼. 나는 아무 생각 없이 헤르메스 우물을 바라보다가 그만 깜짝 놀라고 말았다. 높은 돌기둥 위에 조각된 헤르메스 동상이 사라지고 없었다. 방금 전 내가 여기 왔을 때 청동 신상은 분명 그 자리에 있었다. 놀라서 몇 분간이나 돌기둥을 살며시 곁눈질했다. 모든 것이 조금씩 이해되었다. 우리가 가만히 젊은이의 노래를 들을 때 헤르메스는 천천히 돌기둥에서 내려와 조용히 사라진 것이다. 정말 그날 저녁 상점가에 그는 더 필요치 않았다.

LA BONMORA EDZO

Mi tre bone memoras tiun aŭtunan, pluvan tagon. Estis sabate, kaj febre mi preparis min por mia unua amrendevuo. Eble ege gravmiena kaj fiera mi aspektis dum tiu ĉi griza pluva posttagmezo. Ja mi jam frekventis la unuan klason de la gimnazio, kaj post la multnombraj, silentaj, sed signifoplenaj rigardoj per kiuj mi delonge fiksis la objekton de mia amo, mi invitis ŝin por la unua rendevuo. Dio mia, kiel maltrankvila mi estis tiam. Eble unu aŭ du tagojn, kun seka gorĝo kaj tremantaj manoj, mi diris al la objekto de mia amo, ke sabate posttagmeze, je la kvina horo, mi atendos ŝin en 1a kafejo de la urba parko. De tiu ĉi mia sciigo la objekto iĝis ruĝa kiel pomo, elbalbutis "jes" kaj malaperis kvazaŭ fumo.

Sed por mi la sabata posttagmezo komenciĝis turmente. Mia patrino, kiel kutime, pli frue revenis el la laborejo kaj komencis grandan lavadon, ĉar la aŭtuna, mola suno promesis rapide sekigi la tolaĵojn. Panjo ĵus varmigis la akvon, metis la vestojn en la lavmaŝinon, kaj majestaj grizaj nuboj kovris la ĉielon. La mola suno malaperis el la firmamento, kaj mi ekflaris la konatan pikodoron de la tempesto, kiu jam minacis nian trankvilan familian vivon. Paĉjo ankoraŭ ne revenis el la laborejo, kaj estis klare, ke li kun siaj kolegoj nun senzorge babiladas en iu drinkejo.

Ekstere jam torente pluvis, hejme - la lavmaŝino kolere muĝis, mi rigardis ofte, oftege la horloĝon kaj febre pensis, kiel mi sukcesos elgliti nevideble el la hejmo. Tio certe ne estos nun facila, sed la penso, ke ŝi atendos min tie, kuraĝigis min.

Por la unua amrendevuo, kompreneble mi devis surmeti mian plej novan ĉemizon en paŝtela rozkoloro, mian bluan italan kravaton, kiun donacis por mia naskiĝtaga festo mia onklino, kaj mian novan ĉokoladokoloran pantalonon. Sed tiel bunte vestita mi nepre vekos suspekton en panjo, kaj mia unua, longe revita, amrendevuo senglore fiaskos. Nur la penso, ke mia digno estos subfosita, kaj la objekto de mia unua amo primokos miajn longajn obstinajn rigardojn, frenezigis min.

Je la tria horo paĉjo revenis hejmen malseka kiel spongo, ĉar matene li forgesis aŭ tute ne pensis preni sian ombrelon. Kaj tuj, post lia eniro en la ĉambron, ekfuriozis la familia ŝtormo. Kiel ĉiam, panjo komencis per la vortoj, ke li, paĉjo, estas terura homo, kiu tute ne interesiĝas pri sia familio, kaj post la laboro li preferas sidi kaj babili en iu drinkejo ol reveni hejmen kaj helpi al sia edzino en ŝia hejma laboro. En la unua momento paĉjo iom surpriziĝis, ĉar li ne atendis tiel varman renkonton, kaj kompreneble li ne povis tuj kompreni, ke la vera kaŭzo por la kolero de panjo estas ne ĝuste li, sed la subita posttagmeza pluvo, kiu malhelpis la planitan kaj komencitan lavadon.

Per milda voĉo paĉjo provis klarigi, ke li ĝuste tial

malfruiĝis, ĉar subite ekpluvis, kaj pro la fakto, ke li forgesis hejme la ombrelon, li devis eniri kafejon kaj atendi tie ĝis la ĉeso de la pluvo. Sed post duhora vana atendado paĉjo sentis sin devigita ekiri hejmen, ĉar li bone sciis, ke lia familio atendas lin maltrankvile.

Malgraŭ liaj konvinka milda voĉo, firmaj argumentoj kaj malgraŭ la fakto, ke paĉjo ĝis la ostoj estis malseka kaj diris ne "drinkejon" sed "kafejon", mi kun panjo bonege sciis, ke li eniris tiun ĉi "kafejon" longe antaŭ la ekpluvo, kaj eble li ankoraŭ restus tie, se li ne scius, ke sabate panjo pli frue revenas hejmen.

La nigraj okuloj de paĉjo brilis, agrabla brandaromo blovetis de li, kaj tio igis panjon daŭrigi la altnivelan familian disputon.

- Aĥ, povra mi! La tutan vivon mi sola faras ĉion. Neniu, neniu helpas al mi. Mi lavas, gladas, aĉetadas, kuiras... Aĥ, feliĉa estas Gizella, ke ŝi havas tian bonmoran edzon. Vidu! Ĉiutage Paskal revenas hejmen kun plenplenaj sakoj. Eĉ foje mi ne vidis Gizella-n iri en la magazenon. Eĉ unu panon ŝi ne aĉetas. Paskal lavas, Paskal gladas, Paskal kuiras... Eĉ nuksokukon li lertas prepari. Imagu, nuk-so-ku-kon! Kaj vi, vi eĉ unu simplan fazeolsupon ne scias kuiri. Aĥ, feliĉa estas Gizella ke ŝi havas tian bonmoran edzon...

Mi kun paĉjo silente kaj atente aŭskultis la veojn de panjo, malgraŭ ke ni jam parkere sciis ilin ĉiujn. Estis momentoj, kiam paĉjo ne povis ĝis la fino elteni tiun ĉi "predikon", sed nun li silentis kaj aŭskultis kiel diligenta lernanto, kaj eble pri io alia li pensis.

Oĉjo Paskal kaj onjo Gizella estis niaj najbaroj, kaj kun ilia filino Margit, ĉarma blondulino, mi lernis en unusama klaso. Sed mi iomete timiĝis de oĉjo Paskal. Li preskaŭ ĉiam estis vestita en nigra kostumo, modele gladita, kaj se oni devas kredi al la vortoj de panjo, li sola gladis siajn vestojn, eĉ ne nur la siajn, sed ankaŭ la vestojn, robojn, bluzojn kaj tiel plu, de siaj edzino kaj filino.

Oĉjo Paskal portis okulvitrojn kun dikaj kadroj, kaj malantaŭ la lensoj severe rigardis du etaj okuletoj similaj al senmovaj punktoj. Li ĉiam estis oficiale afabla, malmulte parolis, kaj preskaŭ neniam mi vidis lin rideti. Lia flava, longa vizaĝo estis senmova kiel la vizaĝoj de la mumioj kaj kiam mi rimarkis lin, kontraŭ strato, mi rapide trairis al la alia trotuaro por ke mi ne renkontu lian pikan rigardon. Ankaŭ paĉjo evitis paroli kun li, eble pro tio, ĉar panjo ĉiam montris oĉjon Paskalon kiel modelon de bonmora edzo, sed onjo Gizella, kiu ne laboris, ofte gastis ĉe ni, kaj ŝi kun panjo estis bonaj amikinoj.

- Ho, Zoli, filo mia, promesu al mi, ke vi neniam estos kiel via patro, kaj vi ĉiam helpos al via edzino en ŝia hejma laboro - elspiris peze panjo, eble jam laca de la duonhora monologo.

Sed nun paĉjo ne povis plu silenti.

- Mia filo estos vera viro kaj ne frotĉifono! - deklaris li kategorie.

La familia ŝtormo minacis ekfuriozi denove per pli

teruraj fortoj. La montriloj de la murhorloĝo proksimiĝis al la kvara kaj mi pretis tuj promesi al panjo ke mi ĉiam helpos al mia edzino, kaj trankviligi paĉjon, ke mi neniam estos frotĉifono. Sed en tiu ĉi decida momento paĉjo demonstrative eliris, kaj tio savis min de la solenaj promesoj. Tuj post li ankaŭ mi forkuris en la alian ĉambron kaj komencis febre vestiĝi.

Kiam panjo vidis min tiel elegante vestita, ŝi preskaŭ ekkriis pro miro.

- Kien vi iras en tiu ĉi pluvo? - suspekteme kaj severe ŝi demandis min.

- Mia samklasano... Tiu Peter, ankaŭ vi konas lin, ĉu ne, havas hodiaŭ feston, naskiĝtagan feston...- murmuris mi timiĝantë, ke panjo jam tralegis ĉion en mia konfuzita kaj klinita rigardo.

- Kaj atente festu, ĉar sufiĉas hejme nur unu ŝatanto de la brando - kare diris panjo kaj kaŝe ŝovis en mian manon centforintan monbileton.

Feliĉa mi eliris sur la straton, ĉar ankaŭ paĉjo donis al mi kaŝe cent forintojn. Eĉ florojn mi povis nun aĉeti, sed la penso, ke iu vidos min kun la granda florbukedo, rapide forpelis tiun ĉi mian ideon. Pluvis, kvazaŭ el la ĉielo iu senlace elverŝus sitelojn da akvo, kaj mia nova ĉokoladkolora pantalono jam pezis kiel plumbo. La stratoj estis preskaŭ senhomaj, kaj mi ĝojis, ke neniu renkontis min survoje kaj ĝuste je la kvina horo mi jam sidos en la kafejo de la urba parko. Mi elektis tiun ĉi kafejon, ĉar ĝi troviĝis malproksime de la urba centro kaj oni diris, ke kutime la amantoj rendevuas tie. Nur pro la stulta pluvo mi blasfemis, ĉar certe ĝi malhelpos nian promenadon en la parko, kaj mi ne povos kisi mian korinklinon sub la ombroj de la arboj tiel, kiel mi imagis nian unuan ardan aman kison.

Impete mi enkuris la kafejon, sed rigida kaj senspira mi ekgapis ĉe la pordo. Ĝis nun, eĉ foje, mi ne enpaŝis tiun ĉi elegantan brilan ejon. Blankaj tolkovriloj kovris la tablojn, kaj vazoj kun aŭtunaj floroj kaj pezaj kandelingoj staris sur ili. Malhelaj bildoj ornamis la kafejon, kaj preskaŭ ĉiu bildo prezentis ian scenon de ĉasado. La malnovaj ĉasfusiloj, kiuj pendis sur la muroj, kaj la majestaj cervaj kornoj rememorigis al mi la nomon de la kafejo – "Ora cervo".

Dum mi gapis ĉe la enirejo, unu el la servistoj proksimiĝis kaj afable gvidis min al tablo, kiu estis nur por du personoj. Eble li jam havis spertojn, kaj personojn, similajn al mi, li delikate direktis al la intimaj lokoj de la kafejo.

Rigide, malrapide mi eksidis ĉe la tablo, kaj atente mi alrigardis la karton de la trinkaĵoj, kies prezoj estis ege altaj. Sed mi kaŝis mian miron, kaj gravmiene, eĉ iom malzorgeme, mi mendis glason da konjako kaj okulfiksis la enirejon, kie postnelonge devos aperi mia korinklino,

Preskaŭ malplena estis la kafejo. Ĉe du aŭ tri tabloj sidis paroj kiuj rigardis unu la alian kiel katoj, flustris ion aŭ delikate tenis siajn manojn. Nur mi sidis sola kaj sentis min kiel fia spiono. Sed eble post sekundo ankaŭ ŝi venos ĉi tien, kaj ĉio estos en ordo, pensis mi maltrankvile, kaj la glaso da konjako abunde ŝvitis en mia mano. Sed ne ĉio estis en ordo; ĉu mi pli rapide trinkis la konjakon, aŭ mia horloĝo ne funkciis bone, sed jam estis la kvina kaj duono. Du - aŭ tri foje malfermiĝis la pordo, kaj mi preskaŭ saltis kiel risorto, sed vane. La objekto de mia amo ankoraŭ ne aperis. Eble ŝi malfruas pro la pluvo, aŭ ege longe ŝi devas atendi aŭtobuson - provis mi diveni la kialojn de ŝia malfruiĝo, malgraŭ ke estis preskaŭ la sesa horo, kaj mi jam devis decidi, ĉu mendi ankoraŭ unu konjakon aŭ pagi kaj foriri. Eĉ malĝojo enŝteliĝis en mian koron, kaj dolore mi rememoris miajn multnombrajn silentajn, sed signifoplenajn rigardojn, per kiuj dum la lernohoroj mi fiksis la objekton de mia amo. Kio en mi ne ekplaĉis al ŝi? Ĉu ne mi estis unu el la plej bonaj sportistoj en la klaso? Ĉu ne mi estis tiu, kiu dum la matematika lernohoro kaŝe skribis la solvon de la taskoj kaj donis ankaŭ al la aliaj samklasanoj por reskribi ilin? Ĉu ne mi estis tiu, kiu... Vere, ke mi estas iomete malalta, sed komprenoble ne ĉiuj povas kreski korbopilkistoj. Kaj dum mi meditis pri mia malfeliĉa sorto, la pordo de "Ora cervo" malfermiĝis, kaj ĉe la enirejo aperis oĉjo Paskal kun svelta juna fraŭlino. Jes, miaj okuloj ne eraris. Li estis la sama oĉjo Paskal, nia najbaro, kiun mi jam konas de preskaŭ dek jarojn. Sed onjo Gizella hieraŭ gastis ĉe ni, kaj, jes, mi tre bone rememoras, ŝi diris al panjo ĉe ni, ke oĉjo Paskal forveturis ofice en la provincon por tuta semajno. Ne. Miaj okuloj ne eraris. Li estis oĉjo Paskal, vestita en sia perfekte gladita nigra kostumo, kaj, Dio mia, malantaŭ liaj dikaj okulvitroj, liaj okuletoj ridetis. Strange. Unuan fojon mi vidis oĉjon Paskal-on rideti. Ankaŭ la fraŭlino, kiu eniris kun li, senzorge ridetis. Evidente en tiu ĉi pluva vespero ili fartis bonege.

Kiam la kelnero rimarkis ilin, tuj alkuris al la enirejo kaj proponis al ili tablon en la angulo, ĝuste kontraŭ mi. Tio ege maltrankviligis min, de tie oĉjo Paskal facile rimarkos min, kaj morgaŭ panjo jam scios, ke ne Peter havis naskiĝtagan feston, sed mi sola festis en "Ora cervo". Oĉjo Paskal kaj la kelnero eble bone konis unu la alian, kaj nun ili amike parolis pri io kaj voĉe ridetis. Dio mia, ĝis nun mi neniam vidis oĉjon Paskal-on tiel gaja kaj ĝentila. La fraŭlino, kiu sidis kun li, ŝajnis al mi iom bunte vestita, kaj ŝiaj lipoj skarlatis kiel du ĉerizoj.

Mi jam pripensadis, kia maniere pli rapide kaj nerimarkite mi forlasu la kafejon kaj mi eĉ ĝojis, ke mia korinklino estis ĉi tie. La tablo, ĉe kiu sidis oĉjo Paskal, troviĝis proksime de la pordo kaj certe li vidus min ĝuste en la momento, kiam mi elirus. Sed baldaŭ mi rimarkis, ke oĉjo Paskal estas ege okupata kun la fraŭlino, kiu sidis kun li. Simile al la aliaj viroj en la kafejo, ankaŭ li komencis kate rigardi ŝin, komencis atente karesi ŝian molan manon kaj flustri ion al ŝi.

De tempo al tempo la fraŭlino voĉe ridis, sed ŝajnis al mi, ke ŝi pli atente rigardis la bildojn en la kafejo ol aŭskultis la flustradon de oĉjo Paskal. Kaj mi ne scias, ĉu hazarde estis tio, sed super la tablo, kie ili sidis, pendis du majestaj cervaj kornoj.

Kaj de tiam, kiam mi renkontas oĉjon Paskal-on aŭ onjon Gizell-an, mi ĉiam rememoras pri tiuj ĉi du majestaj cervaj kornoj kaj mia unua malfeliĉa amrendevuo.

Budapeŝto, la 5-an de oktobro 1980.

예의바른 남편

가을비 오던 그날을 생생히 기억한다. 토요일이었는데 나는 첫 데이트를 하려고 조심스럽게 준비했다. 우울하고 비까지 오는 오후에 매우 신중하고 자랑스러운 모습으로 보였을 것이다. 당시 나는 고등학교 1학년이었다. 조용하고 의미 가득한 눈빛으로 내 첫사랑 상대를 수 없이 많이 바라본 뒤 드디어 그녀를 첫 만남의 자리로 초대했다. 아이고, 그때 얼마나 떨렸던지! 아마 하루 이틀 목이 마르고 손이 떨렸다. 나는 첫사랑에게 토요일 오후 5시에 시립공원 카페에서 기다리겠다고 했다. 나의 이런 통지에 그녀의 두 볼이 사과처럼 빨개지면서 '응'이라고 더듬거리더니 연기처럼 금세 사라졌다. 하지만 그 토요일 오후는 내게 퍽이나 고통스럽게 시작되었다. 그날도 어머니는 보통의 주말처럼 직장에서 빨리 돌아와 부산스럽게 빨래를 했다. 가을의 부드러운 햇볕에 빨랫감이 바싹 마르기 때문이었다. 그런데 물을 따뜻하게 데워 놓고 세탁기에 옷을 집어넣기가 무섭게 회색 구름이 장엄하게 하늘을 뒤덮었다. 부드러운 해는 순식간에 하늘에서 사라지고 우리의 편안한 가정생활을 위협하는 폭풍우의 전조증상인 쏘는 듯한 화한 냄새가 났다. 아빠는 아직 직장에서 돌아오지 않았는데 직장 동료와 어울려 술집에서 태평하게 잡담하는 게 분명했다. 밖에는 벌써 억수같이 비가 내렸다. 집 안에서는 세탁기가 화난 듯 덜컹거리며 돌아가고, 나는 시계를 자주, 아주 자주 쳐다봤다. 그리고 어떻게 하면 집 안에서 볼 수 없게 밖으로 빠져나갈 수 있을까 궁리했다. 그것은 분명 쉽지 않았지만 약속 장소에서 그녀가 기다린다는 생각에 용기를 냈다.
첫사랑과 만나려면 당연히 파스텔톤 장미색 셔츠에 생일 선물로 이모에게 받은 파란색 이탈리아제 넥타이를 매고, 초콜릿색 새 바지를 입어야 했다. 하지만 그렇게 화려하게 차리면 틀림없이 엄마에게 의심받을 테고 그러면 나의 처음이자 오래 꿈꿔왔던 사랑의 만남은 망칠 것이다. 내 위엄은 바닥에 떨어지고 첫사랑의 상대는 길고 고집스런 내 눈빛을 조롱할 것이란 생각에 이르자 난 거의 미칠 지경이 되었다. 3시에 아빠가 스폰지처럼 비에 흠뻑 젖어 집에 돌아오셨다. 아침에 우산 챙기는 걸 잊었거나, 가지고 갈 생각을 전혀 하지 않아서였다. 그리고 아빠가 금세 방으로 들어간 뒤 우리 가정에는 폭풍우가 일어났다. 언제나처럼 엄마는 아빠가 가정에 전혀 관심이 없다고, 일이 끝난 뒤 집에 돌아와 부인의 가사를 돕기보다 술집에 앉아 잡담하기를 더 좋아하는 무서운 사람이라고 잔소리를 시작했다. 처음에 아빠는 조금 놀라는 기색이었다. 그런 뜨거운 만남을 전혀 기대하지 않았고, 엄마가 화난 진짜 이유가 아빠 자신이 아니라 계획하고 시작한 빨래를 망친 '갑작스런 오후 비'라는 사실을 곧장 알아차릴 수 없었기 때문이었다. 아빠는 부드러운 목소리로 집에 늦게 온 핑계를 댔는데, 깜빡 잊고 집에서 우산을 안 가져가는 바람에 갑자기 내린 비가 그칠 때까지 카페에 들어가 기다렸다고 했다. 그리고 2시간이나 헛되이 기다리고 나서야 가족이 염려하며 기다린다는 생각이 들어 집으로 가야 한다고 마음먹었다는 것이다. 아빠의 확실하고 부드러운 변명에도 단호한 논쟁은 계속됐다. 비에 젖은 아빠가 '술집'이 아니라 '카페'라고 말한 순간에 엄마와 나는 눈치 챘다. 아빠는 비 오기 오래 전에 이미 카페에 들어갔고, 토요일에 엄마가 더 빨리 집에 돌아온다는 걸 기억하지 못했다면 아마 아직 거기 머무르고 있을 것을. 아빠의 검은 눈이 빛났다. 상쾌한 브랜디 향기가 그에게서 스멀스멀 풍기고 그것이 엄마에게 강도 높은 가정 분쟁을 계속하도록 부추겼다.

"아이고, 불쌍한 내 신세야! 온종일 난 혼자 모든 걸 다 해. 아무도 도와주지 않아. 빨래하고 다리미질하고 물건 사고 요리까지 하고…. **기젤라**는 행복도 하지. 예절바른 남편을 둬서 말이야. 보세요! **파스칼**은 매일 장을 한 보따리 봐서 집에 온대요. 기젤라가 백화점에 가는 꼴을 한 번도 못 봤어요. 그녀는 빵 하나도 직접 사지 않아요. 파스칼이 빨래하고 다리미질하고 요리까지 하죠. 그는 호두과자도 잘 만들어요. 호두과자를 상상해 봐요. 그런데 당신은 아주 간단한 강낭콩 스프조차 끓일 줄 몰라요. 아이고, 기젤라는 행복도 하지. 그런 예의바른 남편을 두어서 말이야."

나와 아빠는 엄마의 타령을 몽땅 외울 만큼 훤히 아는 데도 조용히 귀 기울여 들어야 했다. 드디어 아빠가 이 훈계조 타령을 끝까지 참고 들어줄 수 없을 시점이 되었다. 하지만 아빠는 조용하고 부지런한 학생처럼 잠잠히 들으며 아마 다른 무언가를 생각했다.

파스칼 아저씨와 기젤라 아주머니는 우리 이웃이고 그들의 딸 **마르기트**는 매력적인 금발인데 나와 같은 반이었다. 하지만 나는 파스칼 아저씨가 조금 무서웠다. 그는 항상 검은색 정장에 모델처럼 칼같이 다리미질한 옷차림인데, 엄마의 말대로라면 그는 혼자 옷을, 자기 것뿐만 아니라 아내와 딸의 옷, 외투, 블라우스를 전부 다리미질한다.

파스칼 아저씨는 두꺼운 안경렌즈를 쓰고 렌즈 뒤에 움직이지 않는 점과 같은 작은 두 눈으로 엄격하게 바라 본다. 그는 항상 형식적으로 친절하고 말수는 적어서 그의 웃는 얼굴을 거의 보지 못했다. 누렇고 긴 얼굴은 무덤 속 미라처럼 무표정해서 도로 맞은편에서 그를 알아보면 그의 째려보는 시선과 마주치지 않으려고 다른 쪽 인도로 재빨리 지나갔다. 아빠도 그와 대화를 피하는데 아마 엄마가 항상 파스칼 아저씨를 예의바른 남편의 모델로 들먹여서 일 것이다.

기젤라 아주머니는 일은 하지 않고 자주 우리 집에 놀러 와서 엄마와 좋은 친구 사이로 지낸다.

"아이고, **콜리**, 내 아들! 너는 절대 네 아버지처럼 되지 않겠다고 약속해. 아내의 가사를 항상 도와라."

엄마가 힘겹게 숨을 내쉬었다. 아마 30분 독백에 지친 듯했다. 하지만 아빠는 더는 조용할 수가 없으셨나 보다.

"내 아들은 진짜 남자가 될 거야, 넝마조각이 아니라!"

아빠가 단호하게 선포했다. 가정의 폭풍우는 더 무서운 힘으로 다시 몰아치려고 위협했다. 벽시계 바늘이 4시에 가까워지자 조급해진 나는 마음의 준비를 단단히 했다. 엄마에게는 내 아내를 항상 돕겠다고 약속하고, 아빠를 안정시키기 위해서는 절대 넝마조각이 되지 않겠다고 맹세했다. 하지만 이 결정적인 순간에 아빠가 데모하듯 집을 뛰쳐나갔다. 그것이 중한 약속을 지키려 나갈 기회를 주었다. 곧 나도 아빠를 뒤따라 다른 방으로 달려가 조용히 옷을 갈아입었다. 엄마는 내가 그렇게 우아하게 차려입은 모습을 보고 놀라서 소리쳤다.

"이 빗속에 어딜 가니?" 의심스러운 눈초리로 엄하게 물었다.

"내 친구! 엄마도 그 **페테르**를 아시죠? 생일잔치해요."

나는 엄마의 복잡하고 의심하는 눈빛에서 벌써 모든 것을 읽었다고 두려워하며 중얼거렸다.

"그럼 주의해서 다녀와. 브랜디를 좋아하는 사람은 집에 충분히 있으니까!"

엄마는 다정하게 말하고 몰래 내 손에 100포린트 지폐를 쥐어주었다. 행복해진 나는 거리로 나왔다. 아빠도 몰래 내게 100포린트를 쥐어 주셨다. 꽃을 살 수 있었다. 하지만 커다란 꽃다발을 들면 다른 사람들 눈에 띌 것이다. 이런 생각에 꽃 살 계획은 포기했다. 비가 내렸다. 마치 하늘에서 누군가 쉼 없이 주전자의 물을 따르는 것처럼. 내 초콜릿 색 새 바지는 이미 납처럼 무거워졌다. 거리에 사람이 거의 없었다. 길에서 아무도 만나지 않아서 기뻤다. 곧 5시인데 난 시립공원 카페에 가서 앉았을 것이다. 내가 이 카페를 택한 것은 시내에서 멀리 떨어졌고, 연인들이 보통 거기서 만난다고들 해서였다. 망할 놈의 비 때문에 나는 욕을 했다. 분명 공원에서 우리가 산책하는 걸 방해하고, 우리의 뜨거운 첫 입맞춤을 상상해 온 것처럼 나무 그늘 아래서 할 수 없기 때문이었다. 당당하게 카페로 뛰어간 나는 긴장해서 숨도 제대로 못 쉬고 문 옆에서 슬쩍 곁눈질했다. 지금껏 한 번도 이런 우아하고 빛나는 장소에 들어온 적이 없었다. 하얀 식탁보가 탁자에 드리웠고, 가을꽃으로 풍성한 꽃병과 육중한 촛불꽂이가 그 위에 놓였다. 카페는 어두운 색깔 그림들로 장식됐는데 대부분 사냥 풍경이었다. 벽에 걸린 구식 사냥총과 장엄한 사슴뿔에서 카페 이름 **황금 사슴**이 연상됐다. 출입구를 곁눈질하는 동안, 종업원이 다가오더니 이인용 탁자로 친절하게 안내했다. 아마도 나 같은 데이트 초보자를 접대한 경험이 많은 듯했다. 그는 카페의 은밀한 곳으로 조심스럽게 향했다. 나는 뻣뻣하고 느리게 탁자에 앉아 아주 비싼 가격대 메뉴를 꼼꼼히 보았다. 놀람을 감추고 진지하고 조금은 태평스럽게 코냑 한 잔을 주문한 뒤, 잠시 후면 마음에 꼭 드는 여자가 나타날 입구를 뚫어지게 바라보았다. 카페는 거의 비었다. 탁자 두세 군데에 한 쌍씩 앉아 고양이처럼 바라보며 뭔가를 속삭이며 조심스럽게 서로 손을 잡고 있다. 나만 홀로 앉았으니 간첩처럼 느껴졌다. 하지만 몇 초 뒤면 그녀도 여기에 올 것이고 모든 게 괜찮아질 거라고 다소 염려스레 생각했다. 코냑 잔을 쥔 손에 땀이 났다. 하지만 모든 게 다 괜찮지는 않았다. 내가 코냑을 빨리 마신 것인지, 시계가 제대로 가지 않은지 벌써 5시 30분이었다. 두세 번 문이 열릴 때마다 용수철 튀듯 벌떡 일어났으나 헛수고였다. 내 사랑은 좀체 나타나지 않았다. 아마 비 때문에 늦거나, 버스를 아주 오래 기다린 거라고 그녀가 늦는 이유를 추측해 보았다. 6시가 다 되었어도 그녀는 오지 않았다.

결정해야 했다. 코냑을 한 잔 더 시킬지, 돈을 내고 카페를 나갈지. 슬픔이 마음에 슬며시 들어와 고통스럽게 했다. 조용하고도 의미심장하게 수업 시간 내내 첫사랑에게 수없이 쏘아대던 내 눈빛을 떠올렸다. 나의 어떤 점이 그녀 마음에 들지 않았을까? 교실에서 가장 우수한 운동선수가 바로 나 아닌가. 수학 수업 시간에 숙제 해답을 몰래 써서 반 애들에게 준 사람도 나 아닌가. 키는 좀 작지만 모두 농구선수처럼 자랄 수는 없는 일 아닌가. 나는 그런 정도는 되는 사람 아닌가.

내 불행한 운명을 깊이 고뇌하는 동안 황금 사슴의 문이 열리고 입구에 날씬한 젊은 아가씨와 함께 파스칼 아저씨가 나타났다! 정말 내 눈을 의심했다. 거의 10년 이상 알아온 우리 이웃, 바로 그 파스칼 아저씨였다. 하지만 어제 기젤라 아주머니는 우리에게 와서, 그래, 파스칼 아저씨가 일주일 내내 먼 지방으로 사무실 일로 출장 갔다고 엄마에게 한 말이 또렷이 기억났다. 아니다. 내 눈은 잘못 보지 않았다.

그는 파스칼 아저씨였고 완벽하게 다리미질한 검은색 정장을 입었다. 아이고, 두꺼운 안경 뒤 그의 작은 눈동자가 미소를 지었다! 이상했다. 파스칼 아저씨가 웃는 모습을 처음 봤다. 함께 들어온 아가씨도 깔깔거렸다. 분명 이 비 오는 저녁에 그들은 아주 좋아보였다. 종업원이 그들을 알아보고는 입구로 가더니 구석진 내 건너편 탁자로 안내했다. 몹시 불안해졌다. 그 자리에서는 파스칼 아저씨가 나를 쉽게 알아볼 테고 내일이면 엄마까지 알게 될 것이다. 생일 축하를 페테르와 함께한 게 아니라 나 혼자 황금 사슴에서 했다고. 파스칼 아저씨와 종업원은 서로 잘 아는 사이 같았다. 지금 그들은 다정하게 뭔가를 얘기하고 소리 내서 껄껄거렸다.

아이구, 지금껏 파스칼 아저씨가 그렇게 즐겁고 점잖게 웃는 모습을 처음 봤다. 함께 앉은 아가씨는 내가 보기에 조금 화려하게 차려입은 것 같고, 입술은 체리처럼 진홍색이었다. 궁리를 했다. 어떻게 하면 들키지 않게 재빨리 카페에서 나갈까. 내 마음에 꼭 드는 그 아이가 카페에 오지 않아서 기쁘기까지 했다. 파스칼 아저씨 탁자는 문에서 가까워 내가 나가는 순간에 분명 볼 텐데…. 하지만 파스칼 아저씨는 함께 앉은 아가씨에게 푹 빠졌다는 것을 바로 알아차렸다. 카페에 앉은 다른 남자처럼 그 역시 고양이 같이 빤히 그녀를 보고, 그녀의 부드러운 손을 조심스럽게 쓰다듬고 뭔가를 그녀에게 속삭였다. 때로 아가씨가 소리를 내서 웃었지만 내가 보기에 그녀는 파스칼 아저씨의 얘기를 듣기보다 카페에 걸린 그림에 더 관심이 있는 듯했다. 그리고 우연인지 모르겠지만 그들이 앉은 탁자 위로 장엄한 사슴뿔 두 개가 걸려있다. 그때부터 파스칼 아저씨나 기젤라 아주머니를 만날 때면 이 장엄한 사슴뿔 두 개와 불발한 내 첫사랑의 데이트가 생각난다.

REMEMORO PRI MARTIN

Hodiaŭ mi renkontis mian estintan instruistinon pri matematiko, sinjorinon Veselinovan. Pli ol tridek jarojn mi ne vidis ŝin. Mi trapasis la placon, "Libereco", kiam mi rimarkis ŝin. Estis aŭtuna, mola posttagmezo. La folioj de la kaŝtanaj arboj flamis kiel etaj fajroj, kaj ĉe unu el la arboj, en la aŭtobushaltejo, staris mia instruistino.

Folioj kovris preskaŭ la tutan placon, kaj en tiu ĉi momento akute kaj subite mi eksentis la aŭtunon. Ie profunde en mi, mi eksentis la humidan odoron de la falintaj folioj, la nigran koloron de la branĉoj, la sangan rebrilon de la sunsubiro. Kaj sur tiu ĉi aŭtuna fono, senmova kaj silenta staris mia malnova instruistino. Ŝia hararo blankis. Sennombraj sulkoj, kiel araneaĵo, kovris ŝian vizaĝon. Kiel bela kaj svelta ŝi estis antaŭ tridek jaroj. Kie malaperis ŝia longa, blonda hararo, ŝia vigla rigardo...

Mi haltis. Sekundojn mi rigardis ĝin kaj poste malrapide daŭrigis mian vojon, sed tiu ĉi subita renkonto rememorigis min pri Martin mia samklasano kaj amiko en la gimnazio. Mi trapasis la placon "Libereco", sed miaj pensoj flugis al miaj gimnaziaj jaroj, al mia tiama amiko, al mia estinta instruistino pri matematiko...

Mi kvazaŭ denove vidus la profundajn okulojn de

Martin kaj la du faldetojn en la anguletoj de liaj fermitaj, kvazaŭ ŝlositaj lipoj. Liaj nigraj okuloj eligis molan kaj trankvilan brilon, sed tiuj du faldetoj aludis pri forta kaj obstina karaktero.

Martin bone lernis, kaj kontentaj estis pri li la instruistoj, sed sinjorino Veselinova, nia klasgvidantino, aparte ŝatis lin. Eble tial, ĉar Martin estis silentema, sinĝenema kaj tute ne similis al niaj viglaj kaj petolaj samklasanoj. Aŭ eble io alia allogis nian instruistinon al tiu ĉi serioza gimnaziano, kiu ankoraŭ ne estis viro, sed delonge jam ne estis knabo. Eble, kiel ĉiuj klasgvidantoj ankaŭ sinjorino Veselinova strebis pli bone ekkoni siajn lernantojn, sed la kvieta rigardo de Martin ne permesis al ŝi enpenetri en lian animon.

En la dua trimestro de la dua lernojaro Martin komencis neregule frekventi la gimnazion. Ofte kelkajn tagojn li tute forestis de la lernejo aŭ ĉeestis nur unu aŭ du lernohorojn kaj poste silente malaperis. Li komencis neregule lerni kaj malbone respondi, kiam la instruistoj ekzamenis lin.

Mi sidis en unu benko kun li, sed kio estas la kaŭzo de liaj oftaj forestoj mi ne sciis. Pri si mem kaj pri sia vivo Martin neniam ion menciis. Pri li, eble nur tion mi sciis, ke li eminente finis la bazlernejon kaj kun granda emo enmatrikuliĝis en la gimnazio.

En iu paŭzo inter la lernohoroj, kiam Martin du semajnojn jam ne estis en la lernejo, sinjorino Veselinova alvokis min kaj zorgmiene demandis, kio okazis al Martin.

- Mi scias nenion, sinjorino Veselinova - respondis mi.

- Vi estas amikoj, ĉu ne? - mallaŭte diris ŝi kaj suspekte alrigardis min. Sed en ŝiaj bluaj, serenaj okuloj mi eksentis pli da ĉagreno ol riproĉo.

Ŝi estis juna, nur kelkajn jarojn pli aĝa ol ni, kaj eble ŝi ŝatis, ke ni, la lernantoj, pli fidu kaj kredu al ŝi.

- Vere mi scias nenion - ripetis mi iomete ofendita, ke en tiu ĉi momento mia juna instruistino konsideras min mensogulo. Ŝi estis lojala al ni kaj mi ne deziris, ke en ŝiaj okuloj mi aspektu kiel neserioza adoleskulo.

Ŝi kvazaŭ tralegis miajn pensoj kaj konfide aldonis: - Emil, ni parolu kiel pienkreskuloj. Eble Martin havas amikinon, kaj tiu amligo malhelpas lin en la lernado?

- Ne. Neniam mi vidis lin kun knabino. Ŝajnas al mi, ke li estas malsana...

Sed ŝi ironie ekridis:

- Martin estas pli sana ol vi kaj mi. Hieraŭ mi vidis lin sur la strato. Bedaŭrinde mi ne povis paroli kun li, ĉar mi estis en la tramo - kaj post eta paŭzo, ŝi kvazaŭ al si mem diris -, kompreneble oni neniun devigas fini la gimnazion, sed mi ŝatus helpi al tiu ĉi knabo. Li estas inteligenta kaj saĝa. Tamen, se li ne frekventos regule la lernejon, li fiaskos.

Ŝia sincera rigardo, atente kaj esplore fiksis min, kaj eble ŝi deziris aludi, ke tiuj ĉi vortoj validas ankaŭ por mi. Sed mi bone lernis kaj regule frekventis la lernejon.

- Emil, mi ŝatus viziti Martinon hejme. Mi ŝatus paroli kun li kaj liaj gepatroj. Vi estas lia plej bona amiko, kaj mi petas vin bonvolu veni kun mi.

Ŝi emfazis la vortojn "plej bona amiko", kaj en ŝia tenera voĉo mi eksentis fidon, peton, patrinan zorgemon. Sed mi tute ne emis viziti la domon de mia amiko, kaj antaŭ li ludi la rolon de predikanto. Laŭ mia kompreno, tio ne estis amika helpo. Mi ne sciis, kial Martin ne frekventas la lernejon, sed mi ne deziris ekstari, kun sinjorino Veselinova, kiel akuzanto antaŭ li.

- Hodiaŭ, post la fino de la lernohoroj, ni vizitos Martinon hejme - ripetis sinjorino Veselinova, kaj ŝia hela rigardo karesis min.

Tiu ĉi ŝia rigardo ĉiam magie efikis al mi. Nenion mi diris. La lerneja sonorilo jam anoncis la komenciĝon de la sekva lernohoro.

Sur la vojo al la domo de Martin ni silentis. Mi pensis, ke senfina estos mia ĝojo, se Martin ne estus hejme. Sinjorino Veselinova eble sentis miajn pensojn, kaj dum la tuta vojo ŝi eĉ foje ne menciis lian nomon.

Ni silentis kaj ŝajnis al mi, ke kune ni iras ien, sed kien nek ŝi, nek mi scias. Mia tremanta brako tuŝadis ŝian teneran etan ŝultron. Ŝia longa, ora hararo odoris je konvalo, kaj en tiu ĉi aprila tago mi iris apud ŝi feliĉa kaj ebria. Ŝi estis juna, vigla, kaj kun ŝi mi pretis iri ĝis la fino de la mondo.

La patrino de Martin malfermis la pordon kaj afable invitis nin. Kiam mi vidis ŝin, mi ekmiris, ke Martin tiel similas al ŝi. En liaj okuloj estis la sama, mola brilo kiel en la mildaj okuloj de tiu ĉi laca, frue maljuniĝinta virino.

En sia larĝa kaj malnova hejma robo la patrino de Martin aspektis magra kaj malalta. Kiam ŝi komprenis, ke sinjorino Veselinova estas la klasgvidantino de Martin, ŝi kvazaŭ pli malgrandiĝus. Ruĝaj makuloj kolorigis ŝiajn palajn vangojn, kaj ŝi konfuzite murmuris:

-Jam du semajnojn li ne frekventas la lernejon.

- Ĉu li estas malsana? - demandis delikate nia instruistino.

- Ne. Sana li estas, sed ne deziras frekventi la lernejon.

- Kial?

- Ankaŭ mi ne komprenas. Kun mi li malmulte parolas.

- Kion li faras?

- Sidas en sia ĉambro kaj skribas. Matene frue li vekiĝas kaj tutan tagon nur skribas, skribas...

- Kion?

- Li diras, ke romanon li verkas...

- Romanon???

- Jes. Mi jam tre maltrankviliĝas. Li ne povos fini la gimnazion, kaj kion li faros en la vivo? Mi ne havis eblon lerni. Mi deziris, ke li bone finu la gimnazion, eĉ studento li estu... - flustris la patrino, rigardante la plankon, sed subite ŝi alrigardis nin kaj mallaŭte aldonis: - Vi estas tiel juna, sinjorino instruistino, bonvolu paroli kun li. Eble vi konvinkos lin, ke li lasu tiun ĉi skribaĵon. Eble li subiĝos al Via konsila.. - Tial

- 160 -

mi venis - diris sinjorino Veselinova. - Martin estas saĝa, kaj sincere mi deziras helpi al li.

Eta espero ekbrilis en la malhelaj okuloj de la patrino.

- Ĉu Martin estas hejme? - demandis nia instruistino.

- Jes. En sia ĉambro li estas, skribas... - kaj la patrino montris al ni unu el la pordoj en la fino de la vestiblo.

Ŝi ekiris antaŭ ni, malfermis tiun ĉi pordon, kaj ni eniris etan, modeste meblitan ĉambron. Ĉe la muro estis malnova soldata lito, kontraŭ ĝi - libroŝranko, premŝtopita per libroj. Antaŭ la fenestro, ĉe ordinara manĝotablo, dorse al ni, sidis Martin kaj rapide skribis ion.

Kiam li eksentis, ke ni eniris la ĉambron, li lasis la skribilon, staris energie kaj invitis nin tiel, kvazaŭ delonge li jam atendus nin.

- Bonvolu - ekridetis li kaj proponis al sinjorino Veselinova sian propran seĝon, kiu estis la sola en la ĉambro.

La patrino kaj mi sidis sur la lito. Li restis staranta kaj nur iomete apogis sin al la libroŝranko.

- Martin, vi komprenas, kial ni alvenis - ekparolis sinjorino Veselinova, kaj mi denove eksentis la magian kareson de ŝiaj bluaj, serenaj okuloj.

- Jes - lakone diris li.

- Mi ne deziras riproĉi vin. Vi jam estas sufiĉe aĝa, sed mi petas vin, ankoraŭfoje pripensu. Se nun vi forlasus la gimnazion, tio signifus, ke vi mem fermos antaŭ vi ĉiujn pordojn por via estonta vivo. Kio vi fariĝos? Sen abiturienta diplomo vi malfacile trovos laboron. Pripensu! Vi estas saĝa knabo. Vi povus fini eĉ universitaton kaj akiri bonan profesion. Nun de via patrino mi aŭdis, ke vi verkas romanon...

Por sekundo Martin alrigardis sian patrinon, ekridetis, sed nenion diris.

- Bonvolu lasi tiun ĉi stultaĵon - daŭrigis sinjoniro Veselinova. - Tio estas infana imago, iluzio. Kiu tralegos vian romanon? - sinjorino Veselinova ekspiregis serĉante pli trafan argumenton aŭ pli elokventan vorton por karakterizi la senvaloran okupon de mia amiko. Ŝia voĉo eksonis akre, ironie. - Nun estas epoko de la tekniko, matematiko. Bonvolu, anstataŭ verki romanon, pli serioze okupiĝi pri matematiko. Ankaŭ mi helpos vin. Post jaroj vi eĉ dankos al mi.

Martin staris senmova kaj silenta. La faldetoj en la anguloj de liaj lipoj plilongiĝis kaj lia rigardo fariĝis peza, kvazaŭ plumbo plenigus liajn profundajn okulojn.

- Martin - ekparolis lia patrino -, se vi ne aŭskultas min, bonvolu aŭdi la konsilojn de via instruistino. Vidu, kiel juna ŝi estas, kaj kiel bone ŝi komprenas vin - elspiris la patrino, kaj larmoj ekbrilis en ŝiaj okuloj.

- Martin, mi deziras helpi al vi. Mi petos la gekolegojn, ke nun ili ne ekzamenu vin. Mi neglektos viajn forestojn. Martin, Martin... - ekflustris sinjorino Veselinova.

Sed Martin rigardis ŝin tiel, kvazaŭ li neniam vidus ŝin. Liaj okuloj brilis kiel kugloj, kaj subite mi eksentis, ke tiuj du okuloj vidas kaj perceptas ion, kio estas ĉirkaŭ ni, sed nek lia patrino, nek sinjorino Veselinova, nek mi vidas ĝin. Martin staris kontraŭ mi, sed en tiu ĉi momento ŝajnis al mi, ke li estas malproksime, malproksime kaj neniam plu mi atingos lin.

- Martin, Martin... - obtuze murmuris lia patrino. Sed por Martin nia konversacio jam finiĝis, kaj plu li ne rigardis nin. Mi postsekvis lian rigardon. Li kontemplis etan portreton, kiu pendis super lia lito. Ĝi estis portreto de Dostojevskij.

- Ĝis revido, Martin - seke diris nia instruistino, kaj ni rapide eliris. Pli ĝuste ni elglitiĝis simile al ŝtelistoj, kiuj provis perforti kaj prirabi fremdan domon.

Ekstere la aprila suno blindige brilis. Sinjorino Veselinova kaj mi silente iris unu apud la alia, sed dum la tuta rea vojo mi demandis min: "Kial mi ankoraŭ iras kun tiu ĉi malalta, blonda virino?"

Budapeŝto, la 6-an de februaro 1981

마르틴에 얽힌 추억

오늘 예전 우리 수학 선생님인 **베셀리노바** 여사를 만났다. 30 년 만에 처음 본 것이다. **리베레쬬** 광장을 지나가다 멀리서 그녀를 알아봤다. 가을 어느 따사로운 오후였다. 밤나무 잎이 작은 불씨처럼 반짝이는데, 그 나무 옆 버스 정류장에 선생님이 서 계셨다. 낙엽이 광장을 거의 뒤덮듯 흩날려서 가을 정취가 물씬 풍겼다. 젖은 낙엽 내음, 거무튀튀한 나뭇가지, 핏빛 노을을 마음 깊이 만끽했다.

이 가을을 배경으로 옛 선생님은 묵묵히 서 계셨다. 머릿결은 하얗다. 거미줄 같은 수많은 주름살이 얼굴을 뒤덮었다. 30년 전에는 얼마나 날씬하고 예뻤는데! 긴 금발, 활기찬 눈빛은 어디로 갔을까? 걸음을 멈추고 몇 초 동안 그녀를 바라보다 천천히 가던 길을 갔다. 우연한 만남이 고등학교 동급생이자 친구인 **마르틴**을 떠오르게 했다. 리베레쬬 광장을 지나갔지만 내 기억은 고등학교 시절로, 그 당시 친구에게로, 나의 수학 선생님에게로 날아갔다. 마르틴의 깊은 눈을, 잠긴 입술과 입꼬리를 다시 본 듯했다. 그의 검은 눈빛은 부드럽고 편안했지만, 그 입 꼬리는 강하고 고집센 성격을 드러냈다.

마르틴은 열심히 공부했고 선생님들은 그에게 만족했으며, 우리 담임 베셀리노바 여사는 각별히 그를 좋아했다. 활기차고 떠들기 좋아하는 동급생과는 전혀 다르게 마르틴의 과묵하고 절제력을 갖춘 점이, 아니면 그 무언가 다른 매력이 아직 어엿한 남성은 아니고, 어린이는 더더구나 아닌 이 진지한 고등학생에게로 우리 여선생님을 이끌었다.

여느 담임교사처럼 베셀리노바 여사도 자기 학생을 더 잘 알려고 애썼지만, 마르틴의 조용한 눈빛은 그녀가 그의 마음속으로 들어오도록 허락지 않았다. 2학년 두 번째 학기에 마르틴은 고등학교를 제대로 다니지 않았다. 종종 며칠씩 학교에 나오지 않거나, 한두 시간 자리에 앉았다가 조용히 사라졌다. 그렇게 불규칙하게 공부해서 그런지 시험 칠 때 교사에게 제대로 대답하지 못했다. 나는 마르틴과 같은 책상에 앉은 짝꿍이었지만 그가 무슨 이유로 자주 학교 수업에 빠지는지 알지 못했다. 자기 삶에 관해 마르틴은 일절 말해주지 않았다. 그가 초등학교를 우수하게 졸업하고 고등학교에 커다란 기대를 갖고 입학했다는 것만 알았다.

마르틴이 2주간 학교에 오지 않던 무렵 쉬는 시간에, 베셀리노바 여사는 나를 불러 걱정스럽게 마르틴에게 무슨 일이 있느냐고 물었다.

"아무것도 몰라요. 베셀리노바 여사님." 내가 대답했다.

"너는 친구지, 그렇지?" 그녀는 조용히 말하고 의심스럽게 쳐다보았다. 그녀의 파랗고 고요한 눈에는 꾸지람보다 걱정이 비쳤다. 젊은 그녀는 우리보다 겨우 두서너 살 많았다. 그녀는 학생들이 선생님을 더 깊이 믿어 주기를 바랐다.

"정말 나는 아무것도 몰라요."

젊은 여교사가 거짓말쟁이로 여기는 듯하자 마음 상한 나는 같은 말을 되풀이했다. 학생들에게 충실한 교사였기에, 그런 선생님에게 내가 진지하지 못한 청소년으로 비치는 게 싫었다. 선생님은 내 생각을 다 안다는 듯 덧붙였다.

"**에밀**, 우리 다 큰 사람답게 말하자. 마르틴이 여자 친구 때문에 학업을 방해받는 거니?"

"아니요, 여자랑 같이 있는 것을 본 적 없어요. 제가 보기엔 아픈 것 같아요."

그녀는 비웃었다.

"마르틴은 너와 나보다 건강해. 어제 길에서 마르틴을 보았어. 아쉽게도 말을 걸 수 없었지. 내가 기차를 타는 중이라."

조금 뒤 혼잣말로 중얼거렸다.

"물론 모두 고등학교를 마쳐야만 하는 건 아니지만 난 그 아이를 돕고 싶어. 그 애가 똑똑하고 현명해도 학교에 다니지 않으면 인생을 망칠 수 있어."

그녀는 진지한 눈빛으로 주의 깊게 무언가를 찾듯 나를 뚫어지게 보면서 그 말이 내게도 똑같이 해당한다고 말하고 싶은 듯했다. 하지만 나는 공부를 잘했고 학교에 잘 다녔다.

"에밀, 마르틴을 집으로 찾아가고 싶구나. 부모와 함께 아이랑 이야기하고 싶어. 너는 제일 친한 친구니 부탁할게, 같이 가자."

선생님은 '제일 좋은 친구'라는 말을 강조했다. 그녀의 부드러운 목소리에서 믿음과 간절한 바람과 모성애가 느껴졌다. 그래도 나는 친구 집에 따라가고 싶지 않았다. 친구 앞에서 길잡이 역을 하고 싶지 않았다. 그것은 우정이 아닌 것 같았다. 마르틴이 왜 학교에 오지 않는지는 모르지만, 친구 앞에 마치 고발자처럼 베셀리노바 여사와 함께 가고 싶지 않았다.

"오늘 수업을 마치면 마르틴을 만나러 집으로 가자."

베셀리노바 여사가 또 부탁했다. 그녀는 밝은 눈빛으로 나를 다독거렸다. 그녀의 이런 눈빛은 항상 마술같이 내게 효과를 발했다. 나는 아무 말도 하지 못했다. 다음 수업이 시작되었다고 학교종이 울렸다. 마르틴의 집으로 가는 길에 우리는 아무 말도 하지 않았다. 마르틴이 집에 없다면 좋을 텐데, 하고 생각했다. 베셀리노바 여사는 내 생각을 짐작한 듯했다. 가는 내내 한 번도 마르틴 이름을 입에 담지 않았다.

우리는 너무 조용해서 함께 어딘가로 가지만 둘다 행선지를 모르는 것 같았다. 나의 떨리는 가슴이 그녀의 부드러운 작은 어깨를 어루만졌다. 그녀의 길다란 황금빛 머릿결 내음은 은방울꽃 향기 같는데 4월에 그녀 옆에서 취한 듯 행복하게 걸었다. 젊고 활기찬 그녀와 함께라면 세상 끝까지라도 갈 준

비가 된 듯했다.

마르틴의 어머니가 문을 열고 친절하게 맞이했다. 마르틴이 어머니를 쏙 빼닮아서 깜짝 놀랐다. 마르틴의 눈매는 이 피곤하고 일찍 늙어버린 여자의 온화한 눈처럼 부드럽게 빛났다. 헐렁하고 낡은 평상복 차림인 마르틴의 어머니는 빼빼하고 작달막했다. 베셀리노바 여사가 아들의 담임교사란 걸 알고 어머니는 더 작아진 듯했다. 뺨이 빨개질 만큼 당황해서 우물쭈물거렸다.

"벌써 2주 동안이나 학교에 가지 않았네요."

"어디가 아픈가요?" 선생님이 조심스럽게 물었다.

"아니요, 건강해요. 하지만 학교에 가고 싶지 않답니다."

"왜요?"

"저도 잘 몰라요. 저하고는 말을 안 해요."

"무얼 하고 있나요?"

"자기 방에 틀어박혀 글을 써요. 아침 일찍 일어나서 온종일 쓰고 또 써요."

"무엇을요?"

"소설을 쓴데요."

"소설이요?"

"예. 저는 무지 걱정이 돼요. 고등학교 졸업도 못 한 애가 인생에서 무엇을 할 수 있을까요? 나도 배울 여력이 없었어요. 그 아이는 꼭 고등학교를 무사히 마치고 대학생이 되길 바라요."

어머니는 마루를 내려다보면서 넋두리하듯 했다. 그러다 우리를 홱 쳐다보았다.

"선생님은 젊으시니 우리 애를 타일러 주세요. 글 쓰는 걸 그만 두라고요. 아마 선생님은 설득을 잘 하실 겁니다. 선생님 충고에는 따를 겁니다."

"그래서 제가 왔습니다."

베셀리노바 여사가 맞장구쳤다.

"마르틴은 똑똑해요. 정말 그 아이를 돕고 싶어요."

어머니의 눈에 작은 희망이 반짝였다.

"마르틴은 집에 있나요?"

"예, 자기 방에 앉아서 글을 쓰고 있어요."

어머니는 현관 끝에 있는 문을 가리켰다. 어머니는 우리보다
먼저 일어나서 문을 열었다. 좁고 가구라고는 별로 없는 소박
한 방으로 들어갔다. 벽에는 허름한 군용 침대, 건너편에는
책이 꽉 찬 책장이 있었다. 마르틴은 창문 앞 밋밋한 탁자에
앉아 뭔가를 빠르게 썼다. 우리가 들어오는 인기척에 필기구
를 놓고 벌떡 일어나 마치 오래 전부터 기다렸다는 듯 반겨
맞았다.

"이쪽으로 오세요."

빙그레 웃으면서 하나 뿐인 의자를 베셀리노바 선생님께 권했
다. 어머니와 나는 침대에 걸터앉았다. 마르틴은 선 채로 책
장에 살짝 기댔다.

"마르틴, 우리가 왜 왔는지 알지?"

베셀리노바 여사가 말을 꺼냈다. 나는 선생님의 파랗고 고요
한 눈에서 마술 같은 어루만짐을 다시 느꼈다.

"예."

마르틴은 짧게 대답했다.

"너를 꾸짖고 싶지 않아. 너는 충분히 나이를 먹었어. 하지만
부탁하는데 다시 한번 깊이 생각해. 지금 고등학교를 그만두
면 네 인생에 놓인 기회를 스스로 포기하는 거야. 그러면 뭘
할 수 있겠니? 졸업장 없이는 일자리 얻기 힘들어. 깊이 생각
해. 너는 똑똑한 학생이잖아. 대학도 마치고 좋은 직업도 가
질 수 있어. 네가 소설을 쓴다는 걸 어머니께 방금 들었어."

마르틴은 잠깐 어머니를 바라보고 살짝 웃었지만, 아무 말도
하지 않았다.

"이런 바보스러운 짓을 그만두기 바라."

베셀리노바 여사가 계속했다.

"그건 어린이 같은 상상이고 환상이야. 누가 네 소설을 읽겠니?"

베셀리노바 여사는 한숨을 푹 내쉬었다. 내 친구의 무가치한 일을 싸잡아 표현할 더 적절한 말이나 단어를 찾으면서 그녀의 목소리는 날카롭게 비꼬는 듯했다.

"지금은 기술과 수학의 시대야. 소설을 쓰는 대신 수학을 더 진지하게 탐구해 봐. 나도 도울게. 몇 년 뒤엔 내게 고마워할 걸."

마르틴은 그대로 서 있었다. 입술 꼬리는 길어지고 시선은 납으로 눈을 가득 채운 듯 무거워 보였다.

"마르틴!"

그의 어머니가 끼어들었다.

"내 말을 듣지 않으려면 선생님의 충고만은 들어라. 봐라, 선생님이 얼마나 젊으시니? 얼마나 너를 잘 이해하시니?"

한숨짓는 어머니의 눈에서 눈물이 주르르 흘렀다.

"마르틴, 너를 돕고 싶어. 선생님들께 네게는 시험을 치지 말라고 부탁할게. 네 결석을 다 덮을게. 마르틴, 마르틴!"

베셀리노바 여사가 애원하듯 말했다. 하지만 마르틴은 마치 아무도 보지 않은 것처럼 그녀를 쳐다보았다. 그의 눈동자는 총알처럼 빛났다. 순간 나는 느꼈다. 그의 두 눈이 우리 주위에서 깜빡이지만, 그의 어머니도, 베셀리노바 선생님도, 나도 보지 못한 뭔가를 보고 있다는 것을. 마르틴은 내 건너편에서 있었지만, 그 순간만큼은 멀리 멀리 떨어져서 절대 그에게 도달할 수 없을 듯했다.

"마르틴, 마르틴!"

그의 어머니가 들릴락 말락 중얼거렸다. 이미 마르틴을 위한 대화는 끝났고 그는 더는 우리를 보지 않았다. 나는 그의 눈빛을 따라 갔다. 그는 침대 위에 걸려 있는 작은 초상화를 응시했다. 토스토예프스키 초상화였다.

"잘 있어, 마르틴!"

건조하게 선생님이 말한 뒤 우리는 서둘러 나왔다. 더 정확히 말하자면 낯선 집에 몰래 들어가 물건을 훔치려던 도둑 같이 살금살금 나왔다.

밖에는 4월의 해가 눈부셨다. 베셀리노바 여사와 나란히 서서 조용히 걸었다. 돌아오는 길 내내 궁금했다. 왜 이 작은 금발 여자와 아직도 같이 걷고 있는가.

INFANA PILKO

Tiu ĉi historio komenciĝis tre neordinare. Foje Mladen serĉis ion, kaj el malnova kajero falis flava foto. Mladen scivole alrigardis ĝin.

Sur la foto estis li, kiel dek-dekdujara knabo kun nigraj okuletoj, helaj haroj kaj infana pilko en la manoj. Mladen ne memoris, kiu kaj kiam fotis lin, kaj li jam gestis remeti la foton inter la flavajn paĝojn de la kajero, kiam la foto kvazaŭ ekmoviĝis kaj la knabo kun la pilko gaje ekridetis al Mladen.

En la unua momento Mladen ne kredis al siaj okuloj, sed klara, knaba voĉo salutis lin amike:

- Saluton.

Mladen ne bone komprenis, de kie venis tiu ĉi voĉo, kaj li atente trarigardis la ĉambron, sed ĉiuj mebloj trankvile staris sur siaj lokoj, kaj nur li sola estis en la ĉambro.

- Saluton, mi estas - Mladen denove aŭdis la saman voĉon. - Mi estas, la knabo el la foto.

Nun Mladen pli atente trarigardis la foton, kaj maltrankvile li rimarkis, ke la knabo kun la nigraj okuletoj ne nur ridetas, sed ankaŭ parolas.

- Jes, mi estas. Kiel vi fartas?

- Dankon, bone - respondis sendezire Mladen.

- Ankaŭ mi vidas, ke vi fartas bone - rimarkis la knabo. - Sufiĉe vi dikiĝis, kaj al piedpilko similas via ventro. Ha, ha, ha! - gaje ekridetis la knabo. - Kun tiu ĉi kostumo kaj blanka ĉemizo tre serioza vi aspektas.

"Kiajn stultaĵojn parolas tiu ĉi bubo?" - demandis sin mem Mladen, sed nenion diris.

- Ĉu vi estas direktoro? - naive demandis la knabo. - Ne - respondis Mladen lakone. - Mi estas oficisto en poŝtoficejo.

- Ha, ha, oficisto en poŝtoficejo - kare ekridetis la knabo.

- Jes! Kial vi ridaĉas? - kolere demandis Mladen, sed la knabo kvazaŭ ne aŭdis lian demandon.

- Ha, ha, oficisto. Kaj ĉu al vi plaĉas tiu ĉi ofico?

- Jes, kompreneble! La ĉefoj estimas min. Ofte mi ricevas premiojn. Mi posedas loĝejon, aŭton kaj ĝardenon.

- Ha, ha, sed vi ne havas pilkon - replikis la knabo. - Kial? Mi jam ne estas dekjara. Serioza viro ne bezonas pilkon.

- Vidu, vi mem diris, ke vi estas serioza viro, oficisto, sed kiam vi estis infano, vi havis nur pilkon, kaj ege vi deziris fariĝi maristo, veturi tra maroj, oceanoj kaj vidi nekonatajn forajn landojn.

- Kion vi parolas! Nun mi ne havas tempon veturi. Mi devas okupiĝi pri miaj aŭto kaj ĝardeno.

- Sed mi ne havas pilkon, kaj eble vi tre malĝojas, ĉar kiam vi havas pilkon, vi ne pensis pri aŭto kaj ĝardeno. Vin allogis malproksimaj belaj landoj, kaj vi estis ĝoja. Mi nepre devas donaci al vi mian pilkon, kara sinjoro poŝtoficisto - diris la knabo, kaj lia gaja rideto malaperis.

Mladen maltrankvile ĉirkaŭrigardis. Li estis sola en la vasta kaj silenta ĉambro kun la malnova flava foto en la mano. Ĉu tio estis sonĝo aŭ miraklo.

Tiun ĉi nokton Mladen malbone dormis. Li sonĝis grandan, blankan ŝipon, kies kapitano estis mem Mladen. Tra senlima maro la ŝipo nagis al nekonataj, foraj landoj, kaj nek ŝtormoj nek grandegaj ondoj povis ĝin haltigi.

Matene, ĝuste je la sesa horo, la damnita vekhorloĝo vekis Mladenon. La poŝtoficejo atendis lin.

Budapeŝto, 1980.

어린 시절 공

이 일은 매우 특이하게 시작한다. 한 번은 **믈라덴**이 무언가를 찾던 중에 오래된 책장 속에서 노란 사진이 툭 떨어졌다. 믈라덴은 호기심에 들여다보았다. 사진 속 열두어 살 먹은 소년 믈라덴은 검은 눈동자에 밝은 머릿결이었고, 손에는 어린이용 공을 들었다. 믈라덴은 누가 언제 찍은 사진인지 기억나지 않았다. 책장 사이에 사진을 다시 끼워 넣으려는데, 마치 사진이 살아 움직이듯 공을 든 소년이 즐거운 표정으로 믈라덴을 보고 빙그레 웃었다. 처음엔 눈을 의심했지만, 어린이는 밝은 목소리로 정답게 인사했다.

"안녕!"

믈라덴은 어디서 나는 소리인지 방을 두리번거렸지만 가구는 모두 제자리에 있고 오직 혼자만 방에 덩그러니 있었다.

"안녕, 나야!" 똑같은 소리가 다시 들렸다.

"사진 속에 있는 게 나야."

믈라덴은 이제 더욱 주의 깊게 사진을 들여다보았다. 검은 눈의 소년이 웃으며 말한다는 것이 너무 의아했다.

"그래, 나야 나. 어떻게 지내니?"

"고마워, 잘 지내."

어쩔 수 없이 믈라덴이 대답했다.

"네가 잘 지내는 걸 보았어."

소년이 아는 체 했다.

"너는 무척 뚱뚱해서 축구공 같아. 너 배 말이야! 하하하!"

소년이 즐겁게 웃었다.

"이런 정장과 와이셔츠를 입으니 꽤 진지해 보이는데!"

'이 어린애가 무슨 바보 같은 말을 하는지!'

믈라덴은 궁금했지만 아무 말도 하지 않았다.

"너는 감독이니?" 소년이 순진하게 물었다.

"아니." 믈라덴이 짧게 대답했다.

"나는 우체국 직원이야."

"하하하, 우체국 직원?"

소년이 사랑스럽게 웃었다.

"그래, 왜 비웃니?"

화가 나서 믈라덴이 물었지만, 소년은 못 들은 척했다.

"하하, 직원? 그 직업 마음에 드니?"

"그래, 물론. 윗분들이 존중해줘. 자주 상을 받았어. 집도, 차도, 정원도 있어."

"하하, 하지만 공은 없잖아." 소년이 반박했다.

"왜? 나는 이젠 열 살이 아니야. 어른은 공이 필요 없어."

"여길 봐, 너 스스로 말했잖아. 진지한 남자, 직원이라고. 하지만 네가 어렸을 때 넌 공밖에 몰랐어. 선원이 돼 바다, 대양을 건너 여행하고 낯선 먼 나라에 무척 가보고 싶어 했지."

"무슨 말이니? 지금 나는 여행 할 시간이 없어. 차와 정원에 신경을 써야 해."

"하지만 너는 공이 없어. 아마도 너는 퍽 슬플 거야. 공을 가지고 놀 때는 차나 정원은 생각지 않았잖아. 먼데 있는 멋진 나라에 관심이 온통 끌렸지. 그리고 너는 기뻐했어. 나는 꼭 네게 공을 주어야만 해. 친절한 우체국 직원 양반!"

소년이 말을 마치자 '하하' 하던 유쾌한 웃음소리가 사라졌다. 믈라덴은 걱정스레 두리번거렸다. 넓고 조용한 방에 홀로 서서 손에 빛바랜 사진을 들고 있다. 그것이 꿈인가, 기적인가? 그날 밤 믈라덴은 잠을 설쳤다. 꿈에서 커다랗고 하얀 배의 선장인 자신을 보았다. 배는 끝없이 펼쳐진 바다를 건너 미지의 먼 나라로 항해했고, 폭풍우나 거센 파도도 그를 멈출 수 없었다. 아침 정각 6시에 방정맞은 자명종 시계가 믈라덴을 깨웠다. 우체국이 그를 기다렸다.

LA ARGILA KAMELO

La objektoj ankaŭ vivas. Ili silente vivas ne nur ĉirkaŭ ni, sed ankaŭ en nia memoro kaj vivo. Se la objektoj povus paroli, ili rakontus al ni mirindajn, jarcentajn historiojn, ĉar ilia vivo, kompare kun la nia, ofte estas senfina.

Jam de multaj jaroj sur mia skribotablo staras argila kamelo; helflava, dugiba eble ne pli alta ol kvardek centimetroj. Sur ĝi sidas kvin homfiguroj, kvin ĉinaj muzikantoj kun strangaj muzikiloj.

La longa kapo de la kamelo estas streĉe levita, la buŝo malfermita, kaj ŝajnis al mi, ke la grandaj humidaj okuloj esprimas profundan, mutan doloron.

Miaj konatoj opinias, ke tiu ĉi argila kamelo estas unika. Eĉ mia amiko, fakulo pri aziaj artoj, tre serioze asertas, ke la kamelo devenas el la epoko de la ĉina dinastio Tang, kiu regis inter la jaroj 618 kaj 907.

Tamen, ĉiam, kiam mi alrigardas la kamelon, ne pri la dinastio Tang mi pensas, sed pri malproksima jaro de mia infaneco. Tiam mi kun panjo ofte vizitis iun strangan familion, kies nomon mi jam ne memoras aŭ neniam mi sciis. Ĉu tiuj homoj estis niaj parencoj aŭ konatoj, ankaŭ tion mi ne scias, kaj verŝajne mi neniam plu ekscios.

Ni vizitis ilin eble unufoje en ĉiu monato, kaj ĉiam precize mi divenis, kiam ni iros tien, ĉar panjo vestis min en miaj plej novaj vestoj. Tio estis blanka pantalono el krudsilka ŝtofo kaj blanka, marista bluzo kun granda, blua kolumo. Panjo zorge kombis mian hirtan hararon kaj neniam forgesis aldoni, ke tie mi devas konduti dece kaj bone.

Ni veturis per tramo, aŭtobuso, descendis ĉe larĝa bulvardo, piediris iomete kaj ĉiam haltis antaŭ vasta ĝardeno kun alta, fera barilo. Panjo sonorigis kaj minutojn ni atendis la alvenon de iu magra viro, kiu longe, zorge malŝlosis la pezan, grincan pordon. Ŝajnis al mi, ke tiu ĉi grizokula viro ne sciis nian lingvon, ĉar ĉiam nur unu solan frazon li etdiris:

- Bonvolu, sinjorino.

La viro, panjo kaj mi trapasis la ĝardenon kaj iris en trietaĝan domon, kie en vasta salono ni devis atendi denove. Tie ĉiam obsedis min nekomprenebla maltrankvilo, kvazaŭ mi estus en malsanulejo. Panjo sidis ĉe eta tablo, mi senmove staris kaj gapis la malhelajn portretojn sur la blankaj muroj, kaj kiam jam tro longa ŝajnis al mi nia atendado tie, iu flanka pordo malfermiĝis lante kaj la magra viro seke diris:

- Bonvolu, sinjorino.

Denove ni triope; la viro, panjo kaj mi, trapasis obskuran, longan koridoron kaj eniris grandan ĉambron, kie sidis sinjorino leganta libron. Ŝi estis ne tre juna, sed ankaŭ ne maljuna kun frizitaj arĝentaj haroj kaj vizaĝo glata kiel metalo.

Ĉiam, kiam ni eniris, la sinjorino metis flanken la libron kaj per unusama, monotona voĉo diris:

- Saluton, kara Marta.

Panjo kisis ŝin humile. Min la arĝentharara sinjorino kvazaŭ ne vidis, kaj tial mi restis ĉiam malantaŭ la dorso de panjo.

En la granda ĉambro troviĝis sennombraj mebloj kaj aĵoj. Sur la muroj estis pentritaj nekonataj floroj, birdoj, arboj kaj inter ili strangaj homoj kun etaj okuloj kaj longaj vestoj. En la impona vitroŝranko, orde staris porcelanaj teleroj, kruĉetoj, glasoj, tasoj. Sur la tablo estis vazoj, ankaŭ porcelana, riĉe ornamitaj. Sur la alta libroŝranko videblis multaj statuetoj kaj skulptaĵoj. Kelkaj murhorloĝoj tiktakis monotone kaj dormige.

En tiu ĉi vasta ĉambro mi sentis min fermita kvazaŭ en kaĝo, kaj eĉ paŝon mi ne kuraĝis fari por ke mi ne faligu kaj net rompu iun el la sennombraj skulptaĵoj, statuetoj, vazoj.

Tamen mi ne povis elteni tutan horon sidi senmova sur unusama loko, kaj ofte mi atente proksimiĝis al la fortepiano, sur kiu staris du allogaj statuetoj. Neniam mi povis kontraŭstari al la tento observi ilin de iom pli proksime.

La unua statueto estis ĉevalo, argila, flavbruna kun masiva verda selo. Verdaj estis la okulŝirmiloj kaj, se mi bone rememoras, ankaŭ la brido. Mi ne scias kial, sed la vosto de la ĉevalo estis kruta kaj plektita. La ĉevalo havis sveltajn krurojn, kaj ŝajnis al mi, ke nur post sekundo ĝi ŝtorme ekgalopos. Tiel streĉa estis ĝia korpo, kaj el ĝi radiis ne nur forto, sed ankaŭ fiero.

La alia statueto estis la kamelo, la argila, flava kamelo,

sur kies dorso sidis la kvin ĉinaj muzikantoj kun la strangaj muzikiloj, sed tiam mi ankoraŭ ne sciis, ke ili estas muzikantoj, kaj eĉ timigaj ŝajnis al mi iliaj vizaĝoj kun okuloj etaj kiel fendoj, Ankaŭ antaŭe, sur diversaj bildoj, mi vidis kamelojn, tamen tiu ĉi kamelo ne estis tute sama. Ĝia levita kapo esprimis kvazaŭ doloron kaj ĝia okuloj plenis de angoro. Mi sentis eĉ kompaton al tiu ĉi kamelo kaj mi ne scias kial, sed al mi ŝajnis ĉiam, ke sur sia ĝiba dorso la kamelo portas ne nut la kvin strangajn homojn, sed la tutan grandan ĉambron kun ĉiuj mebloj kaj aĵoj.

Mi povis ege longe observadi la ĉevalon kaj la kamelon. Dume panjo kaj la arĝentharara sinjorino mallaŭte konversaciis. Pli ĝuste, panjo parolis, kaj la sinjorino nur aŭskultis, aŭ de tempo al tempo monotone, ŝi aldonis, ke hodiaŭ tutan tagon pluvas aŭ malvarmas, aŭ Fred ne povis promenadi kun la hundo, Sed neniam mi komprenis kiu estas Fred, kaj pri kiu hundo temas.

Foje, foje en la ĉambro aperis alta, blonda viro, ege eleganta, kiu, mankisis panjon kaj karesis min amike. Li ne restis longe en la ĉambro, kaj pli ofte li nur diris:

- Kara, mi foriras. Sinjoro Tot atendas min en la kontoro.

Kiu estis tiu ĉi blonda viro kaj kiu estis sinjoro Tot, mi ne scias. Tamen neniam mi forgesos, ke ofte, kiam ni ekstaris por foriri, kvazaŭ subita forta varmo obsedis panjon, kaj ĝene ŝi menciis ke ankaŭ en tiu ĉi monato ni ne povis lupagi la loĝejon.

- Iam mi diris: ne edziniĝu al laboristo – murmuris la sinjorino, kaj el nigra mansaketo ŝi elprenadis kelkajn monbiletojn.

Panjo dankhumile kisis ŝin kaj ni foriris.

Ĝis la ĝardena pordo akompanis nin la magra viro, kiu ĉiam nur unusolan frazon diris: "Bonvolu, sinjorino".

La monatoj pasis. Ni kun panjo ofte staris antaŭ la granda domo, atendantaj la magran viron, kiu sola havis la honoron ŝlosi kaj malŝlosi la masivan, feran pordon.

En la ĉambro, dum unu tuta horo, dum panjo kaj la arĝentharara sinjorino mallaŭte konversaciis, mi heroe kaj silente devis sidi, kaj eble, se ne estus tie sur la fortepiano la argila kamelo, mi ekdormus pro enuo kaj tedo. Mi rigardis la kamelon kaj imagis, ke ankaŭ ĝi pli bone fartus en alia domo, kie ne estas tiom da mebloj kaj nenecesaj aĵoj.

Foje en la granda domo io kvazaŭ ŝanĝiĝis. Iun tagon, kiam ni denove iris tien, en la ĉambro sidis ankaŭ la blonda viro, kaj dum tuta horo li senmova legis ĵurnalon. Li eĉ ne staris kaj ne diris, ke li foriros, aŭ sinjoro Tot atendas lin en la kontoro, Eble tial, kiam ni ekstaris por foriri, panjo ne menciis, ke ankaŭ en tiu ĉi monato ni ne povis lupagi la loĝejon.

Sur la strato panjo estis maltrankvila, kaj ĝis la hejmo ŝi kvazaŭ forgesis pri mi.

La sekvan fojon la blonda viro denove sidis en la ĉambro sed tie io mankis. Mi longe cerbumadis ĝis mi konstatis, ke la kredenco, kiu staris apud la divano, nun jam ne estas tie.

Post monato ankaŭ la granda libroŝranko ne estis plu en la ĉambro. Tiam mi ankoraŭ ne komprenis, kial el la ĉambro malaperas, unu post la alia, mebloj kaj aĵoj. Kiel ĉiam la arĝentharara sinjorino kaj la blonda viro silente sidis tie, sed la vizaĝo de la sinjorino jam ne estis tiel glata, kaj el ŝiaj bluaj okuloj gvatis maltrankvilo. Nun ŝi pli multe paroladis kaj kvazaŭ eĉ min ŝi rimarkis, ĉar foje ŝi karesis mian kapon kaj lamente diris:

- Ni maljuniĝis, sed lia sorto kia estos?

Iom post iom preskaŭ ĉiuj mebloj malaperis el la ĉambro, kaj nun ĝi aspektis tiel granda, ke se mi ekkrius forte mia voĉo longe eĥiĝus kiel en barelo,

Tamen kiam ankaŭ la fortepiano malaperis, serioza maltrankvilo min obsedis. Verŝajne sekvan fojon ankaŭ la argila kamelo ne estos plu ĉi tie. Mi diziris eĉ ekplori, ĉar jam delonge mi imagis, ke ĉiufoje la kamelo atendas min, kaj kiam mi sidas ĉi tie, giaj okuloj ne estas tiel malĝojaj.

Iun posttagmezon, kiam ĉe la fera, peza pordo panjo eksonorigis, la magra viro ne alvenis. Vane ni atendis minuton, du, tri... Panjo provis, malfermi la pordon, kaj, por mia plej granda surprizo, ĝi ne estis ŝlosita. Ni solaj eniris la domon.

Nur la argila ĉevalo ne estis en la ĉambro, kaj sur la planko orfe staris la kamelo. Mi jam certe sciis ke venontfoje ankaŭ ĝi ne estos ĉi tie, kaj dum la tuta horo mi silente adiaŭis la kamelon. Tamen ne nur doloron, sed ankaŭ iom da ĝojo mi sentis, ĉar fin-fine ankaŭ la argila kamelo forlasos tiun ĉi silentan kaj obskuran domon.

Kiam ni ekstaris por foriri, panjo kisis la arĝenthararan sinjorinon, kaj donis al ŝi kelkajn monbiletojn. Panjo ruĝiĝis, ĉar ĝi ne estis certa, ĉu la sinjorino akceptos ilin aŭ ne. La sinjorino faris tian geston kvazaŭ ŝi eĉ ne dezirus vidi la monon, sed poste ŝia tremanta, vaksa mano prenis la monbiletojn kaj metis ilin sur la tablon. La blonda viro, kiu sidis en la fotelo, rimarkis kvazaŭ nenion, sed al mi ekŝajnis, ke li bone vidis, kion panjo donis al la sinjorino.

La arĝentharara sinjorino ekstaris lante, prenis la kamelon kaj donis ĝin al mi. Stupore mi rigardis kaj ne deziris kredi tion.

- Ĝi estu la via - diris la sinjorino. En ŝia voĉo nek bedaŭron nek lamenton mi eksentis.

Kiam mi eliris sur la straton, mi ne sciis, ĉu mi estas ĝoja aŭ malĝoja. Mi forportis la kamelon, kiu eble estis inter la lastaj aĵoj en tiu ĉi granda kaj obskura domo. Mi sentis min savanto kaj rabisto.

Pluvis. La ĉielo tondris kaj purpuris. Ĉu pro fulmoj aŭ pro foraj pafoj? Malantaŭ mi silente staris la impona, granda domo, jam malplena. Miaj manoj premis la kamelon. La sorto min elektis, ke mi transportu ĝin de unu epoko al la alia.

Budapeŝto, la 21-an de aŭgusto 1982.

낙타 도자기

물체 역시 살아있다. 그것들은 우리 주위에서만이 아니라 우리 기억과 인생에서 조용히 살아 있다. 물체가 말을 할 수 있다면 우리에게 수백 년의 놀라운 역사를 이야기 할 텐데…. 그들의 삶은 우리와 비교하면 종종 끝이 없으니까. 벌써 오래 전부터 내 책상 위에는 점토 낙타가 하나 서 있다. 밝은 노란색이고 혹이 있고 대략 40cm보다 크지 않다. 그 위에 다섯 명의 사람 모양 즉 다섯 명의 중국 음악가가 이상한 악기를 들고 앉았다. 낙타는 긴 머리를 신경질을 부리듯 입은 벌렸고 커다랗고 습한 눈은 깊고도 말로 다 할 수 없는 고통을 표현하는 듯 보였다. 지인 한 분은 이 점토 낙타가 독특하다고 했다. 아시아 예술 전문가인 친구조차 낙타가 618년에서 907년 사이에 존재한 중국 당나라 시대 작품이라고 매우 진지하게 확신했다. 하지만 낙타를 쳐다 볼 때면 당나라 정취뿐만 아니라 내 어릴 적 아득한 세월이 떠오른다.

그때 나는 엄마와 함께, 이름은 이제 기억하지 못하거나 전혀 알지 못하는 어느 이상한 가정을 자주 방문했다. 그 사람은 우리 친척인지 지인인지 나는 알지 못하고, 정말 더 아는 게 없다. 우리는 거의 매달 한번 정도 찾아갔는데, 우리가 언제 거기 갔는지를 항상 정확하게 기억하는 건 엄마가 내게 가장 좋은 새 옷을 입혀서다. 그것은 원단 그대로 비단 천으로 만든 하얀 바지에 크고 파란 정장이거나 하얀 선원 복장이었다. 엄마는 신경을 써서 내 흐트러진 머리카락을 빗고, 거기서 행동을 품위 있게 잘 해야 한다고 잊지 않고 늘 덧붙였다. 우리는 전철과 버스를 갈아타고 가서 넓은 신작로에서 내려 조금 걸어갔다. 키 크고 철 울타리가 처진 넓은 정원 앞에서 항상 멈추었다. 엄마가 초인종을 누르면 어느 마른 남자가 나와서 무겁고 삐걱거리는 문을 조심스럽게 열어 주는 것을 오래도록 기다려야 했다. 이 회색 눈의 남자는 우리말을 알지 못하는 듯 보였다. 항상 한 문장만 내뱉었다.

"어서 오세요, 여사님." 남자와 엄마와 나는 정원을 가로질러 3층 건물로 갔다. 거기 넓은 홀에서 우리는 다시 기다렸다. 거기서는 마치 병원에 갔을 때처럼 왠지 모르게 항상 불안했다. 엄마는 작은 탁자에 앉았고 나는 가만히 서서 하얀 벽 위에 걸린 어두운 분위기의 초상화를 감상했다. 우리가 꽤 오랫동안 기다렸을 때쯤 한 쪽 문이 천천히 열리고 그 마른 남자가 무뚝뚝하게 말했다.

"여사님, 들어오세요."

다시 남자와 엄마와 나, 세 사람은 어둡고 긴 복도를 지나 여자가 책을 읽고 있는 널찍한 방으로 들어갔다. 젊지도 늙지도 않은 여인은 은색 파마머리에 금속처럼 매끄러운 얼굴이었다. 우리가 들어가면 여인은 늘 책을 한쪽으로 두고 단조로운 목소리로 말했다.

"안녕, 사랑하는 마르타."

엄마는 그녀에게 겸손하게 입을 맞췄다.

흰머리 여인은 마치 나를 못 본 듯해서 난 항상 엄마 등 뒤에 가만히 섰다. 방에는 가구와 물건들이 빼곡히 들어찼다. 벽에 걸린 그림에는 이름 모르는 꽃과 새와 나무가 있고 그 사이에 작은 눈에 긴 옷을 입은 이상한 사람들이 늘어섰다. 커다란 유리 장식장에는 도자기, 접시, 작은 주전자, 잔, 컵이 가지런히 쌓였다. 탁자 위에는 역시 도자기로 된 꽃병이 잘 꾸며져 놓였다. 훤칠하게 큰 책장 위에는 작은 조각상과 조각품이 여럿 늘어섰다. 벽시계는 단조롭고 졸린 듯 째깍거렸다. 이 넓은 방에서 나는 새장에 갇힌 듯 갑갑했다. 무수한 조각품 가운데 작은 조각상이나 꽃병 어느 하나라도 떨어뜨리거나 부수거나 할까봐 감히 한 발짝도 다가갈 용기가 없었다. 그렇다고 한 곳에서 여러 시간을 가만히 버틸 참을성은 없었다. 그래서 자주 주의해서 매력적인 조각상을 올려놓은 피아노에 조심조심 바싹 다가가서 그것들을 살펴보고 싶은 유혹을 물리칠 수 없었다. 작은 조각상 하나는 커다란 푸른 안장을 얹은 황갈색 말 도자기였다. 눈가리개 역시 파랗다. 내 기억으로는 재갈도 그랬다. 이유는 모르지만 말 꼬리는 거칠고 엮어졌다. 말은 날씬한 다리로 순식간에 폭풍우 휘몰아치듯 뛰쳐나갈 태세였다. 그렇게 긴장된 말의 몸에서는 힘과 마음의 자부심이 느껴졌다. 다른 작은 조각상은 노란색 낙타 도자기였는데 등 위에는 이상한 악기를 든 중국 음악가가 앉았다. 처음에는 음악가인 줄 전혀 몰랐다. 쪼개진 자국 같은 작은 눈 때문에 인상이 험상궂었다.

예전에도 낙타 그림을 보았지만 이 낙타는 특이했다. 치켜든 머리로는 고통을, 눈에는 분노를 드러냈다. 낙타에게서 이유 모를 연민을 느꼈다. 그러나 낙타는 혹에 다섯 명의 이상한 사람 외에도 가구와 물건이 잔뜩 들어찬 그 커다란 방을 등에 실은 듯했다. 한참동안 말과 낙타를 살펴봤다. 그때 엄마와 은발 여인은 조용히 대화했다. 정확히는 엄마가 말하고 여인은 듣거나 때때로 단조롭게 덧붙였다. 온종일 비가 내린다거나 춥다거나 혹은 **프레드**가 개와 함께 산책할 수 없다거나 하는. 하지만 프레드가 누구인지, 개는 어떤 종인지 나는 전혀 알지 못했다. 한 번은 방에 키가 훤칠한 금발 남자가 들어왔다. 아주 멋지게 차려입은 그는 엄마에게는 손 입맞춤을 하고 내게는 다정하게 어루만져 주었다. 그는 방에 오래 머물지 않았지만 더 자주 말할 뿐이다.

"잘 있어요. 나는 갈게요. **토트** 아저씨가 사무실에서 기다려요." 이 금발 남자나 토트 아저씨가 누구인지는 모른다. 그런데 절대 잊지 못할 일이 있다. 우리가 떠나려고 일어날 때마다, 엄마는 갑자기 강한 더위가 괴롭히는 듯 고통스럽게, 이 번 달도 월세를 못 낸다고 털어놓았다.

"노동자에게 시집가지 말라고 예전에 내가 그랬지."

여자가 중얼거렸다. 그리고 검정 핸드백에서 지폐를 얼마큼 꺼내 주었다. 엄마는 고마워하며 입맞춤하고 우리는 나왔다. 정원 문까지는 항상 "어서 오세요, 여사님!" 한 마디 인사하 는 삐삐 마른 남자가 우리를 배웅했다. 한 달이 지나갔다. 엄 마와 나는 자주 커다란 문 앞에 가서 섰다. 마른 남자 혼자서 커다란 철문을 열어 줄 시간이 넉넉하도록 기다리면서…. 방 에서 한 시간 내내 엄마와 은발 여인이 조용히 대화하는 동안 나는 뻣뻣하게 가만 앉아야 했는데, 피아노 위에 낙타 도자기 가 없었다면, 지루해서 잠들었을 것이다. 낙타를 쳐다볼 때면 가구와 물건이 조금 있는 방에 있다면 낙타가 덜 힘들 것 같 았다.

한번은 커다란 집에 뭔가 심상찮은 일이 생겼다. 어느 날 우 리가 다시 거기 갔을 때 금발 남자가 그날따라 방에 앉았고 여러 시간 신문만 읽었다. 그는 일어서지 않았고, 나갈 것이 라거나 토트 씨가 복도에서 기다린다는 말도 하지 않았다. 그 래서 우리가 나가려고 일어설 때, 엄마는 이달에도 월세를 못 낸다는 하소연을 하지 못했다. 거리에 나서자 엄마는 불안해 했다. 집에 올 때까지 마치 나를 잊은 듯했다. 다음에도 금발 신사가 방에 있었지만, 무언가 빈자리가 느껴졌다. 오래도록 어떻게 된 일인지 생각을 거듭했다. 소파 옆을 차지했던 찬장 을 다시는 볼 수 없다는 걸 알았다. 한 달 뒤에는 커다란 책 장 자리가 비워졌다. 그때까지도 왜 방에서 하나씩 가구와 물 건이 사라지는지 알지 못했다. 언제나처럼 은발 여인과 금발 신사는 조용히 거기 앉았지만 여사의 얼굴은 그리 매끈하지 않았다. 파란 눈도 불안한 기색이었다. 처음보다는 말을 많이 하고 내게도 눈길을 주었다. 한 번은 머리를 쓰다듬어 주면서 눈물을 흘렸다.

"우리는 늙었지만, 이 아이의 운명은 어찌 될꼬?"

조금씩 거의 모든 가구가 사라지고, 그 방은 내가 크게 소리 친다면 오래오래 메아리칠 정도로 넓어졌다. 피아노가 사라졌을 때는 심히 걱정했다. 다음에는 낙타 도자기마저 없을 것 같았다. 울음이 터질 것 같았다. 낙타가 오래전부터 나를 기다렸다고, 내가 타고 앉으면 그 눈동자에서 슬픈 기색이 다소나마 수그러든다고 상상했기 때문인지도 모른다.

어느 오후, 엄마가 무거운 철 대문 옆에서 초인종을 눌렀는데도 마른 남자가 나오지 않았다. 우리는 1분, 2분, 3분을 헛되이 기다렸다. 엄마가 문을 열려다가 깜짝 놀랐는데 웬일인지 늘 잠겼던 문이 열려 있었다. 우리는 집 안으로 들어갔다. 이젠 말 도자기도 방에 없고, 낙타가 마루에 고아처럼 우두커니 서 있었다. 다음번에는 그마저도 싹없어질 것이다. 그래서 여러 시간 동안 조용히 낙타와 작별했다.

고통스러웠지만 조금 기쁜 구석도 있었다. 낙타 도자기가 마침내 이 조용하고 어두운 집에 더 머물지 않아도 되기에…. 나가려고 일어서면서 엄마는 은발 여인에게 입맞춤하고 지폐를 얼마 드렸다. 엄마 얼굴이 홍당무처럼 빨개졌다. 여인이 돈을 사양할지 몰라서였을 것이다. 여인은 돈을 쳐다도 안 볼 것 같이 하더니, 나중에 밀랍 같이 흰 손을 떨면서 지폐를 쥐고 탁자 위에 놓았다. 안락의자에 앉은 금발신사는 안 보는 척 했지만, 엄마가 여사에게 돈을 주는 걸 다 본 것 같았다. 은발 여인은 조용히 일어나서 낙타를 주워서 내게 주었다. 놀라서 쳐다보면서도 믿어지지 않았다.

"그건 네 거야."

여사가 말했다. 아쉬움도, 슬픔도 드러나지 않는 목소리였다. 거리로 나섰을 때 기쁜지 슬픈지 분간이 안됐다. 이 크고 어두침침한 집에서 맨 나중까지 남을지 모를 낙타를 들고 나온 것이다. 내가 구원자거나 반대로 약탈자가 된 듯했다. 비가 내렸다. 천둥이 치더니 하늘은 자색 빛이었다. 벼락 때문인가? 먼 총소리 때문인가? 내 뒤에 웅장한 집이 텅 빈 채 조용히 섰다. 내 손은 낙타를 움켜쥐었다. 운명은 낙타를 한 시대에서 다른 시대로 옮기도록 나를 선택한 것이다.

ĈU LA PATROJ PLORAS?

La somero finiĝis. Finiĝis la ferioj. Postmorgaŭ mi denove komencos la lernadon. Morgaŭ venos mia patrino, kaj ni revenos en la urbon. Mi diros "ĝis revido" al miaj avo kaj avino, al la eta hundo Bobi, al miaj geamikoj, kun kiuj tutan someron ni vagadis en la arbaro, naĝis en la rivero, fiŝkaptadis...

Postmorgaŭ panjo vestos min en blanka ĉemizo, en longa nigra pantalono, kaj ŝi akompanos min ĝis la lernejo. Nia instruistino, sinjorino Linova, eniros la klasĉambron kaj ŝiaj unuaj vortoj certe estos:

- Bonan tagon, infanoj. Vi jam estas en la tria klaso. Dum la somero vi multe ludis, bone ripozis. Nun ĉiu rakontos al mi, kie li aŭ ŝi somerumis kun siaj gepatroj.

Mi tre amas sinjorinon Linova, sed kial ŝi ĉiam demandas: "Kie vi estis kun viaj gepatroj somere, kie vi estis kun viaj gepatroj dimanĉe, kion donacis via patro al vi por via naskiĝtago?

Sinjorino Linova ne scias, ke mi ne havas patron, kaj ĉiam mi devas diri al ŝi malveron. Mi tute ne deziras mensogi al ŝi, sed kiam la aliaj infanoj komencas rakonti, ke kun siaj gepatroj ili estis ĉe la maro, ke iliaj patroj, per siaj propraj aŭtoj, veturigis ilin ĝis la mara bordo, kion mi diru? Ĉu mi diru antaŭ ĉiuj, ke mi ne havas patron, ke mi ne veturis per aŭto, ke dum la tuta somero mi estis en la vilaĝo de miaj geavoj. Ne! Mi denove diros, kiel pasint jare, ke ankaŭ ĉisomere mi estis ĉe la maro. Mi rakontos, ke mia patro, kiu estas piloto, denove havis longan forpermeson kaj ni duope, per lia granda aŭto, veturis al la maro. Tie ni multe naĝis, veturis per ŝipo, per boato, ni sunbaniĝis, fiŝkaptadis...

Sed mi neniam vidis la maron. Panjo ĉiam havas multan laboron kaj nek pasintsomere, nek ĉisomere ni feriis kune. Tamen mi bone scias ke la maro estas granda, blua. Nun mi pentras la maron. Postmorgaŭ mi montros la pentraĵon al miaj samklasanoj, kaj mi diros al ili, ke mi pentris ĝin ĉe la maro.

Miaj geavoj rigardas televidon. Oni prezentas interesan filmon pri la senmotoraj aviadiloj, sed mi havas urĝan laboron.

Mia avino estas la patrino de panjo, kaj mia avo estas la patro de panjo. Do, panjo havas patron kaj patrinon, sed kial mi havas nur patrinon? Foje mi demandis avinon pri tio, sed ŝi tuj ekploris. Ne. Mi certe scias, ke mia patro ne mortis, ĉar se li mortus, oni nepre montrus al mi lian foton. Ankaŭ Niki, mia amiko, ne havas patron, sed lia patro mortis, kaj Niki kun sia patrino ĉiam vizitas la tombejon. Simple mi ĝis nun ne trovis patron. Neniam plu mi demandis avinon pri tio. Mi ne deziras, ke ŝi ploru.

Do, la maro estas blua. Bone, ke mi havas bluan krajonon, sed kiaj estas la ŝipoj? Ŝajnas al mi, ke ili estas blankaj aŭ eble...

- Avo, ĉu la maraj ŝipoj estas blankaj?

Kompreneble li ne audas. Li sinforgese rigardas la flugadon de la senmotoraj aviadiloj.

- Avo, ĉu la ŝipoj estas blankaj?
- Kio? - li apenaŭ murmuras.
- Ĉu la maraj ŝipoj estas blankaj?
- Vidu, kiel alte flugas tiu ĉi aviadilo! - miras avo. - Ne pri la aviadiloj, pri ŝipoj mi demandas.
- Kial pri ŝipoj, ja estas filmo pri aviadiloj?
- Jes, sed mi demandas pri la maraj ŝipoj.
- Kial?
- Ĉar mi pentras la maron.
- Aha - finfine komprenas avo. - Sed kial vi nun pentras la maron?

Kion mi respondu? Kompreneble mi ne povas konfesi al li, kial.

- Ĉar delonge mi ne pentris la maron.
- Bone - konsentas avo kaj forgesas respondi al mia demando.
- Avo, ĉu la ŝipoj estas blankaj?
- Respondu jam al la infano. Mil fojojn li demandas vin - subite intervenas avino, kiu sidas ĉe avo kaj dormetas antaŭ la televidilo. Evidente la senmotoraj aviadiloj ne interesas ŝin.
- Jes. La maraj ŝipoj estas blankaj - kategorie diras avo.

Mia avo tre amas min. Eble tial, ĉar ankaŭ mi nomiĝas Ivo, kiel li, aŭ eble tial, ĉar ĉiuvespere, kiam li revenas de la kamparo, mi donas la pantoflojn al li.

Avo regule aĉetas por mi bombonojn, eĉ ofte li donas al mi monon kaj diras:

- Iru, Ivĉjo, en la butikon kaj aĉetu por vi bombonojn kaj por mi paketon da cigaredoj.

Avo ŝatas cigaredojn "Hirundo", sen filtrilo, sed avino ne permesas al li fumi, kaj ĝi ĉiam diras, ke avo estas malsana kaj li ne vivos añkoraŭ multe.

Ankaŭ avino estas bona, sed ŝi neniam aĉetas por mi bombonojn. Se mi petolas, ŝi tuj iĝas kolera kaj komencas murmuri, ke mi ne obeas al ŝi, ke plu ŝi ne zorgos pri mi, ke ŝi resendos min al panjo, en la urbon. Ŝi bone scias, ke mi ne deziras reiri en la urbon, ĉar somere tie estas malmultaj infanoj kaj mi kun neniu povas ludi.

Foje, foje, kiam avo ne estas hejme, avino kaŝe kaj silente ploras. Mi ne scias kial, sed ŝi ploras, ploras kaj karesas min. Eĉ pasintjare, mi tre bone rememoras, tiam ankaŭ panjo estis en la vilaĝo, avino denove komencis plori kaj diris al panjo:

- Kial vi naskis tiun infanon? Ja vi sciis, ke li ne edzinigos vin.

- Panjo, ne komencu denove - ekflustris mia patrino.

Mi ne komprenis pri kiu infano temas. Panjo kaj avino eksilentis, kaj plu nenion ili diris.

La maraj ŝipoj estas blankaj, sed ĉu ili estas grandaj?

- Prefere rigardu la aviadilojn kaj ne demandu pri ŝipoj - anstataŭ avo, respondas avino.

- Jes, tre grandaj - aldonas avo, fiksante atente la ekranon.

La senmotoraj aviadiloj glisas kiel paperdrakoj. Foje avo faris al mi grandan buntan paperdrakon. Mi kaptis ĝian ŝnuron, kuris al la kampo, kaj la vento tuj altigis la paperdrakon alten, alten, en la ĉielon. La infanoj de la tuta vilaĝo kuris post mi, kriis, sed subite la ŝnuro disŝiriĝis, la vento pli kaj pli altigis la paperdrakon kaj plu mi ne vidis ĝin. Mi ege ĉagreniĝis, sed poste mi pripensis, ke la vento eble portos mian paperdrakon al la maro, kaj eĉ se mi ne povas vidi la maron, mia paperdrako flugos libere super la maro.

La senmotoraj aviadiloj flue soras, kaj ŝajnas al mi, ke en iu simila aviadilo estas mia patro. Se mi sola devus elekti mian patron, li nepre estus piloto. Kiam mi iĝos plenaĝa, ankaŭ mi estos piloto. En la ĝardeno de miaj geavoj kreskas olda juglanda arbo. Ĝi estas mia aviadilo. Per ĝi mi flugas al la maro, eĉ trans la maron, al la foraj kontinentoj kaj landoj. Foje mi eĉ saltis de mia "aviadilo". Seka branĉo subite rompiĝis, kaj mi alteriĝis, sen paraŝuto. Pli ĝuste mi falis, kaj tutan semajnon ege doloris miaj piedo kaj brako, sed mi ne ploris, kiel vera piloto. Mi kunpremis la dentojn kaj eĉ ne ĝemis. Tiam avino denove koleriĝis, denove komencis krii, ke plu ŝi ne zorgos pri mi, ke plu ŝi ne permesos al mi grimpi sur la arbojn... Sed tiam panjo diris al avino, ke ŝi, panjo, deziris ĝuste tian filon, kiu povas kuri, grimpi, fali, denove grimpi kaj denove fali, kiu per batoj respondas alla batoj, kiu haltas antaŭ neniaj baroj, kiu ĉiam iras antaŭen kaj ne estas naiva kaj timema kiel ŝi mem.

- Se li naskiĝis viro, li estu vera viro! - diris panjo.

La filmo pri la senmotoraj aviadiloj finiĝis. Komenci novaĵoj kaj avino baldaŭ diros:

- Ivo, lavu la dentojn kaj iru dormi.

Sed mia pentraĵo pri la majo ankoraŭ ne estas preta. Mi pentris la ŝipojn blankajn, sed en mia bildo ili aspektas tre malgrandaj kaj postmorgaŭ neniu en la klaso kredos, ke mi vere estis ĉe la maro. Eh, se mi havus patron...

- Ivo, lavu la dentojn kaj iru dormi - eksonas rigore la voĉo de avino.

Tio signifas, ke eĉ minuton plu mi ne povas resti antaŭ la televidilo. Kontraŭ tiu ordono eĉ avo nenion povas diri. Mi kisas la geavojn. Mi murmuras "bonan nokton" al ili kaj iras en la alian ĉambron.

Ekstere pluvas. La aŭtuna pluvo tamburas, kvazaŭ iu sur ladon de grajnigus maizon. Mi kuŝas sola en la mallumo. De la alia ĉambro alflugas la monotona parolado de la televidilo. Mi ne povis fini mian pentraĵon pri la maro. Postmorgaŭ kion mi montros en la klaso? Ĉiuj infanoj komencos rakonti pri la somero, pri la maro, pri la montaroj... Nur mi silentos. Kvazaŭ ŝtoneto ŝtopas mian gorĝon. Mi penas tragluti tiun ŝtoneton, sed vane. Ĝi pli kaj pli grandiĝas. Eble mi ekploros, sed tio estos ridinda, ja mi ne estas avino. Ĉu la patroj ploras? Certe ne! La avinoj, la patrinoj ploras, sed la patroj – neniam!

Postmorgaŭ, kiam sinjorino Linova demandos min: "Ivo, kie vi estis dum la somero, kun viaj gepatroj?", mi diros al ŝi, ke mi ne havas patron, ke mi neniam estis ĉe la maro, ke la tutan someron mi pasigis en la vilaĝo de miaj geavoj. Jes! Al ĉiuj mi diros, ke mi ne havas patron! Ekstere pluvas. La somero finiĝis. Finiĝis la ferioj. Morgaŭ matene mi kun panjo iros en la urbon.

Budapeŝto, la 5-an de junio 1981.

아빠들은 울까?

여름이 지나가고 이제 방학도 끝났다. 모레부터 다시 학교공부를 할 것이다. 내일 엄마가 오시면 우리는 도시로 돌아간다. 할머니와 할아버지와 작은 개 **보비**와 친구들에게 "잘 있어!"라며 작별인사를 할 것이다. 그들과 어울려 여름내 숲을 뒤지고다니고 강에서 헤엄치고 고기를 잡았다.

모레 엄마가 내게 하얀 셔츠, 검고 긴 바지를 입혀서 학교로 데려다 줄 것이다. 우리 선생님 **리노바** 여사가 교실에 들어서면 첫 마디는 분명 이럴 것이다.

"안녕! 아이들아! 너희는 이제 3학년이구나. 여름내 맘껏 놀고 잘 쉬었지? 지금 모두 부모님과 어디서 여름을 보냈는지 내게 말하는 시간이야."

리노바 여사를 무지 좋아하지만 왜 그녀는 항상 '네 부모와 어디서 여름을 보냈니? 네 부모와 일요일에 어디에 다녀왔니? 네 생일날 아빠가 무엇을 선물했니?'라고 묻는지 모르겠다.

리노바 여사는 내가 아빠가 없어서 항상 거짓을 말해야만 하는 걸 모른다. 거짓말은 절대 하고 싶지 않지만, 다른 아이들이 바닷가에서 부모와 함께 거닐었다고, 부모님과 차로 바닷가까지 여행했다고 이야기할 때, 나는 무엇을 말할까? 내가 사람들 앞에서 나는 아빠가 없고 차로 여행하지 않았고 여름내내 조부모님 마을에서 지냈다고 털어놓을까? 아니다.

나는 다시 작년처럼 이번 여름에도 바닷가에서 지냈다고 거짓말을 할 것이다. 비행기 조종사인 아빠가 긴 휴가를 내서 나와 단둘이서 큰 차로 바다에 여행했다고 꾸며댈 것이다. 거기서 우리는 수영하고, 나룻배 타고, 요트 타고, 태양욕 하고,

- 196 -

고기 잡고….

사실 난 바다를 본 적이 없다. 엄마는 항상 일에 치여 작년 여름에도 이번 여름에도 나와 함께 휴가를 보내지 못했다. 그렇지만 나는 바다가 커다랗고 파랗다는 걸 잘 안다. 지금 바다를 그린다. 모레, 그 그림을 우리 반 친구들에게 보여 주며 내가 바닷가에서 그렸다고 자랑할 것이다.

조부모는 TV를 보신다. 무동력 비행기가 나오는 재미있는 영화다. 그렇지만 나는 급한 일이 있다.

우리 할머니는 엄마의 엄마다. 우리 할아버지는 엄마의 아빠다. 엄마는 아빠와 엄마가 있다. 그런데 왜 나는 엄마만 있는가? 한번은 할머니에게 왜 그런 지 여쭤봤더니 할머니는 이내 눈물을 흘렸다. 아니다. 분명 내 아빠는 죽지 않았다. 아빠가 죽었다면 분명 사람들이 아빠 사진을 보여 주었을 테니까. 내 친구 **니키**도 아빠가 없는데, 아빠는 돌아가셨다. 니키는 엄마와 함께 항상 무덤에 간다. 그냥 지금까지 나는 아빠를 찾지 않았다. 더는 그 문제를 할머니에게 묻지 않았다. 할머니께서 우는 걸 원치 않아서였다.

바다는 파랗다. 파란색 연필을 갖고 있어서 다행이다. 하지만 배는 어떤가? 그것은 하얗고 아마 그렇게 느껴진다.

"할아버지, 바다 배는 하얗지요?"

물론 할아버지는 못 들었다. 무동력 비행기의 비행을 넋 놓고 쳐다보았다.

"할아버지, 배는 하얗지요?"

"뭐라고?" 그가 간신히 중얼거렸다.

"바다 배는 하얗지요?"

"이 비행기가 얼마나 높이 나는지 쳐다 봐."

할아버지가 놀랐다.

"비행기가 아니라 배 말이에요."

"왜 배니? 비행기에 관한 영화인데."

"예, 저는 바다 배에 관해 물었어요."

"왜?"

"바다를 그려야 하니까요."

"아!" 마침내 할아버지는 이해했다.

"그런데 왜 지금 바다를 그리니?"

무엇이라고 대답해야 할까? 물론 이유를 고백할 수 없었다. 오래도록 바다를 그리지 않았으니까.

"좋아" 할아버지는 그러겠다고 하고서는 대답을 잊었다.

"할아버지, 배는 하얗지요?"

"애한테 대답하세요. 천 번이나 묻잖아요."

할아버지 곁에 계시며 TV를 보다 졸던 할머니가 쑥 끼어들었다. 분명 할머니는 무동력 비행기가 재미없었던 것이다.

"그래, 바다 배는 하얘." 무뚝뚝하게 할아버지가 말했다.

할아버지는 나를 끔찍이 사랑하신다. 그래서 내 이름이 할아버지처럼 **이보**일 것이다. 아니면 할아버지가 밤마다 들에서 돌아오시면 슬리퍼를 내드리는 걸 보니까 나를 사랑할 수도 있다. 할아버지는 정기적으로 사탕 과자를 사 주신다. 자주 돈을 주시며 말한다.

"이보야! 가게로 가라. 사탕과자를 사고, 담배도 사 오너라."

할아버지는 필터 없는 **히룬도** 담배를 좋아하신다. 하지만 할머니는 할아버지가 담배 피우는 걸 말리신다. 그러면서 할아버지는 아파서 오래 못 살 거라고 항상 잔소리하신다.

할머니도 좋지만, 한 번도 사탕 과자를 사 준 적은 없다. 내가 장난치면 금세 화를 내고 내가 말을 안 들어서 더 돌보지 않겠다고, 도시에 있는 엄마에게 돌려보내겠다고 잔소리를 했다. 할머니는 내가 도시로 돌아가고 싶어 하지 않는 것을 잘 안다. 거기서는 여름에 어린아이가 적어 놀 친구가 없다.

한번은 할아버지가 집에 안 계실 때 할머니는 남몰래 조용히 우셨다.

이유를 알지 못했는데, 할머니는 한참을 우시더니 나를 어루만졌다. 지난해 일도 기억한다. 그때 엄마는 마을에 있었고 할머니는 다시 울기 시작하고 엄마에게 말했다.

"왜 이 아이를 낳았니? 그가 너랑 결혼하지 않을 걸 알았잖니."

"엄마, 다신 그런 말씀 하지 마세요."

엄마가 나지막하게 말했다. 어떤 아이가 그 대화의 주인공인지 몰랐다. 엄마와 할머니는 입을 다물고 더 말을 잇지 않았다.

바다 배는 하얗다. 그런데 얼마나 큰가?

"비행기를 보는 편이 더 좋아. 배는 물어보지 말고."

할아버지 대신 할머니가 말씀했다.

"그래, 아주 중요해." 화면을 고정하면서 할아버지가 덧붙인다.

무동력 비행기가 종이용처럼 하늘을 날고 있다. 한번은 할아버지가 색색깔로 된 커다란 종이용을 만들어 주셨다. 끈을 잡고 들로 뛰어갔더니, 바람이 종이용을 높이높이 하늘로 들어 올렸다. 마을 아이들이 모조리 내 뒤를 따라 달리며 소리 질렀는데, 끈이 느닷없이 뚝 떨어지고 바람이 종이용을 까마득히 하늘로 높이 올려버려 다시는 보지 못했다. 처음엔 너무 실망했다. 하지만 나중엔 바람이 종이용을 바다로 데려갔으니 내가 바다를 볼 수 없다면 종이용이 바다 위를 자유롭게 날아다닐 것이라 여겼다.

무동력 비행기는 물 흐르듯 높이 날고, 그것과 비슷한 비행기에 우리 아빠가 타고 있다고 믿었다. 만약 내가 아버지를 고른다면, 꼭 비행기 조종사일 텐데…. 나 역시 어른이 되면 비행기 조종사가 될 거라고 상상했다.

정원에 오래 묵은 호두나무가 있다. 그것이 바로 내 비행기였다. 그것을 타고 나는 바다로 날아간다. 바다를 넘어 먼 대륙과 나라에까지 간다. 한 번은 비행기에서 뛰어내렸다. 마른 가지가 뚝 부러졌다. 낙하산도 없이 날았다. 더 정확히 나는 떨어졌다. 일주일 내내 다리와 팔이 무지 아팠다. 그래도 진짜 비행기 조종사처럼 울지 않았다. 이를 꽉 물고 신음도 내지 않았다. 그때 할머니는 다시 화를 내며 나를 더 돌보지 않겠다고, 내가 나무에 기어 올라가는 꼴을 그냥 두고 보지 않겠다고 소리쳤다. 그 때 엄마가 할머니에게, 뛰고 기어오르고 떨어지고 다시 뛰고 기어오르고 떨어지는 아이를 원한다고 말했다. 또 때리면 때리는 것으로 갚고, 어떤 장애물 앞에도 멈추지 않고 항상 앞으로 나아가고, 자기처럼 순진하거나 두려워하지 않는 아이, 남자로 태어났다면 진짜 남자가 되어야지, 하고 엄마가 말했다.

무동력 비행기 영화가 끝났다. 뉴스가 시작되면 할머니는 말할 것이다.

"이보야! 이 닦고 자러 가거라."

하지만 바다 그림이 아직 완성되지 않았다. 하얀 배를 그렸지만 너무 작게 보여 모래 교실에 가면 아무도 내가 진짜 바다에 갔었다고 믿지 않을 것이다. 내게 아빠가 있다면….

"이보, 이 닦고 자러 가거라!"

할머니 목소리가 엄했다. 그것은 1분도 더 TV 앞에 머물 수 없다는 걸 의미했다. 그 명령을 거부한다면 할아버지조차 아무것도 말할 수 없다. 나는 조부모께 입맞춤하며 "안녕히 주무세요! 하고 인사했다. 그리고 다른 방으로 갔다. 밖에는 비가 내렸다. 가을비는 양철판 위에 옥수수 낟알을 던진 듯 작은 북소리를 두두 두두 냈다.

어둠 속에 홀로 누웠다. 다른 방에서 TV의 단조로운 소리가 날아들었다. 내 바다 그림은 아직 완성되지 않았다. 모래 교실에서 무엇을 보여 줄까. 반 친구들은 모두 여름, 바다, 산을 주제로 이야기할 것이다. 나만 조용할 것이다.

작은 돌이 목구멍에 걸린 것 같아 그 작은 돌을 삼키려 했지만 소용이 없었다. 그것은 점점 더 커졌다. 곧 울 것 같았다. 하지만 그것은 웃긴 일이다. 정말 나는 잘 우시는 할머니가 아니다!

아빠들은 울까? 분명 아니다. 할머니, 엄마들은 울지만, 아빠들은 절대 아니다. 모레 담임교사 리노바 여사가 내게 "이보야! 여름에 네 부모와 함께 어디 갔었니?"라고 물으면 말할 것이다. 나는 아빠가 없고, 한 번도 바닷가에 간 적도 없고 여름 내내 할머니 할아버지 마을에서 보냈다고. 그래! 모든 사람에게 나는 아빠가 없다고 말할 거야. 밖에는 비가 내린다. 여름이 끝나간다. 내일 아침에 나는 엄마와 함께 도시로 갈 것이다.

LA FORNO

Al mia dujara filo

De longaj jaroj jam, ĝi estas en la korto. Kovrita per nilono ĝi staras tie, sub la krono de la pira arbo. Rodita de la rusto, necesa al neniu, malaperas malrapide nia olda, fera forno. Iam, iu kaj pro io dekroĉis ĝian etan pordon, kiu havis glatan porcelantenilon, kaj la nigra aperturo faŭkas kiel la sendenta buŝo de avino. Iome deklinita nun la forno, ĉar unu el la kvar piedoj estas kurbigita, kaj vespere, sub la ombro de la pira arbo, ĝi aspektas kiel kripla, sed senmova homa silueto. Eĉ sur ĝia dorsa flanko estas truo, simila al okulo, profunda kaj silenta.
Nun nia olda forno, forgesita jam de ĉiuj, rustiĝas en la korto. Sed antaŭ jaroj ĝi staris en la angulo de nia ĉambro. Somere ĝi silentis, vintre – vigle babiletis. Vespere, kiam paĉjo revenis el la laborejo, li eksidis ĉe la forno, demetis tie siajn neĝajn ŝuojn kaj etendis la manojn al ĝia varma korpo. Tiam la forno kvazaŭ eksentis lin, komencis brui gaje kiel. vagonaro.
"Eh, en ĉi tiun fornon Viktor metis sian koron" - diris ofte paĉjo.
Mi ne sciis, kiu estas Viktor, sed scivola kiel ĉiu knabo, mi deziris nepre vidi la miraklan koron, kiun kaŝis nia forno. Sed por mi ne estis permesite

proksimiĝi al la forno. Foje, kiam mi sola restis en la ĉambro, mi senspire alŝteliĝis al la forno, malfermis ĝian etan pordon, sed la varma porcelantenilo brulpikis miajn fingrojn. Mi kriis pro la doloro. Panjo tuj alkuris maltrankvila, vidis faŭka la pordeton de la forno kaj komprenis ĉion.

- Eh, ci, stultuleto - ekriproĉis panjo min -, nenia koro estas en la forno, sed kiam iu bone faras ion, oni diras, ke li laboris per la koro, per la animo.

- Kaj kiu estis tiu Viktor? - scivole mi demandis panjon, dum per balzamo ŝi ŝmiris kaj bandaĝis mian manon.

- Amiko de paĉjo. Li faris nian fornon, sed li delonge jam ne vivas.

"Kial?" mi deziris tuj demandi, sed iome mi pripensis, ke eble tial li ne vivas, ĉar li metis sian koron en nian bonan fornon.

Kiam estis klara, vintra tago, kaj profunde bluis la ĉielo, nia forno kantis kiel najtingalo. Se nebuloj kovris nian korton, pluvis, aŭ malhela estis la ĉielo, nia forno tusis, peze spiris, sufokiĝis. Tiam panjo ofte rememoris, ke kiam mi naskiĝis, kaj ŝi alportis min hejmen, malgraŭ, ke estis majo, la vetero iĝis tre malvarma kaj komencis neĝi. Paĉjo tuj hejtis la fornon, sed la tuta ĉambro pleniĝis de amara fumo kaj mi apenaŭ ne sufokiĝis. Ĉu okazis tiel, mi ne scias, sed paĉjo lertis majstre ekbruligi fajron. Unue li fendis splitojn, maldikajn kiel ripoj, ordigis ilin en la forno, sur ilin li metis vicon da ŝtonkarboj, kaj kiel iluziisto, li ekbruligis fortan fajron. Pri tio panjo ŝatis ŝerce diri, ke paĉjo certe iam kisis ciganinon, ĉar laŭ onidiroj nur tiu viro povas fari bonan fajron, kiu iam kisis ciganinon.

Se paĉjo estis hejme, nia forno kantis aŭ profunde, ritme spiris, kaj tiam komenciĝis mia longa veturado en la mondo de la fantazio kaj imago. Dum la frostaj vintraj tagoj, kiam neĝo sternis sin sur nia korto, kiam lante pasis la vesperaj horoj, panjo, paĉjo, nia najbarino onjo Nora, mi kaj miaj fratoj, longe kaj senzorge babiladis ĉe la forno. Kaj sur ĝi, en kupra kafokruĉo, bolsusuris turka kafo. Post la fortrinko de la kafo, nia kara onjo Nora, laŭ kutimo tre malnova, prenis niajn glasojn kaj strabante la figurojn, postlasitajn de la ŝaŭma kafo, aŭguris nian sorton. Sorĉitaj de ŝiaj vortoj, ni kvazaŭ malfermis la kurtenon de la estonteco kaj enpaŝis tien, kie nin atendis sunaj tagoj, noblaj agoj kaj feliĉaj amoj. Nur paĉjo, kiu neniam trinkis kafon, ridetis kare al nia naiva kaj amuza ludo.

Foje mi demandis paĉjon kiu estis oĉjo Viktor, kiu faris nian fornon. Paĉjo alrigardis min silente. Rakonti pri tio, eble li ne deziris, ĉar kvazaŭ nebulo vualus liajn okulojn, sed li ekparolis seke:

- Li estis mia amiko, kiu pereis en la Dua Mondmilito. Ankaŭ li lernis iam Esperanton kaj ŝatis nomi min "samideano". Forĝisto laŭ metio, li estis alta, forta viro, kun longaj lipharoj, nigraj kiel karbo. En la vintro de la 1944-a jaro por nia rotsekcio li forĝis tiun ĉi fornon el la kiraso de eksplodigita faŝisma tanko. Kiam li komprenis, ke la malamikoj detruis mian domon, li venis kaj diris al mi: "Samideano, post la venko super la hitleranoj, prenu tiun ĉi fornon. Nun vi havas nenion, kaj mi donacas ĝin al vi kaj via familio." Ne postlonge li pereis kaj kiel memoraĵon post la fino de la milito, mi alportis hejmen lian fornon.

- Ĉu vere tiu oĉjo Viktor el armilo forĝis tiun ĉi hejtilon! - ne volis mi kredi al la vortoj de paĉjo.

Sed baldaŭ ni devis diri adiaŭon al nia fronta forno, kiu tiel longe hejtis nian domon. Panjo decidis, ke ni devas jam aĉeti pli novan, pli modernan hejtilon. Unue paĉjo ne konsentis, sed panjo nomis lin konservativulo, kaj ŝi komencis detale klarigi al li, ke nafto estas pli pura ol karbo, kaj la nafthejtado multe pli opurtunas. Fine paĉjo cedis kaj post semajno aŭ du aĉetis novan nafthejtilon.

Nian oldan fornon ni alportis en la korton, ĉar en nia domo jam por ĝi ne estis loko. Eksilentis nia ĉambro kaj en ĝi nek la najtingala kanto, nek la spiro de la trajno aŭdiĝis jam.

Foje unu kuzo de paĉjo, por sia montara vilao, deziris preni nian oldan fornon, sed paĉjo ne konsentis.

- Ĉu por tiu ĉi malnova forno vi deziras monon? - surpriziĝis lia kuzo.

- Ne - respondis paĉjo. Simple al neniu mi donos la fornon.

- Kial? – ekriproĉis lin panjo. - Ja, ĝi ne necesas jam

por ni kaj tute difektiĝos en la korto.

- Ne - ripetis paĉjo. - Mi ne donos la fornon.

Lia kuzo ofendiĝis, panjo koleriĝis, kaj eble nur mi komprenis, kial paĉjo ne donacis nian fornon.

Nia olda forno, kovrita per nilono, ankoraŭ staras tie, en la korto, sub la krono de la pira arbo kaj rememorigas min pri oĉjo Viktor, onjo Nora, kaj pri multaj, multaj homoj kaj pri mia infaneco en la gepatra, paca domo.

Budapeŝto, la 7-an de novembro 1980.

난로

오래전부터 그것을 마당에 두었다. 비닐로 덮어서 배나무가지 아래 놓았다. 녹슬어서 아무짝에도 소용없는 낡은 철 난로는 우리 기억 속에서 서서히 사라졌다. 한번은 누군가 무슨 일로 난로 작은 문을 열었다. 도자기 부지깽이가 들어있는 난로는 치아가 하나도 없는 할머니의 입처럼 검은 구멍을 벌렸다. 난로는 살짝 옆으로 기울었는데 다리 넷 중 하나가 찌그러져서였다. 그래서 저녁이면 배나무 아래 둔 난로가 장애인처럼 보였는데, 딱 움직임 없는 사람 형상이었다. 난로 등에도 깊고 조용한 눈동자 같은 구멍이 뚫렸다. 이제 우리 낡은 난로는 사람들에게 잊힌 채로 마당에서 녹슬어 간다.

몇 년 전만 해도 그 난로는 우리 방 한구석을 차지했다. 여름에는 잠잠했지만 겨울에는 활기차게 반짝거렸다. 저녁에 아빠가 직장에서 돌아오면 난로 옆에 주저앉아 눈에 젖은 신발을 벗고 손을 그 따뜻한 난로 몸통 쪽으로 뻗었다. 그때 난로는 마치 아빠를 반기는 듯했고 기차처럼 즐겁게 소리를 냈다.

"어이, **빅토르**가 이 난로에 자기 심장을 담았어."

아빠는 자주 말했다. 빅토르가 누구인지 모른다. 또래 아이처럼 호기심이 많아 꼭 우리 난로가 숨기고 있는 기적의 심장이 보고 싶었다.

하지만 내게는 난로에 가까이 가는 게 허락되지 않았다. 한번은 방에서 혼자 있을 때 숨을 죽이고 몰래 난로에 다가가 그 작은 문을 열었다. 뜨거운 점토 불쏘시개에 손가락이 찔렸다.

"앗 뜨거워!"

외마디 고함을 질렀다. 엄마가 놀라서 한걸음에 달려왔고 난로의 작은 문이 열린 것을 보고 상황을 짐작했다.

"아이고, 이런 바보야!"

엄마가 야단쳤다.

"난로에는 심장이 없어. 누가 무언가를 잘하면 그가 심장을 가지고 영혼을 다해 일 했다고 하는 거야."

"그러면 빅토르는 누구예요?"

손에 진통제를 발라주고 밴드를 붙이려는 엄마에게 호기심을 못 이기고 물었다.

"아빠 친구야. 우리 난로를 만드신 분인데, 오래전에 돌아가셨어."

"왜요?"라고 묻고 싶었지만 그분 심장을 떼어 우리 난로에 두었기에 살아계시지 않는 거라고 나름 어른답게 생각했다.

추운 겨울 날씨라 하늘이 짙은 다갈색을 띨 때, 우리 난로는 나이팅게일처럼 노래했다. 구름이 우리 마당을 덮거나 비가 오거나 하늘이 어두우면, 우리 난로는 기침을 하고 숨을 무겁게 쉬거나 곧잘 숨이 막혔다. 그럴 때면 엄마는 갓 태어난 나를 집에 데리고 오던 날을 자주 떠올리셨다.

5월인데도 몹시 춥고 눈이 내릴 것 같은 날씨였다고 한다. 엄마가 난로를 피웠지만 매운 연기만 방에 가득 찼고, 갓난둥이인 나는 숨을 제대로 못 쉬고 캑캑 거렸다. 정말 그런 일이 일어날 수 있을까 싶다. 그런데 아빠는 불씨를 살리는 기술이 노련했다. 먼저 아빠는 나무 조각을 갈빗대처럼 가늘게 쪼개서 난로 안에 가지런히 쌓았다. 그 위에 갈탄을 여러 개 넣고 마술사처럼 불을 확 붙였다. 그 얘기를 할 때마다 엄마는, 네 아빠는 분명 옛날에 집시여인과 입맞춤했을 거야, 하고 농담했다.

"집시여인에게 입맞춤한 남자만 불을 잘 만들 수 있다고 사람들이 말했지."

아빠가 집에 계시면 우리 난로는 노래하거나 리듬에 맞춰 깊이 숨을 쉬고, 우리는 환상과 상상의 세계로 긴 여행을 시작했다.

추운 겨울날, 온종일 눈이 우리 마당을 덮었을 때, 저녁이 느릿느릿 지나갈 때, 엄마, 아빠, 우리 이웃 노라 아주머니, 나, 내 형제들은 오래오래 한가로이 난롯가에서 수다를 떨었다. 난로 위에는 구리색 커피 주전자에서 터키 커피가 소리를 내며 끓었다.

커피를 다 마신 뒤 우리 사랑스러운 노라 아주머니는 아주 오랜 풍습에 따라 우리의 잔을 잡고 얼굴을 옆으로 보면서 커피 거품이 일어난 흔적으로 우리 운명을 점쳐 주었다. 그녀의 말에 흠뻑 빠진 우리는 마치 해가 비치는 날 미래의 장막을 열고, 고귀한 행동, 행복한 사랑이 우리를 기다리는 세계로 걸어 들어가는 듯했다.

커피를 절대로 안마시는 아빠만 우리의 순진하고 즐거운 놀이를 보고 사랑스럽게 빙긋 웃었다. 한번은 아빠에게 '우리 난로를 만든 빅토르 아저씨가 누구냐'고 물었다. 아빠는 나를 물끄러미 바라보았다. 마치 안개가 눈동자를 덮은 것 같아 아저씨 이야기를 하는 것을 원치 않으셨지만, 한번은 무뚝뚝하게 말을 꺼냈다.

"빅토르는 2차 세계대전 때 전사한 내 친구야. 에스페란토를 배워서 나를 동지라고 부르기를 좋아했지. 직업은 용접공이었고, 키가 훤칠하고 힘이 셌으며, 석탄처럼 검은 콧수염을 길렀지. 1944년 겨울에 폭파시킨 파시스트(이탈리아 전체주의자)의 탱크 가슴받이 부분을 뜯고 용접해서 우리 중대가 사용하라고 이 난로를 만들었어. 적들의 손에 우리 집이 부서진 줄 알고 와서 내게 말했어. '동지여, 히틀러 집단을 무찔러 승리한 뒤 이 난로를 가져가. 지금 너는 아무것도 없지만 내가 이 난로를 너와 네 가족에게 선물할게. 얼마 뒤 빅토르가 죽고 전쟁이 끝난 뒤 기념으로 나는 그 난로를 집으로 가지고 왔어.'"

"정말 그 빅토르 아저씨가 탱크로 이 불 피우는 기구를 만들었나요?"

아빠 말을 믿고 싶지 않았다. 하지만 곧 오랫동안 우리 집을 데워준 우리 앞 난로에게 작별 인사를 해야 했다. 엄마는 우리가 현대식 새 난로를 사야 한다고 단단히 마음먹었다. 아빠는 처음엔 동의하지 않았지만 엄마가 아빠를 보수주의자라고 놀리면서 '석유가 석탄보다 깨끗하고, 석유로 불 피우는 것이 훨씬 쉽다'고 자세히 알려줬다. 마침내 아버지가 양보해서 한두 주 뒤에 석유난로를 샀다. 우리의 낡은 난로를 우리는 마당에 옮겨 놓았다. 집안에는 난로를 둘 장소가 없었다. 우리 방은 조용해졌고 나이팅게일의 노래도, 기차의 숨소리도 들리지 않았다.

한 번은 아빠의 사촌이 산골 빌라에다 우리의 낡은 난로를 갖다 두고 싶어 했지만 아빠는 내주지 않았다.

"이 낡은 난로를 가져가려면 돈을 내야 하나요?" 사촌이 놀라며 물었다.

"아니, 그냥 누구에게도 난로를 주고 싶지 않아."

"왜요?"

엄마가 질책했다.

"정말 구식 난로는 필요치 않고 마당도 흉물스럽게 보인다고요."

"아니야! 나는 난로를 내주지 않을 거야."

사촌은 마음이 상했고 엄마는 화를 냈지만 나는 왜 아빠가 우리 난로를 선물하지 않았는지 이해했다. 우리의 낡은 난로는 비닐에 덮여 여전히 마당 배나무 가지 아래 놓여 있다. 그리고 빅토르 아저씨, 노라 아주머니, 많고 많은 사람과 부모님의 평화로운 집에서 보낸 어린 시절을 기억나게 한다.

PRI LA AŬTORO

Julian Modest (Georgi Mihalkov) naskiĝis la 21-an de majo 1952 en Sofio, Bulgario. En 1977 li finis bulgaran filologion en Sofia Universitato "Sankta Kliment Ohridski", kie en 1973 li komencis lerni Esperanton. Jam en la universitato li aperigis Esperantajn artikolojn kaj poemojn en revuo "Bulgara Esperantisto".

De 1977 ĝis 1985 li loĝis en Budapeŝto, kie li edziĝis al hungara esperantistino. Tie aperis liaj unuaj Esperantaj noveloj. En Budapeŝto Julian Modest aktive kontribuis al diversaj Esperanto-revuoj per noveloj, recenzoj kaj artikoloj.

De 1986 ĝis 1992 Julian Modest estis lektoro pri Esperanto en Sofia Universitato "Sankta Kliment Ohridski", kie li instruis la lingvon, originalan Esperanto-literaturon kaj historion de Esperanto-movado. De 1985 ĝis 1988 li estis ĉefredaktoro de la eldonejo de Bulgara Esperantista Asocio. En 1992~1993 li estis prezidanto de Bulgara Esperanto-Asocio.

Nuntempe li estas unu el la plej famaj bulgar-lingvaj verkistoj. Kaj li estas membro de Bulgara Verkista Asocio kaj Esperanta PEN-klubo.

저자에 대하여

율리안 모데스트는 1952년 5월 21일 불가리아의 소피아에서 태어났다. 1977년 소피아의 '성 클리멘트 오리드스키' 대학에서 불가리아어 문학을 공부했는데 1973년 에스페란토를 배우기 시작했다. 이미 대학에서 잡지 '불가리아 에스페란토사용자'에 에스페란토 기사와 시를 게재했다.

1977년부터 1985년까지 부다페스트에서 살면서 헝가리 에스페란토사용자와 결혼했다. 첫 번째 에스페란토 단편 소설을 그곳에서 출간했다. 부다페스트에서 단편 소설, 리뷰 및 기사를 통해 다양한 에스페란토 잡지에 적극적으로 기고했다. 그곳에서 그는 헝가리 젊은 작가 협회의 회원이었다.

1986년부터 1992년까지 소피아의 '성 클리멘트 오리드스키' 대학에서 에스페란토 강사로 재직하면서 언어, 원작 에스페란토 문학 및 에스페란토 운동의 역사를 가르쳤고 1985년부터 1988년까지 불가리아 에스페란토 협회 출판사의 편집장을 역임했다.

1992년부터 1993년까지 불가리아 에스페란토 협회 회장을 지냈다.

현재 불가리아에서 가장 유명한 작가 중 한 명이다.

불가리아 작가 협회의 회원이며 에스페란토 PEN 클럽회원이다.

Verkoj de la aŭtoro

1. "Ni vivos!" –dokumenta dramo pri Lidia Zamenhof. Eld.: Hungara Esperanto-Asocio, Budapeŝto,1983.
2. "La Ora Pozidono" –romano. Eld.: Hungara Esperanto-Asocio, Budapeŝto, 1984.
3. "Maja pluvo" –romano. Eld.: "Fonto", Chapeco, Brazilo, 1984.
4. "D-ro Braun vivas en ni". Enhavas la dramon "D-ro Braun vivas en ni" kaj la komedion "La kripto". Eld.: Hungara Esperanto-Asocio, Budapeŝto, 1987.
5. "Mistera lumo" –novelaro. Eld.: Hungara Esperanto-Asocio, Budapeŝto, 1987.
6. "Beletraj eseoj" –esearo. Eld.: Bulgara Esperantista Asocio, Sofio, 1987.
7. "Ni vivos!" –dokumenta dramo pri Lidia Zamenhof -grandformata gramofondisko. Eld.: "Balkanton", Sofio, 1987
8. "Sonĝ vagi" –novelaro. Eld.: Bulgara - Esperanto-Asocio, Sofio, 1992.
9. "Invento de l' jarcento" –enhavas la komediojn "Invento de l' jarecnto" kaj "Eŭopa firmao" kaj la dramojn "Pluvvespero", "Enŝeliĝ en la koron" kaj "Stela melodio". Eld.: Bulgara Esperanto-Asocio, Sofio, 1993.
10. "Literaturaj konfesoj" –esearo pri originala kaj tradukita Esperanto-literaturo. Eld.: Esperanto-societo "Radio", Pazarĝik, 2000.

11. "La fermita konko" –novelaro. Eld.: Al-fab-et-o, Skovde, Svedio, 2001.

12. "Bela sonĝ" –novelaro, dulingva Esperanta kaj korea. Eld.: "Deoksu" Seulo, Suda Koreujo, 2007.

13. "Mara Stelo" –novelaro. Eld.: "Impeto" –Moskvo, 2013

14. "La viro el la pasinteco" –novelaro, esperantlingva. Eldonejo DEC, Kroatio, 2016, dua eldono 2018.

15. "Dancanta kun ŝarkoj" - originala novelaro, eld.: Dokumenta Esperanto-Centro, Kroatio, redaktoro: Josip Pleadin, 2018

16. "La Enigma trezoro" - originala romano por adoleskuloj, eld.: Dokumenta Esperanto-Centro, Kroatio, redaktoro: Josip Pleadin, 2018

17. "Averto pri murdo" - originala krimromano, eld.: Eldonejo "Espero", Peter Balaz, Slovakio, 2018

18. "Murdo en la parko" - originala krimromano, eld.: Eldonejo "Libera", Lode Van de Velde, Belgio, 2018

19. "Serenaj matenoj" - originala krimromano, eld.: Eldonejo "Libera", Lode Van de Velde, Belgio, 2018

20. "Amo kaj malamo" - originala krimromano, eld.: Eldonejo "Libera", Lode Van de Velde, Belgio, 2019

21. "Ĉsisto de sonĝj" - originala novelaro, eld.: Eldonejo "Libera", Lode Van de Velde, Belgio, 2019

22. "Ne forgesu mian voĉn" –du noveloj, eld.: Eldonejo "Libera", Lode Van de Velde, Belgio, 2020

23. "Tra la padoj de la vivo" –originala romano, eld.: Eldonejo "Libera", Lode Van de Velde, Belgio, 2020

24. "La aventuroj de Jombor kaj Miki" –infanlibro,

originale verkita en Esperanto, eld.: Dokumenta Esperanto-Centro, Kroatio, redaktoro: Josip Pleadin, 2020

25. "Sekreta taglibro" - originala romano, eld.: Eldonejo "Libera", Lode Van de Velde, Belgio, 2020

26. "Atenco" - originala romano, eld.: Eldonejo "Libera", Lode Van de Velde, Belgio, 2021

율리안 모데스트의 저작들

-우리는 살 것이다!:리디아 자멘호프에 대한 기록드라마
-황금의 포세이돈: 소설
-5월 비: 소설
-브라운 박사는 우리 안에 산다: 드라마
-신비로운 빛: 단편 소설
-문학 수필: 수필
-바다별: 단편 소설
-꿈에서 방황: 짧은 이야기
-세기의 발명: 코미디
-문학 고백: 수필
-닫힌 조개: 단편 소설
-아름다운 꿈: 단편 소설
-과거로부터 온 남자: 단편 소설
-상어와 함께 춤을: 단편 소설
-수수께끼의 보물: 청소년을 위한 소설
-살인 경고: 추리 소설
-공원에서의 살인: 추리 소설
-고요한 아침: 추리 소설
-사랑과 증오: 추리 소설
-꿈의 사냥꾼: 단편 소설
-내 목소리를 잊지 마세요: 중편소설 2편
-인생의 오솔길을 지나: 여성 소설
-욤보르와 미키의 모험: 어린이책
-비밀 일기: 소설
-모해: 소설   ※진한 색 책은 출간됨

EL REVUO

La temo de Aŭtuna rendevuo tre popularas inter la esperantaj verkistoj, kiuj evidente opinias malŝaton al la tro facile akirebla virina amo unu el la plej gravaj virtoj de la viroj. Ankaŭ ĉi tie la protagonisto eltenas am-atakon de virino, kiu arde senvestiĝas antaŭ li⋯ sed Pol prenas sian pluvmantelon kaj foriras. Hura! Venkis la moralo, venkis la familio!

Do, kondutu bone, kamaradoj, trovu vian vojon, ne adultu kaj ne ŝanĝu viajn idealojn kontraŭ la kariero, aŭto, ĝardeno kaj loĝejo.
- Aleksandr Zagvazdin

La temoj estas plej variaj, el la ĉiutaga vivo de normalaj homoj. Ili tamen ĉiam prezentas subtilajn, delikatajn trajtojn, ofte interesajn finaĵojn, kiujn la leganto ne suspektas. Sed la plej valora sperto dum ĝia legado estas la lingvo.
Esperanto tie aperas en stato de pureco kaj simpleco. La prozo de Modest estas natura, flua kaj eleganta. Kaj estas vera ĝuo, kiam oni povas legi rakontojn en simpla kaj riĉa lingvaĵo. Inter la rakontoj, plej plaĉis al mi la lasta: La Forno. Ĉu iu povus elpensi poeziecan, belan rakonton pri... forno?! Jen tamen ĝi ekzistas. Kaj se vi scivolas, legu kaj ĝuu ĝin ankaŭ vi. Vi ne pentos.
- Paulo Sérgio Viana (luktista nomo Posovo)

번역자의 말

『신비로운 빛』은 19편의 단편소설을 모은 책입니다.
이 책을 구매하신 모든 분께 감사드립니다.
책 내용을 간단하게 요약해 보았습니다.
1. Mistera Lumo [신비로운 빛] : 고고학을 연구하는 두 친구가 겪은 황당한 사건과 그에 따른 변화와 미묘한 갈등
2. Zita [지타] : 오페라 배우였던 지타는 한때의 화려한 무대 생활을 뒤로하고 고향의 품에 안기는데….
3. Marionetoj [꼭두각시] : 출판사 편집장 칼로브는 젊은 소설가의 등용을 가로막고 편집장끼리 짜고 글을 실어주는 문학가의 세계를 꼭두각시 노름이라 생각하나….
4. La vojo [길] : 은행원으로 일하는 나는 꿈길에서 많은 사람을 만나고 그들과의 대화에서 나의 길을 찾아 보려한다.
5. La rozoj [장미] : 한 노인의 자연과 더불어 살아가는 모습에서 스스로를 되돌아보는 주인공은 딸에게 전해주라는 노인의 꽃다발에 감명을 받는다.
6. Kalina-fonto [칼리나 샘] : 한 마을에 사는 대장장이와 방앗간 주인 딸과의 사랑을 두려워한 대장장이 아내의 청부 살인에 얽힌 이야기
7. La sinjoro instruisto [선생님] : 전보를 전하기 위해 온 우편 배달부의 모습에서 마리나는 소녀시절 흠모했던 국어 선생님의 모습을 발견하곤….
8. La kaŝtankolora pordo [밤색 문] : 집이 곧 철거된다는 통보문을 받은 포테브 교수는 그 집에 얽힌 지난날의 추억을 더듬는다.
9. Aŭtuna rendevuo [가을의 만남] : 느닷없이 걸려온 옛 애인의 전화를 받은 폴은 갈등 끝에 그녀를 만난다.

10. La Benko [의자] : 여행길에 만난 유명 연극배우로 부터 자신의 연극 활동과 배우로서의 인간적 고뇌에 대해 듣고….

11. La vitrino [진열창] : 작은 서점에서 일하는 시골 아가씨 마리나는 서점 진열창을 통해 바깥을 보고 상상하는데….

12. Cigano kaj ursino [집시와 암곰] : 기차 칸에서 한 농부가 재밌게 들려준 떠돌이 집시와 암곰 이야기

13. Hermeso malaperis [헤르메스가 사라졌다] : 상인과 도둑을 보호한다는 그리스 신 헤르메스의 동상이 어디로….

14. La bonmora edzo [예의바른 남편] : 고등학생인 나는 첫 데이트를 하게 되었는데, 약속장소에 여학생은 나타나지 않고 훌륭한 옆집 아저씨 파스칼이 아가씨와 나타나서….

15. Rememoro pri Martin [마르틴에 얽힌 추억] : 작가가 되려고 학교를 그만두려는 학생을 설득하기 위해 착한 여선생님과 동급생 나는 가정방문을 했는데….

16. Infana pilko [어린 시절 공] : 사진속의 나와 대화하는 우체국 직원 믈라덴의 공을 둘러싼 어린 시절의 추억담

17. La argila kamelo [낙타 도자기] : 풍요로운 가문이 쇠락하면서 집의 물건들이 하나씩 사라지는데….

18. Ĉu la patroj ploras? [아빠들은 울까?] : 아버지가 없는 나는 여름 방학이 끝나면 학급 친구들에게 아버지와 즐긴 방학 이야기를 해야 하는데….

19. La Forno [난로] : 우리 집 마당에는 오래된 쇠 난로가 있다. 그 난로에는 깊은 사연이 담겨있는데….

율리안 모데스트 작가의 아름다운 문체와 읽기 쉬운 단어로 인해 에스페란토 학습자에게는 아주 재미있고 유용한 책이라고 생각합니다.

오태영(mateno, 진달래출판사 대표)